Mord am Waterberg

Almut Hielscher/Uta König

Mord am Waterberg

ProTalk
Crime

Das Buch beruht auf historischen und kulturellen Tatsachen. Die genannten Orte sind real. Alle Personen sind frei erfunden. Ähnlichkeiten zu lebenden Personen sind nicht beabsichtigt und rein zufällig.

„Waren Sie schon mal in der Etosha-Pfanne?"

Katrin schreckt auf und zieht die Wolldecke enger um die Schultern. Die ersten Sonnenstrahlen dringen durch die Fenster in das Innere des Flugzeugs.

„Etosha-Pfanne. Sie wissen doch, der Nationalpark. Wo es die vielen Elefanten und Löwen gibt." Seine Stimme klingt freudig erregt. „Gleich sehen wir den Park. Bombastisch, sage ich Ihnen. Sie müssen unbedingt in die Etosha-Pfanne fahren."

Katrin schaut kurz auf und murmelt: „Dafür habe ich keine Zeit."

Der Unbekannte hat einen Safari-Hut auf dem Kopf. Er stutzt. „Ja, was machen Sie denn dann in Namibia?"

Katrin schweigt. Der Mann lässt nicht locker und rückt näher: „ Die Etosha-Pfanne ist ein Muss auf jeder Namibia-Reise." Jetzt erst sieht Katrin das Hutband: Es ist aus Leopardenfell. Scheußlich. Seit zehn Stunden sitzt sie neben dem Mann. Kein freundliches Wort hat sie bisher mit ihm gewechselt, keinen Blick getauscht. Unangenehm findet sie, wie er sich auf seinem Sitz breitgemacht hat.

Und wieder dringt die Stimme an ihr Ohr. „Schauen Sie. Fantastisch. Der Waterberg. Da war diese Schlacht zwischen den Deutschen und den Herero. Da haben die Eingeborenen von uns gehörig eins auf den Deckel gekriegt."

Katrin drückt sich fester in ihren Sessel, schließt die Augen und würde sich am liebsten die Ohren zuhalten. Namibia, Waterberg, das Dorf Okakarara 30 Kilometer entfernt, seit vier Jahren die Wahlheimat ihrer Schwester Anna. Und jetzt lebt sie nicht mehr. Vor zwei Tagen kam der Anruf mit der schrecklichen Nachricht. Wie oft hatte Katrin versprochen, nach Namibia zu kommen. Aber immer wieder hatte sie sich herausgeredet: die Arbeit in der Buchhandlung mit Sonderschichten vor Weihnachten und Ostern. Und wenn sie Urlaub hatte, dann wollte sie nicht nach Afrika. Nie hätte sie es gewagt, ihrer kleinen Schwester zu sagen: Sei mir nicht böse, aber ich halte die Armut nicht aus. Ich brauche meine Ferien, um mich zu erholen, auf Sardinien oder im Schwarzwald. Nein, das hätte sie Anna niemals sagen können. Anna war mutig, voller Lebensfreude und Abenteuerlust. Und sie hatte sie durchschaut. Einmal hatte sie lachend vorgeschlagen: „Du kannst ja deine Sagrotan-Tücher mit nach Afrika nehmen." Eigentlich unverschämt, wie Anna sie als alte Jungfer verspottete, dabei war sie doch erst 35, nur sechs Jahre älter.

Anna und ihr Afrika-Spleen. Martin hatte sie auch noch darin bestärkt, der Bruder war in seine kleine Schwester vernarrt. Als kleines Mädchen spielte Anna mit schwarzen Puppen, malte Giraffen und Elefanten, verschlang Bücher über den schwarzen Kontinent. Und das alles hatte mit ihrer Großtante Else zu tun, die der Familie in Deutschland in langen Briefen von ihrem Leben auf der Rinderfarm am Waterberg erzählte. Stets lagen Fotos dabei, die die Fantasie des kleinen Mädchens beflügelten. Niemand hätte damals gedacht, dass Anna ihre Träume eines Tages wahr machen würde. Tante Else war erst Ende der 80er Jahre als alte Frau nach Deutschland zurückgekehrt. Anna und Katrin hatten sie in dem Heidelberger Altenheim besucht, in dem sie bis zu ihrem Tod lebte.

Die Eltern waren entsetzt. Ausgerechnet Afrika! Anna hatte ihnen freudestrahlend erzählt, dass sie für den Deutschen Entwicklungsdienst, DED[1], nach Namibia gehen

---

1 Den Deutschen Entwicklungsdienst (DED) gibt es seit 2011 nicht mehr. Er fusionierte mit zwei anderen Organisationen zur Deutschen Gesellschaft für Internationale Zusammenarbeit (GIZ).

werde. Katrin dachte genauso wie die Eltern: Afrika ist viel zu gefährlich für eine weiße Frau. Aber gesagt hatte sie nichts.

„Legen Sie Ihre Sicherheitsgurte an und stellen Sie die Tische aufrecht. Wir landen in zehn Minuten. Die Außentemperatur beträgt sieben Grad Celsius." Die Stimme der Stewardess reißt Katrin aus ihren Gedanken. Sie schaut aus dem Fenster auf eine karge Landschaft: zerklüftete Hügel, gelblicher Sand, knorrige Bäume. Alles eingetaucht in ein ungewöhnlich helles Licht. Katrin wühlt in ihrer Handtasche, sucht ihren Pass, versichert sich, dass sie alles dabei hat: die Briefe von Tante Else, die alten Fotos von der Farm, die letzte Karte von Anna, den Zettel mit den Adressen, die Bestätigung für das Mietauto. Hastig füllt Katrin das kleine Ankunfts-Formular aus, das die Stewardess im Flugzeug verteilt hat. Die Zeile für das Datum der Abreise lässt sie offen. Im Pulk der schwatzenden Urlauber rückt Katrin zur Passkontrolle vor. Der uniformierte Schwarze am Schalter sieht sie prüfend an: „Sie wissen nicht, wann Sie unser Land wieder verlassen? Das muss aber eingetragen werden." Katrin zögert: „Schreiben Sie einfach Ende des Monats." Der Mann schreibt das Datum: 31. August 2004. „Ich wünsche Ihnen wunderschönen Urlaub in wunderschönem Namibia", sagt er in gebrochenem Deutsch. Er lacht sie an. Katrin nimmt ihre Reisetasche über die Schulter und geht durch die automatische Schiebetür. Sie hat wenig mitgenommen, nur das Nötigste. Höchstens ein paar Tage will sie bleiben, und schließlich ist es heiß in Afrika. In der Eingangshalle kommt ein junger schwarzer Mann auf sie zu. Er trägt einen beigen Leinenanzug. „Madam, kann ich Ihnen behilflich sein?" Katrin weicht einen Schritt zurück und presst ihre Tasche an sich. „Nein, danke. Ich brauche keine Hilfe." Der Mann verschwindet in der Menge.

Am Kiosk in der Ankunftshalle will sie schnell noch eine Landkarte kaufen. Etwa drei Stunden wird sie unterwegs sein vom Hosea Kutako Flughafen bei Windhoek bis zu Annas Heimatdorf im Herero-Land. Das hatte sie von Annas Chef am Telefon erfahren. Als Katrin nach der Landkarte greift, fällt ihr Blick auf den Zeitungsständer. Sie blickt in Annas lachendes Gesicht. Die deutschsprachige *Allgemeine Zeitung* hat mit dem Foto ihrer Schwester und der Schlagzeile aufgemacht: „Raubmord an deutscher Entwicklungshelferin". Da steht es Schwarz auf Weiß: Raubmord. Anna ist tot. Katrin beginnt zu begreifen. Vor zwei Tagen hatte die Nachricht etwas Unwirkliches. Sie kam von so weit her. Anna sollte tot sein? Mitten in der Nacht hatte ihr der Landesdirektor des Deutschen Entwicklungsdienstes das Unfassbare mitgeteilt und darum gebeten, dass ein Familienmitglied nach Namibia komme. Katrin hatte eigentlich gehofft, dass ihr Bruder Martin sie begleiten würde. Doch sie musste allein fahren. Martin war IT-Manager einer großen Firma und konnte unmöglich weg. Sein Terminkalender war auf Wochen hinaus ausgebucht. Aber noch wichtiger war sein kleiner Sohn Jan, den er seit der Trennung von seiner Frau im Wochenwechsel betreute. Sie wollte ihren Bruder nicht bedrängen, denn sie wusste, wie schwer es ihm fallen würde, die Absprache mit dem Kind nicht einzuhalten. Sie spürte aber auch, dass es ihm sehr leid tat, sie alleine reisen zu lassen. Martin und Anna waren sich immer besonders nahe gewesen. Hemmungslos hatte er geweint, als er von Annas Tod erfuhr. Katrin hatte den Bruder noch nie so aufgelöst erlebt, nicht einmal nach dem Tod der Eltern vor zwei Jahren. Dass sie alleine nach Namibia reisen würde, um die tote Schwester nach Hause zu holen, berührte ihn sehr. Er sagte zu Katrin: „Willst du das wirklich auf dich nehmen? Wenn du das schaffst, dann ziehe ich den Hut vor dir. Ich würde dir so gerne beistehen, aber du weißt ja, es geht nicht."

Als Katrin auf dem Parkplatz vor dem Flughafen ihren Mietwagen sucht, hört sie Annas Stimme in ihrem Kopf: „Komm her und du wirst sehen, wie zauberhaft die Fahrt von Windhoek in mein Dorf ist. Keine Angst, die Straße ist gut und Verkehr gibt es kaum." Damals hatte sie ihr nicht geglaubt. Ach, du übertreibst schon wieder, hatte sie gedacht. Mit dem Auto durch Afrika – da sah Katrin nur Staubwolken und riesige Schlaglöcher im Asphalt. Viel zu riskant. Jetzt sitzt sie am Steuer. Seit zehn Minuten ist ihr kein Fahrzeug entgegengekommen. Und das auf der großen Straße zwischen der Hauptstadt Windhoek und dem Ovamboland im Norden. Ungewöhnlich hatte Anna das Spiel von Licht und Farben in Namibia genannt. Von dem weiten Horizont hatte sie geschwärmt und versucht, sie anzulocken: „Die Landschaft hier ist so weit wie das Meer, das du so liebst. Hier ist der Himmel wirklich himmelblau und der Boden leuchtet so rot wie Dachziegel." Warum bin ich nicht früher gekommen? Die Landschaft zieht an ihr vorüber, als ob sie ihren Namibia-Reiseführer durchblättern würde. Gestochen scharfe Fotos in Blau, Grün und verschiedenen Brauntönen. Sie sind wie eine Kulisse, in die sie nicht eintauchen kann. Meine Schwester ist tot. Ich bin zu spät gekommen.

Vor ihrer Abreise nach Namibia hatte sie Annas Briefe hervorgeholt. Darin hatte sie einmal ihre Route von Windhoek in ihr Dorf beschrieben – ein Wegweiser, dem

Katrin jetzt folgt. „Wenn du durch die Stadt Okahandja fährst, dann stößt du links auf die Bäckerei Schmidt. Dort bekommst du ein deutsches Frühstück mit Brötchen und Kaffee." Katrin erinnert sich, wie sie damals darüber gelacht hatte. Ein deutsches Frühstück mitten in Afrika? Die Kolonialzeit lässt grüßen. Sie hält am Straßenrand an. Von allen Seiten kommen Kinder angelaufen und umringen den Wagen. Einige halten die Hände auf: „Misses, give me Dollar!", andere wollen auf das Auto aufpassen. Katrin will nicht die böse Weiße sein, sie fühlt sich aber so. „No, no", sagt sie. Die Kinder drängen immer dichter heran. Die meisten von ihnen sind schmutzig und tragen zerlumpte Kleider. Instinktiv wischt sich Katrin über ihre Arme und das weiße T-Shirt, als hätten die Berührungen der Kinder sie dreckig gemacht. „Haut ab", fährt sie die Kleinen an, und im selben Moment tut es ihr leid. Sie weichen zurück. „Bettelnden Kindern darfst du nichts geben", hatte Anna ihr eingeschärft, „wenn du einem etwas schenkst, kommen zwanzig andere angelaufen."

In der Bäckerei Schmidt fühlt sich Katrin wie in Stuttgart-Plieningen: Vollkornbrote im Regal, Kaiserbrötchen mit Leberwurst und Gurkenscheibe in der verglasten Vitrine, Rosinenschnecken und Plunderecken. „Was darf es sein?", fragt die alte weiße Frau in gutem Deutsch. Sie trägt eine geblümte Kittelschürze. Mit einer Leberwurstsemmel und einer Tasse Filterkaffee setzt sich Katrin an ein rundes Tischchen mit Häkeldecke und Strohblumen-Strauß. Sie findet den Laden rührend-altmodisch und befremdlich zugleich. Wie in Deutschland in den fünfziger Jahren, hätten die Eltern gesagt. Die Bäckerei Schmidt ist ein beliebter Haltepunkt auf dem Weg zum Nationalpark Etosha-Pfanne im Norden des Landes. Um Katrin herum haben deutsche

Touristen Platz genommen. Sie sind leger gekleidet, in Shorts, Jeans, die meisten tragen Gesundheitssandalen.

Katrin trägt einen hellblauen Hosenrock aus knitterfreier Mikrofaser, bequem und weit geschnitten. Dazu T-Shirt und hellbraune Slipper. Ihr halblanges Haar mit Seitenscheitel sitzt perfekt. Schon als Kind war es ihr wichtig, sich beim Spielen nicht schmutzig zu machen. Selten hatte sie aufgeschlagene Knie, und nie fehlte ihr ein Taschentuch. Manchmal wunderte sie sich, dass Fremde sie für älter hielten, als sie war. Ihre Freundinnen beneideten sie um ihre schlanke Figur und ihr volles Haar.

Seit Anna in Afrika arbeitete, hatte Katrin in ihrer Buchhandlung öfter mal Reiseführer über Namibia durchgeblättert. Die Kapitel über die deutsche Kolonialgeschichte hatten sie besonders interessiert: Wie die deutschen Missionare in den 40er Jahren des 19. Jahrhunderts die ersten Stationen aufbauten, um die Ureinwohner zu bekehren. Wie der Bremer Kaufmann Adolf Lüderitz mit einem betrügerischem Vertrag 580.000 Quadratmeter Land an der Westküste kaufte, wie Reichskanzler Bismarck im Jahr 1887 Südwestafrika als staatliche Verwaltungskolonie übernahm und immer mehr Soldaten schickte. Wie immer weitere deutsche Siedler kamen und den Einheimischen ihr Land wegnahmen, wie sich seit 1904 ein namibischer Stamm nach dem anderen gegen die deutsche Kolonialmacht erhob, wie die deutschen Schutztruppen in der großen Schlacht am Waterberg die rebellischen Herero niedermetzelten und das Volk in die Omaheke-Wüste trieben und dort verdursten ließen. Jetzt ist Katrin auf dem Weg zu genau diesem historischen Waterberg.

Links am Horizont liegen die Omatako-Berge wie zwei riesige Pyramiden in der Ebene. Die kennt sie von einer

Postkarte, die Anna ihr geschickt hatte. Das Verkehrsschild mit dem Pfeil und der Aufschrift Okakarara taucht etwa eine Stunde später am Straßenrand auf. „Wenn ich dieses Straßenschild erreiche, überkommt mich ein Glücksgefühl“, hatte Anna ihr geschrieben, “danach fahre ich immer am Waterberg entlang. Nur noch 72 Kilometer und ich bin zu Hause.“ Katrin fährt langsamer und schaut über eine golden glänzende Wiese. Eine Sinnestäuschung? Im Gras stehen Zebras und Antilopen – wie bei uns die Kühe, denkt sie. Seit mehr als einer halben Stunde fährt sie auf der Straße parallel zum Waterberg. Er scheint endlos lang zu sein. Mit seinem platten Gipfel sieht er wie ein riesiger Tisch aus. Der Sandstein seiner Zinnen leuchtet rötlich. Auf einem Zaun rechts am Weg hockt eine Affenhorde. Ein mächtiger Pavian oben auf einem Pfahl kratzt sich am Kopf. Tiere leben hier, aber offensichtlich nur wenige Menschen. Ab und zu sieht Katrin Einfahrten zu Farmen. Die deutschen Namen sind ihr vertraut und unangenehm zugleich, völlig deplatziert in der afrikanischen Landschaft: „Heimaterde“, „Waldesruh“, „Erlengrund“. Wäre sie früher als Touristin hierher gekommen, hätte sie die Landschaft paradiesisch und die Deutschtümelei befremdlich gefunden. Jetzt wirkt alles wie eine absurde Maskerade – die Kulisse für ein furchtbares Verbrechen. Okakarara ist nicht mehr weit. Links und rechts des Weges reihen sich Blechhütten aneinander. Abgemagerte Kühe streunen durchs Gestrüpp, sie wühlen in Abfallbergen. Links an der Straße steht ein Schild. Es zeigt einen Kuhkopf mit der Zeichnung des Waterbergs zwischen den Hörnern. Es ist das Logo des Kulturzentrums. Dort hat Anna fast vier Jahre lang gearbeitet. Ein schmaler Sandweg führt zu einem eisernen Tor. Es steht weit offen.

Ein kleiner, kompakter Mann, etwa so alt wie Katrin, kommt auf ihren Wagen zu und winkt. Er trägt Anzug und Schlips, sein mächtiger Glatzkopf wirkt in der Sonne wie poliert. Er sieht sie freundlich an: „Endlich sind Sie da. Ich habe Sie schon gestern erwartet." Das muss Annas Kollege sein, denkt Katrin. Sie steigt aus. Er stellt sich vor. „Ich bin Arnold Kaure, der lokale Partner des Deutschen Entwicklungsdienstes. Ich bin der Manager des Zentrums, Anna war meine Mitarbeiterin. Es tut mir so leid, was mit Ihrer Schwester passiert ist." Dann nimmt er ihre Hand und flüstert: „Gottes Wege sind unergründlich." Katrin zieht ihre Hand zurück. Sie hatte sich Annas afrikanischen Chef ganz anders vorgestellt – eher schlank, hochgewachsen, lässig und intellektuell.

Auf dem Weg zu seinem Auto teilt ihr Manager Arnold Kaure eine gute Nachricht mit: „Wir haben den Täter schon gefasst. Er sitzt hinter Gittern. Unsere Polizei erwartet Sie bereits. Folgen Sie mir, ich fahre voraus." Der Dienstwagen des Managers ist mit großen blauen Buchstaben beschriftet – DEUTSCHER ENTWICKLUNGSDIENST. Kurz vor dem Ortseingang sieht Katrin zwei riesengroße Plakattafeln am Straßenrand. Auf der linken Seite das Foto eines weißen jungen Mannes, der bekennt: „Ich bin HIV-positiv." Rechts eine junge schwarze Schönheit, die gesteht: „Seit ich über meine Krankheit rede, will ich mich nicht mehr umbringen." In der *Stuttgarter Zeitung* hatte Katrin gelesen, dass jeder vierte Namibier HIV-positiv sei und das Thema ein Tabu. Sie ist überrascht. Die Plakate sprechen eine andere Sprache. Solche modernen Aufklärungsplakate hatte sie in Namibia nicht erwartet.

Die Polizeistation liegt kurz hinter dem Ortsschild von Okakarara. Vor dem flachen grauen Betonbau ist die namibische Fahne gehisst. Im Vorgarten scharren Hühner, eine Ziege knabbert an einem verdorrten Bäumchen. Neben der Tür sitzen Polizisten auf einer Bank und plaudern. Drinnen, hinter einem großen hölzernen Tresen steht ein junger Polizist. Katrin schätzt sein Alter auf Ende 20. Er hat ein offenes Gesicht, auch er scheint auf sie gewartet zu haben: „Sie sind bestimmt Anna Sattlers Schwester." Katrin nickt. Der Polizist ist unsicher und verlegen. Sein Englisch klingt holprig. „Ich war es, der als Erster zum Tatort gerufen wurde. Ich heiße William Katjeho." Er gibt ihr die Hand.

Sie fragt zaghaft: „Wo ist meine Schwester? Kann ich sie sehen?"

Der Polizist schüttelt den Kopf. Bedauernd schaut er sie an: „Das sollten Sie nicht tun."

Sie bittet: „Ich möchte sie noch ein letztes Mal sehen."

„Tun Sie sich das nicht an. Ihre Schwester ist erschlagen worden. Wir haben sie sofort in die Pathologie nach Windhoek gebracht."

Katrin sieht, wie der Manager dem Polizisten zunickt. „Dann sagen Sie mir bitte, wie es passiert ist."

Der Polizist zieht eine Mappe mit Papieren aus der Schublade und bietet Katrin höflich einen Stuhl an. Er beginnt, sehr langsam zu lesen. Englisch ist für ihn eine Fremdsprache, die er nicht beherrscht: „Montag, 16. August 2004. 18:15 Uhr: Anruf aus dem Haus der Anna Sattler. Das Haus ist im Verwaltungsregister eingetragen als Nummer 637. Es meldet sich Frau Agnes Kandji, wohnhaft im Nachbarhaus, im Verwaltungsregister eingetragen als Nummer 638. Die Anruferin erklärt, die Bewohnerin Anna Sattler soeben leblos auf dem Fußboden in ihrem Haus vorgefunden zu haben." Das Telefon klingelt. Der Polizist hebt ab und spricht in seiner Muttersprache. Katrin kehrt in Gedanken nach Stuttgart zurück. Dieser 16. August war ein drückend heißer Montag. Als sie kurz nach sechs die Tür der Buchhandlung abschloss, fielen die ersten schweren Tropfen. Sie wollte unbedingt den Bus erreichen und rannte los. Ein Sommergewitter prasselte nieder. Schon nach wenigen Metern war sie bis auf die Bluse klatschnass, ihre feinen Wildleder-Pumps ruiniert. Im Bus stand sie eingepfercht zwischen feuchten und schwitzenden Fahrgästen, presste ihre Arme an den Körper und machte sich so klein wie möglich. Die Stimme des Polizisten holt sie zurück nach Okakarara. „Der unterzeichnende Polizeibeamte trifft um 18:44 Uhr im Hause von Anna Sattler ein. Er findet im Hauptraum des Hauses eine leblose weibliche Person vor. Anna Sattler liegt auf dem Rücken und weist eine schwere Verletzung im Bereich der Stirn auf. Unter dem Kopf hat sich eine Blutlache gebildet. Der Tod muss durch einen oder mehrere Schläge mit einem schweren Gegenstand herbeigeführt worden sein. Die Tatwaffe konnte nicht sichergestellt werden. Nach erstem Augenschein steht fest: Weder Haustür noch Fenster sind beschädigt worden." Katrin schweigt, sie weint nicht, sie starrt auf die Mappe, die der Polizist zurück in die Schublade steckt.

„Einen Tag später", berichtet Polizist Katjeho, „konnten wir bereits den Täter festnehmen. Es handelt sich um Raubmord. Nach dem Stand unserer Ermittlungen gibt es keinen Zweifel, dass Ihre Schwester in ihrem Haus mit einem schweren Kerzenhalter erschlagen wurde. Wir konnten die Tatwaffe sicherstellen. Der Täter, ein 17-jähriger Jugendlicher, wollte Ihre Schwester ausrauben. Wir haben ihn gefasst und in Gewahrsam genommen."

Anna, erschlagen mit dem prächtigen silbernen

Kerzenleuchter. Katrin sieht ihn vor sich. Sechsarmig, feinziseliert, edel glänzend und sehr schwer. Ein Erbstück der Urgroßmutter. Zu Weihnachten und Ostern wurde er geputzt und schmückte die Festtafel. Bevor Anna nach Afrika ging, durfte sie sich etwas aus der elterlichen Wohnung aussuchen. „Ein bisschen Luxus brauche ich auch im Busch", hatte sie lachend gesagt und auf den Silberleuchter gezeigt. Katrin fand es anmaßend, dass Anna sich das Schönste und Wertvollste rausgesucht hatte. Und ausgerechnet damit ist sie erschlagen worden. Wie makaber. Sie will es nicht glauben, sie muss es sehen, das kostbare Familienstück, das zur Mordwaffe geworden ist. „Zeigen Sie mir den Kerzenhalter."

Der Polizist sieht sie entgeistert an. „Misses, das geht nicht, das ist die Mordwaffe. Nein, das geht nicht!" Katrin bittet ihn noch einmal eindringlich, ihr den Kerzenhalter zu zeigen. Der Tod ihrer Schwester ist für sie etwas Unwirkliches. Die Leiche wurde fortgebracht, die Tatwaffe ist unter Verschluss. Irgendetwas muss Katrin sehen, um die schreckliche Wahrheit begreifen zu können. Der Polizist versteht nicht, warum Katrin unbedingt die Mordwaffe sehen will. „Misses, es tut mir leid. Aber es gibt Vorschriften, an die ich mich zu halten habe." Manager Kaure pflichtet dem Polizisten bei: „Vielleicht gelten bei Ihnen in Deutschland andere Regeln. Bei uns ist so etwas nicht erlaubt. Damit müssen Sie sich abfinden, auch wenn Sie unsere Gesetze nicht gutheißen."

Entschieden und aggressiv – so hören sich für Katrin die letzten Worte des Managers an. Sie spürt seinen prüfenden Seitenblick und kapiert: gegen diese beiden Männer kommt sie nicht an. Die mauern und finden ihr Ansinnen absurd. Und sie macht sich nur lächerlich, wenn sie weiter insistiert.

„Okay, ich habe verstanden." Katrin versucht, ihren Ärger zu unterdrücken. Sie will weg, einfach raus aus der Polizeistation. Die stickige Luft nimmt ihr fast den Atem. Aber wo soll sie hin? „Ich habe eine Bitte. Wo finde ich hier in Okakarara ein Hotelzimmer?"

Der Polizist und der Manager werfen sich einen kurzen Blick zu und sprechen wie mit einer Stimme: „Ein Hotel? Hier gibt's kein Hotel." Der Manager schüttelt den Kopf: „Wissen Sie eigentlich, wo Sie hier sind? Okakarara ist ein Dorf mitten in Namibia. Hier leben die Menschen in Blechhütten. Sie sind arm. Touristen verlaufen sich nur ganz selten hierher, sie tauchen höchstens auf, wenn ihr Tank leer ist und sie Benzin brauchen. Es ist bekannt, dass wir hier eine Tankstelle haben, das ist in Namibia auch nicht selbstverständlich. Im Übrigen – wozu brauchen Sie denn noch ein Hotelzimmer, ich dachte, Sie wollten heute Abend zurück nach Windhoek? Was hält Sie hier noch? Hier gibt es nichts zu besichtigen, ich kann Ihnen nichts Schönes zeigen. Die Habseligkeiten Ihrer Schwester müssen Sie nicht zusammenpacken. Diese Arbeit nehmen wir Ihnen gerne ab, wir kümmern uns auch um den Rücktransport Ihrer Schwester. Ihrer Abreise steht nichts mehr im Wege."

Er spricht, als hätte er diese Sätze vorher auswendig gelernt. Katrin will sich aber nicht abwimmeln lassen und besteht darauf: „Ich brauche eine Unterkunft hier im Ort. Ich bin müde, ich habe eine lange Reise hinter mir."

Arnold Kaure wirkt überrascht: „Hier finden Sie kein Zimmer. Hotels gibt es reichlich in Windhoek. Dort finden Sie ein gutes Hotel, und morgen können Sie gleich zurück nach Deutschland fliegen."

„Nein, ich will heute in Okakarara bleiben. Wo ist das Haus meiner Schwester? Wo ist der Schlüssel? Liegt der hier auf dem Polizeirevier?“ Katrin erschrickt über ihren zu barschen Tonfall.

Beide Männer schauen sie fragend an und schweigen. Sie bleibt hartnäckig und wiederholt: „Ich will das Haus meiner Schwester sehen. Vielleicht kann ich dort auch übernachten.“ Zögernd reicht ihr der Polizist einen Schlüsselbund: „Wenn Sie meinen.“

Kaure wirft dem Polizisten einen vorwurfsvollen Blick zu, er scheint verärgert zu sein, dass Katrin die Hausschlüssel bekommen hat: „Sind Sie sich darüber im Klaren, wo Sie schlafen werden? In diesem Haus ist Ihre Schwester ermordet worden. Wollen Sie sich das wirklich antun? Ich muss Ihnen davon abraten.“

„Wo soll ich denn sonst hin? Bitte geben Sie mir die Adresse. Ich finde mich schon allein zurecht.“

Kaure spürt ihre Unsicherheit und will sie beruhigen: „Das schaffen Sie nicht alleine. Offensichtlich sind Sie zum ersten Mal in Afrika. In unserem Ort haben die Straßen keine Namen und die Häuser keine Nummernschilder. Kommen Sie, ich bringe Sie hin.“

Als sich Katrin beim Hinausgehen noch einmal umdreht, sieht sie, dass der junge Polizist ihr ratlos hinterher schaut.

„Mein kleines Sommerhaus“ hatte Anna ihre Bleibe genannt. Links von der Hauptstraße führt ein sandiger Weg in eine Siedlung mit umzäunten Grundstücken. Mittendrin Annas Häuschen. Von allen Seiten laufen Kinder herbei und starren Katrin an. Anna nannte sie „mein Empfangskomitee“. Der Manager bremst ab, springt aus seinem Auto und lässt sich von Katrin den Schlüsselbund durchs offene Fenster reichen. Das klapprige Tor aus Maschendraht und Holzlatten ist halbhoch und mit einem eisernen

Vorhängeschloss verriegelt. „Früher stand es immer offen, nach Annas Tod hat die Polizei es zugeschlossen", erklärt Kaure. Beide Autos fahren auf den Hof. Im Garten ist es genauso sandig wie auf der Straße. Rund um das Haus aber grünt und blüht es. Anna hat ihren Garten gehegt und gepflegt. Bisher hatte Katrin geglaubt, nur sie hätte einen grünen Daumen für ihre Balkonpflanzen. Rechts und links von der Eingangstür stehen Terrakotta-Töpfe mit Blumen und Kräutern. Eine Kletterpflanze mit zarten weißen Blüten zieht sich an der Wand über dem Türrahmen hoch. Der Zaun zu den Nachbargrundstücken ist verrostet, löchrig und an einigen Stellen heruntergetreten. Türen und Fenster des Hauses aber sind durch zusätzliche Gitter geschützt. Da konnte ja jeder in den Garten, nur das Haus ist wie ein Gefängnis gesichert, denkt Katrin und dreht den Schlüssel in einem dicken Vorhängeschloss um. Hinter der Gittertür muss sie noch einmal zwei Schlösser öffnen, bis sie in einem lichtdurchfluteten Raum steht. Die letzten Strahlen der Nachmittagssonne fallen durch die Fenster zum Garten auf den hellgrauen Fußboden. Muffige Luft und verdorbenes Essen auf dem Herd nehmen Katrin fast den Atem. Sie sieht einen zusammengerollten Strohteppich und daneben die Umrisse einer Person, die mit weißer Kreide auf den Beton gemalt sind. Anna. Anna am Boden, den linken Arm nach oben verdreht, nah am Kopf, so als wolle sie sich schützen.

Katrin spürt, wie sich ihr Begleiter wendig an ihr vorbeischiebt und mit einem kräftigen Tritt den Teppich über die Kreidezeichnung schieben will. Der Teppich ist voller Blutflecken. Katrin zieht den Manager am Arm zurück: „Lassen Sie das!" Sie bückt sich und rollt den Teppich so zusammen, dass Anna wieder sichtbar wird.

„Sie dürfen sich nicht unnötig quälen. Ich hole einen Lappen und wische das weg. Die Ermittlungen sind abgeschlossen.“ Arnold Kaure spricht leise, seine Stimme klingt fürsorglich.

„Nein, nein, nicht wegwischen. Sie soll hier bleiben. Sie soll bei mir bleiben.“ Katrin spricht vor sich hin, als wäre sie allein im Haus. Ein Korbsessel mit bunten Kissen, Bücherregale, an den Wänden Fotos und kleine Ölgemälde, auf dem Herd eine gusseiserne Pfanne mit gebratenen Tomaten und Zwiebeln. Offensichtlich wollte Anna sich gerade ihr Abendbrot zubereiten, als der Mörder kam. Katrins Blick fällt auf eine moderne, kleine HiFi-Anlage aus mattem Edelstahl und Holz. Daneben ein Stapel CDs. Auf einer Kommode unter einem alten Spiegel steht eine blau-weiße Porzellanschale mit Schmuck – Annas geliebte silberne Ringe, die Goldkette der Mutter mit Jugendstil-Anhänger und eine Vielzahl von Ohrringen. Draußen dämmert es. Katrin hat ihre Reisetasche in das anliegende Schlafzimmer gestellt. „Du kannst immer bei mir wohnen, ich habe sogar ein kleines Gästezimmer“, hatte ihr erst kürzlich die Schwester am Telefon gesagt. Manager Kaure lehnt am Türrahmen und lässt sie nicht aus den Augen. Seine Stimme klingt besorgt, als er fragt: „Haben Sie denn gar keine Angst, hier zu übernachten?“

„Ich weiß es nicht. Ich bin nur müde. Ich habe im Flugzeug kein Auge zugetan.“

Er macht ihr einen Vorschlag. „Ich hole Sie morgen früh um zehn Uhr ab und zeige Ihnen unser Kulturzentrum. Vor Ihrer Rückreise müssen Sie sehen, wo Ihre Schwester gearbeitet hat. Dann können Sie gleich nach Windhoek zum Flughafen weiterfahren.“ Kaure dreht sich um und nuschelt etwas in sich hinein. Er geht.

Endlich ist sie allein. Sie fühlt sich kraftlos, leer und hundemüde, aber sie wagt nicht, sich in einen der Sessel zu setzen, es sind Annas Sessel. Sie traut sich nicht, die Fenster zu öffnen. Draußen wird es gerade dunkel. Sie fürchtet sich vor afrikanischem Ungeziefer, das vom Licht im Haus angezogen wird. Aber in dieser muffigen Luft kann sie die Nacht nicht überstehen. Deshalb reißt sie zwei Fenster auf und lässt die Terrassentür zum Garten offen stehen. Sie schreit auf, als sie eine Ameisenstraße an der Wand hinter dem Herd entdeckt. Panisch rennt sie mit der schweren gusseisernen Pfanne in den dunklen Garten und sucht die Mülltonne. Vergeblich. Schimpfend kippt sie die Speisereste in einen Busch am Zaun. Katrin ist fertig. Gestank, Blut auf dem Strohteppich, Ungeziefer. Alles findet sie hier primitiv und abstoßend. Wie konnte Anna hier bloß leben? Unruhig läuft sie im Haus auf und ab. Sie guckt in alle Ecken, geradeso als lauere überall Unheil. Ein dickes schwarzes Oktavheft, verschlossen mit einem Gummiband, liegt auf einem Tischchen neben dem Bett. Solche Hefte hat Anna immer schon für ihre Notizen benutzt. Katrin schlägt die Kladde auf und legt sie sofort erschrocken zurück, als habe sie etwas Unrechtes getan. Man liest nicht in fremden Tagebüchern. Anna könnte gleich zur Tür reinkommen. Unsinn, Anna ist tot. Katrin setzt sich auf den Boden, ein paar Zentimeter von dem Kreidekreis entfernt, der Annas Kopf skizziert. Sie schließt die Augen und schon sieht sie Anna als Fünfjährige auf der Wiese am Baggersee liegen.

An einem heißen Sommernachmittag radelte Katrin mit ihrer Schwester zum Badesee. Die kleine Anna saß hinten auf dem Gepäckträger und hatte ihre Arme um die Schwester geschlungen. Katrin war elf und Anna gerade fünf. Der kleine See mit Schilf am Ufer, die glitzernde Sonne im Wasser, die Badestelle mit Sandstrand. Katrins Freundinnen tobten im Wasser und winkten ihr zu. Sie sprang vom Rad, zog schnell ihr Kleid aus und ermahnte Anna: „Bleib hier auf der Wiese sitzen, bis ich dich hole. Pass auf unser Rad auf." Katrin rannte zu den Freundinnen und vergaß die Zeit, Anna und alles um sie herum. Da hörte sie einen Hilfeschrei. Katrin sah, wie Erwachsene von der Liegewiese aufsprangen und zum Wasser eilten. Sie sah das Fahrrad auf der Wiese. Keine Anna. Wo war sie? Sie schwamm in heller Aufregung zum Ufer und lief zu den Badegästen, die einen Kreis bildeten. Alle schrien durcheinander: „Schnell, einen Arzt!" Katrin sah durch die Beine der Umstehenden, wie Anna in ihrem bunten Badeanzug im Sand lag. Die braunen Haare hingen wirr im bleichen Gesicht. Die Augen waren geschlossen. Sie bewegte sich nicht. Eine Frau versuchte, das Kind mit Mund-zu-Mund-Beatmung wieder zu beleben. Katrin stand wie angenagelt vor ihrer kleinen Schwester. Sie brachte kein Wort heraus, sie dachte nur: Ich bin schuld, ich habe sie umgebracht. Der Notarztwagen fuhr quer über die Wiese, zwei Sanitäter sprangen heraus. „Zu wem gehört dieses Kind?" Katrin wäre am liebsten weggelaufen. Sie flüsterte: „Zu mir." Automatisch beantwortete sie alle Fragen: Name, Adresse, Telefon, Krankenversicherung. Anna wurde auf einer Trage in den Notarztwagen geschoben, die Doppeltür knallte zu. Der Krankenwagen fuhr mit ihrer Schwester davon.

Katrin setzte sich wie benommen auf die Wiese. Von allen Seiten prasselten die Vorwürfe auf sie nieder. „Warum hast du nicht auf die Kleine aufgepasst?", „Schäm dich!", „Du bist schuld, wenn deine Schwester stirbt. Beinahe wäre sie ertrunken", „Wie konntest du nur so egoistisch sein?"

Katrin weiß nicht mehr, wie sie an diesem Tag den Weg nach Hause gefunden hatte. Sie erinnert sich nur, dass sie den Schlüssel vorsichtig umgedreht und in die Wohnung geschlichen war. Aber da war niemand, der sie hätte trösten können. Anna überlebte. In der Nacht kam sie mit den Eltern aus dem Krankenhaus zurück. Katrin hörte die Wohnungstür zuklappen und schnappte ein paar Worte auf, die ihre Eltern im Flur zu Anna sprachen. „Alles wird wieder gut. Heute darfst du bei uns im Bett schlafen." In dieser Nacht kam niemand in ihr Kinderzimmer – weder Mutter noch Vater. Auch Martin, der drei Jahre jüngere Bruder, kam nicht an ihr Bett. Katrin weinte sich in den Schlaf. Sie war Luft für ihre Eltern. Das war die schlimmste Strafe, viel schlimmer als der Schmerz einer Ohrfeige.

Katrin steht auf. Es ist stockdunkel geworden. Sie weiß nicht, wie lange sie auf dem Boden gesessen hat. Die Luft im Haus ist jetzt viel besser, es stinkt nicht mehr. Sie macht Licht an und will gerade die Vorhänge im Schlafzimmer zuziehen, da schaut sie in lauter verschwommene dunkle Kindergesichter. Die Mädchen und Jungen pressen ihre Nasen an die Scheibe. Katrin fühlt sich belästigt. Sie zieht den Vorhang zu, schließt die Tür zum Schlafzimmer und dreht den Schlüssel herum. Sie lässt sich aufs Bett fallen. Wenn Martin doch nur mitgekommen wäre.

Dumpfe Schläge an der Haustür. Katrin schleicht sich heran und horcht. Ob der Manager etwas vergessen hat? Sie nimmt ihren ganzen Mut zusammen und ruft: „Wer ist da?"

Eine tiefe Stimme antwortet: „Ich bin Chief John Kambanda, ein Freund Ihrer Schwester." Katrin öffnet die Tür nur einen Spalt breit: „Ja, Ihren Namen hat meine

Schwester öfter erwähnt." Ein hagerer hochaufgeschossener Mann lächelt sie an: „Ich möchte Ihnen mein Beileid bekunden." Sie lässt den Chief eintreten und mustert ihn verstohlen. Einen Häuptling hat sie sich anders vorgestellt – mit einem prächtigen Gewand oder wenigstens irgendeinem Zeichen seines Ranges. Dieser alte Herr aber hat ein abgetragenes europäisches Jackett an und trägt ausgetretene Turnschuhe. Sein braunes, erstaunlich glattes Gesicht ist ein schöner Kontrast zu dem vollen schlohweißen Haar. Das muss der Häuptling sein, den Anna bewundert hat. Katrin schiebt ihm den großen bequemen Korbsessel zurecht. Sie sucht in der Küche nach einer Teekanne. Ob sie ihm Tee servieren soll? „Möchten Sie etwas trinken?" Der Chief winkt ab: „Der Tee kann warten." Dann schaut er sich in dem Raum um, lässt seinen Blick aufmerksam über jeden Gegenstand schweifen: „Hier habe ich oft mit Anna gesessen. Sie war eine liebenswerte Frau. Wir haben gut zusammengearbeitet. Ich bin sehr traurig über ihren Tod."

Katrin wundert sich über sich selbst. Ohne Angst und ohne Misstrauen sitzt sie in einem wildfremden Land mit einem wildfremden Mann mitten in der Nacht wie selbstverständlich zusammen. Sie mag die Art, wie er über Anna spricht, und sie ahnt, dass er mehr über ihre Schwester weiß als sie selbst. „Erzählen Sie mir von Anna. Wie lebte sie hier?"

Der Chief ist erstaunt: „Wissen Sie das nicht? Sie sind doch die Schwester?"

„Ich habe mich nicht genug um Anna gekümmert", entschuldigt sie sich. „Zu Hause war immer so viel los. Vor einem Monat haben wir das letzte Mal miteinander geredet. Am Telefon hat man nie genug Zeit, um in Ruhe zu sprechen."

„Ja, ja, das weiß ich schon. Die Menschen haben keine Zeit füreinander, nicht einmal in der Familie." Seine Stimme wird weich. Katrin spürt, der Chief mochte Anna. Und er will wissen, warum sie ihre Schwester nie besucht hat. Sie hört keinen Vorwurf aus seinen Worten heraus. Sie zuckt mit den Schultern, sie weiß es selbst nicht. Sie weiß nur, sie hat ein schlechtes Gewissen. „Es tut mir so leid und jetzt ist alles zu spät. Ich war übrigens heute bei der Polizei und habe erfahren, dass der Täter 17 Jahre alt ist und von hier stammt. Kennen Sie ihn?"

„Ja, seit seiner Geburt. Ich weiß nicht, was wirklich geschehen ist. Ich bin fassungslos über Annas Tod. Das ist ein großes Rätsel und eine Schande für unsere ganze Region."

Für Katrin hat das Gespräch gerade erst begonnen. Sie hat noch viele Fragen, aber Chief Kambanda steht auf: „Ich muss gehen. Sie können mich jederzeit anrufen. Hier ist meine Telefonnummer. Ich möchte Ihnen noch etwas sagen. Anna hatte mir bei einem meiner letzten Besuche etwas versprochen, was Sie wissen sollten. Sie wollte mir den schönen Kerzenleuchter schenken. Ich hatte irgendwann einmal erwähnt, dass mir dieser Silberleuchter sehr gefällt. Sie sagte, dieses Familienstück wolle sie mir geben, wenn sie eines Tages Namibia verlasse. Anna scherzte ein wenig und meinte, sie möchte nicht, dass ich sie vergesse." Der Chief wirft Katrin einen kurzen Blick zu, gerade so, als wolle er die Wirkung seiner Worte testen. Dann fügt er ruhig und bestimmt hinzu: „Ich würde mich freuen, wenn Sie mir das Geschenk von Anna überlassen, sobald die Polizei das Stück freigegeben hat."

Als Katrin sich von ihm vor der Haustür verabschiedet, ermahnt er sie noch: „Vergessen Sie nicht, beide Türen und auch die beiden Gitter davor gut abzusperren. Das ist eine reine Vorsichtsmaßnahme und hat nichts mit dem Tod Ihrer Schwester zu tun. Das machen hier alle so. Ihre Schwester lebte wie wir. Sie hatte weder Nachtwächter noch Dienstpersonal. Das gefiel uns sehr."

„Woher wussten Sie, dass ich heute hier angekommen bin?"

Der alte Mann lacht: „Bei uns spricht es sich sofort herum, wenn ein fremdes Gesicht auftaucht."

Der Kerzenleuchter ist die Tatwaffe. Katrin empfindet es als unangemessen, ja sogar taktlos, diesen Gegenstand, mit dem die Schwester erschlagen wurde, als Dekoration aufstellen zu wollen. Eine Mordwaffe auf einem festlich gedeckten Tisch? Geschmacklos. Oder ticken Afrikaner anders? Der Chief ist ihr sympathisch, aber sein Wunsch befremdet sie. Anna hat ihr mal erzählt, Afrikaner äußern ihre Wünsche oft sehr direkt. Darüber möchte Katrin jetzt mit ihrem Bruder reden. Als sie den Hörer aufnimmt, merkt sie, dass die Leitung tot ist. Trotzdem wählt sie die Stuttgarter Nummer. Auch ihr Handy kann sie nicht benutzen. Der Akku ist leer, und das Aufladegerät hat sie in der Aufregung in Stuttgart liegenlassen.

Das Thermometer am Fenster zeigt drei Grad plus. Katrin war auf Sommer eingestellt, dachte, auch der afrikanische Winter sei mild. In ihre Reisetasche hat sie nur zwei leichte Kleider und ein paar T-Shirts gepackt. Sie fröstelt und geht ins Schlafzimmer. Im großen Kleiderschrank findet sie zwei flauschige Decken und einen dicken Pullover. Sie wickelt sich ein Wolltuch um die Hüften und kriecht unter Annas Federbett. Jetzt fehlt nur noch die Wärmflasche, denkt sie. Sie ist todmüde und findet trotzdem keinen Schlaf. In ihrem Kopf schwirrt es von den vielen neuen Eindrücken. Ihre Gedanken verheddern sich, fangen an zu kreisen. Festgehakt in ihrem Kopf ist das Bild, das sie nicht verdrängen kann: Die Kreidefigur auf dem Betonfußboden. Immer wieder hört sie die Stimme des Polizisten. „Tun Sie sich das nicht an! Was für ein grässlicher Tod!“ Katrins Magen krampft sich zusammen. Sie friert und zittert, obgleich sie zusammengekauert unter der dicken Zudecke liegt. Sie lauscht seltsamen Geräuschen nach. Im Hause knistert und knackt es, es trappelt und knirscht, sie hört flüsternde Stimmen, kehliges Lachen. Katrin springt aus dem Bett, tappt im Dunkeln ans Fenster, hebt den Vorhang ein paar Zentimeter hoch, öffnet das Fenster einen Spalt und blickt hinaus in die Nacht. Sie erspäht ein offenes Feuer mit einem großen Topf darauf. Der Maschendrahtzaun ist so heruntergetreten, dass sie beobachten kann, was sich im Garten nebenan abspielt. Schwarze Gestalten mit merkwürdigen langen Gewändern und sperrigen Hüten laufen hin und her. Babys schreien, Kinder hüpfen herum. Aus der Ferne dringt monotone Disco-Musik in ihr Haus. Katrin ist neugierig geworden und möchte zu gerne wissen, was zu später Stunde bei den Nachbarn los ist. Für sie ist Okakarara eine Welt voller Geheimnisse.

Sie schließt das Fenster und kriecht unter die schwere Bettdecke. Aber der Schlaf kommt nicht. Raubmord – sagt die Polizei. Was hat der Mörder mitgenommen? Wieder verlässt Katrin das Bett, läuft durch alle Zimmer, öffnet Schübe und Schränke: Es scheint nichts zu fehlen, nichts ist durchwühlt, alles liegt ordentlich an seinem Platz – der Schmuck, der CD-Player, das Radio, die Box mit Kassetten und CDs, die Bücher, die Seidenschals. Es kann kein

Raubmord gewesen sein. Aber was war es dann? Wiederholt schreckt sie auf, taumelt an die beiden Türen und kontrolliert, ob die Schlösser unversehrt sind. In den Nachbargärten sind die Feuer längst erloschen. Aber rund um das Haus hört sie noch verdächtige Laute. Ein Hund knurrt, und als sie aus dem Toilettenfenster schaut, meint sie, eine dunkle Gestalt davonhuschen zu sehen. Jetzt dringt auch noch verzweifeltes Katzengeschrei in ihr Schlafzimmer. Ob das Annas Tiere sind?

Ihre Schwester liebte Katzen, und da sie in Stuttgart in ihrem winzigen Ein-Zimmer-Appartement keine Tiere halten durfte, hatte sie gleich nach ihrer Ankunft in Afrika zwei Katzen zu sich geholt. Katrin wagt nicht, die Tür zu öffnen. Erst gegen Morgen findet sie ein paar Stunden Schlaf.

Draußen scheint die Sonne. Katrin schaut in einen strahlend hellen und kalten Morgen. Der Monat August gehört zum afrikanischen Winter. Arnold Kaure steht um Punkt zehn mit einer Tüte vor ihrer Tür. Er trägt einen dunkelblauen Pullover und Jeans. Er scheint bester Stimmung zu sein und will wissen, ob sie gut geschlafen hat.

„Naja, es war etwas unheimlich.“ Katrin wickelt die Decke fester um die Hüften.

Kaure antwortet ernst: „Ich habe Sie gewarnt. In einem Haus, in dem jemand ermordet wurde, schläft es sich schlecht. Aber Sie wollten ja nicht auf mich hören.“ Er holt ein Päckchen Tee und zwei Brötchen aus einer Plastiktüte. „Sie haben sicher noch nicht gefrühstückt.“ Katrin nickt und lässt ihn ins Haus. Er kümmert sich um sie. Wie angenehm. Sie kocht Tee und beobachtet aus den Augenwinkeln, wie ihr Besucher an dem Bücherregal entlang streicht und interessiert die Buchrücken studiert. In der unteren Reihe stehen Aktenordner mit den Aufschriften DED, Privat, Okakarara, Kulturzentrum, Finanzen. Dazwischen drei Pappkartons ohne Beschriftung. „Lesen Sie gern?“, ruft sie ihm zu. „Möchten Sie von Annas Büchern welche haben?“ Arnold Kaure reagiert nicht. Er scheint tief in Gedanken versunken zu sein. Sie setzt nach: „Wollen Sie nicht ein paar von Annas Büchern haben?“

„Nein, bitte nicht. Aber meine Kinder würden sich sehr über den schönen CD-Player freuen. Kann ich den mitnehmen?“ Sie überhört die Frage, sie will ihm nicht ein so großes Geschenk machen. Arnold Kaure hat sich inzwischen in dem bequemen Sessel niedergelassen, in dem der Chief am Abend zuvor gesessen hatte. „Sie hatten gestern Abend noch spät Besuch.“ Kaure beugt sich vor und schaut Katrin direkt in die Augen. Sie hat sich an die andere Seite des kleinen runden Tisches gesetzt und gießt sich eine Tasse Tee ein. „Woher wissen Sie das?“

Er lehnt sich zurück und lächelt in sich hinein. „Hier im Dorf bleibt nichts geheim. Jeder weiß, was der andere tut. Wir sind wie eine große Familie, da bleibt keiner allein – auch keine Frau.“

Was meint er mit dieser Anspielung? Ihre Schwester oder etwa sie? Katrin lenkt ab: „Ich glaube, Chief Kambanda ist ein besonderer Mensch. Er hat meine Schwester sehr gemocht. Jetzt verstehe ich, warum sie ihm vertraute.“

„Ja, Ihre Schwester war schnell von Menschen beeindruckt.“

„Was wollen Sie mir damit sagen?“

Er nimmt einen Löffel Zucker, rührt viel zu lange in seiner Teetasse und schweigt. Als er hochschaut, lächelt er bedeutungsvoll: „So ist es überall auf der Welt. Männer denken und lenken. Frauen fühlen und wollen Kinder. Sie doch auch, oder?"

Katrin ärgert sich über solche Sprüche, will ihm das aber nicht zeigen und lächelt ihn an: „Wenn Anna hier wäre, würde sie Ihnen jetzt an die Gurgel springen." Er lächelt zurück. Katrin findet sein Verhalten peinlich, lässt es sich aber nicht anmerken. Sonst wird er ihr womöglich nichts über Anna erzählen. Arnold Kaure weiß mehr über die Schwester als alle anderen. Schließlich war er fast jeden Tag mit ihr zusammen. „Anna hat mir geschrieben, dass sie hier glücklich war. Nach dem Raubmord bin ich mir nicht mehr so sicher: Sie muss Feinde gehabt haben. Wollte ihr jemand etwas Böses? Was wissen Sie über meine Schwester?"

Arnold Kaure lehnt sich zurück, er überlegt und antwortet nicht. Katrin kommt es vor wie eine Ewigkeit. Endlich sagt er etwas: „Ich könnte Ihnen stundenlang von Anna erzählen. Am Anfang hatte sie es hier nicht leicht. Die Leute beobachteten sie und waren skeptisch. Eine weiße junge Frau, auch noch alleinstehend, in einem namibischen Dorf – das kam den meisten Männern und Frauen sehr seltsam vor. Ich stand auf ihrer Seite und habe sie unterstützt. So konnte ich ihr über viele Klippen hinweghelfen."

„Welche Klippen?"

„Sie hatte keine Ahnung von der Lebensweise der Herero. Sie wusste nichts über die Bedeutung unserer Familienstruktur, die sehr kompliziert und verästelt ist. Wir haben matriarchalische und patriarchalische Linien. Jeder hat seinen Platz und seine ganz speziellen Aufgaben bei Geburten, Hochzeiten, Todesfällen, Erbschaftsangelegenheiten. Bei allen Entscheidungen, die für die Familie wichtig sind."

„Was hat meine Schwester denn falsch gemacht?“

„Für mich war sie die klügste Frau der Welt. Bescheiden, großzügig, kreativ, feinfühlig, sensibel. Die Erwachsenen liebten, die Kinder vergötterten sie.“

Dieses Loblied auf Anna klingt übertrieben. Der sagt das nur, um mich zu trösten, denkt sich Katrin und sagt: „Nicht alle können sie geliebt haben.“

„Wenn Sie das meinen. Der Mörder hat sie natürlich nicht geliebt.“

„Kennen Sie den Mörder?“

„Darüber habe ich lange nachgedacht.“

„Nachgedacht? Wieso?“

„Wissen Sie, es laufen mir jeden Tag so viele Jugendliche über den Weg. Im Kulturzentrum, im Dorf. Da kann es schon sein, dass ich dem Jungen mal begegnet bin. Aber kennen tue ich ihn nicht – ich sehe kein Gesicht vor mir.“

„Meine Schwester ist in ihrem Haus getötet worden. Es gibt keine Spuren für einen gewaltsamen Einbruch. Und wenn sie ihren Mörder hereingelassen hat, dann muss sie ihn auch gekannt haben, oder?“

„Nicht unbedingt. Er kann sich auch unter einem Vorwand Zutritt verschafft haben. Vergessen Sie nicht, Ihre Schwester hat sehr schnell, manchmal zu schnell, Menschen vertraut. Für mich gibt es nur eine Erklärung für den Mord: Wir leben hier in großer Armut. Der junge Mann hat gedacht, Ihre Schwester sei reich und hätte in ihrem Haus Schätze gehortet.“

Diese Erklärung klingt plausibel für Katrin. Aber die große Frage bleibt: „Warum hat er dann nichts mitgenommen?“

„Das verstehe ich auch nicht. Vielleicht ist er durch irgendetwas gestört worden.“

„Ich möchte mit dem Jungen sprechen. Können Sie mir helfen, damit ich ihn besuchen kann?“

Arnold Kaure springt erschrocken auf und schlägt sich mit der flachen Hand gegen die Stirn: „Was denken Sie sich? Das ist unmöglich. Niemals. Der Mörder ist doch in Untersuchungshaft, da darf er keinen Besuch empfangen.“ Und dann wird seine Stimme leise und beschwörend: „Außerdem – was bringt Ihnen das? Wollen Sie dem Mörder Ihrer Schwester wirklich in die Augen sehen?“

Katrin versteht seine Aufregung nicht: „Setzen Sie sich bitte. Nein, nein. Ich dachte ja nur. Das war nur so eine Idee. Kommen Sie, ich will sehen, wo meine Schwester gearbeitet hat.“

Kaure hat sich den Vormittag für Katrin freigehalten. Er steht auf, klimpert mit seinem dicken Schlüsselbund: „Eine kleine Ablenkung können Sie jetzt gut gebrauchen.“

Als sie Annas Haus verlassen, spürt sie, wie belastend die letzte Nacht für sie war. Katrin atmet tief durch und weiß jetzt: Sie hätte doch woanders schlafen sollen. Auch Arnold Kaure wirkt draußen entspannter als im Haus. „Kommen Sie, steigen Sie ein. Ich bin heute Ihr Stadtführer durch unseren Ort.“ Arnold Kaure fährt so schnell über die unbefestigten Wege, dass der Wagen von einer Sandwolke umhüllt wird. „Sehen Sie da drüben, da ist unser Supermarkt, daneben soll bald eine Bankfiliale eröffnet werden, die erste in Okakarara.“ Katrin sieht nicht viel, sie ist ständig damit beschäftigt Haare, Strickjacke und Sandalen von dem feinen Staub zu befreien. Sie wedelt mit ihren Händen vor dem Gesicht herum und brüllt gegen den Motorlärm an: „Langsamer! Ich kann nichts sehen und hören kann ich auch nichts. Der Staub ist unerträglich.“

Kaure bremst kurz ab und ruft ihr zu: „Ja, so ist das bei uns. Seit Monaten hatten wir keinen Tropfen Regen. Für Sie fahre ich ein bisschen langsamer. Hier ist die Grundschule." Er zeigt auf einen flachen Bau mit Wellblechdach, dessen Wände mit Giraffen, Elefanten und Löwen bemalt sind. Und direkt daneben ist die Bierbar mit der Aufschrift American International.

„Wenn es bei uns im Dorf etwas im Überfluss gibt, dann sind es solche Schuppen. Ich habe sie nicht gezählt, aber es sind mehr als 20."

„Ich dachte, die Leute hier hätten kein Geld?"

„Natürlich haben sie kein Geld. Sie lassen anschreiben und verschulden sich. Viele sind Alkoholiker. Ich trinke übrigens keinen Alkohol."

„Aber Wasser trinken Sie schon?", feixt sie. Kaure lacht nicht. Er findet ihren Scherz nicht lustig.

Katrin dreht den Kopf nach links und nach rechts. Sie sagt nichts mehr. Noch nie hat sie einen so tristen Ort gesehen. Nur die Hauptstraße, die schnurgerade durch Okakarara führt, ist geteert. Alles, was für das öffentliche Leben wichtig ist, befindet sich hier in schmutzig-grauem Beton: Das Krankenhaus, die Polizeistation, die Post, der Supermarkt, die Stadtverwaltung, eine Berufsschule. Neben der Siedlung mit kleinen Häuschen und winzigen Gärten, in der Anna wohnte, gibt es rechts und links der Straße nur noch trostlose Blechhütten und ein paar heruntergekommene Steinhäuser. Katrin muss an Anna denken, die in diesem Elendsort lebte – und das auch noch freiwillig. Wie konnte sie hier nur glücklich sein?

Mitten auf der Straße kommen ihnen drei stattliche Frauen in traditionellen Herero-Gewändern entgegen. Sie tragen üppige Taftkleider in rot, blau und grün mit berüschten Puffärmeln und gebauschten Röcken bis zum Boden. Auf dem Kopf haben sie farblich auf das Kleid abgestimmte Stoffhauben, die an die weitausladenden Hörner der afrikanischen Kühe erinnern. Für Katrin sehen die Herero-Frauen aus, als hätten sie sich für ein Theaterstück verkleidet. „Wo kommen diese schönen Frauen denn her und was haben sie für seltsame Kleider an?“, fragt sie. Kaure scheint auf diese Frage gewartet zu haben. Er hält sofort am Wegesrand an und holt aus: „Das ist eine lange Geschichte. Als die deutschen Missionare im 19. Jahrhundert ins Land kamen, fanden sie die traditionelle Herero-Tracht unsittlich – zu viele nackte Beine, Bäuche und Busen. Die Hereros lebten von der Rinderzucht und schneiderten ihre knappe Bekleidung aus Kuh-Häuten. Die Oberkörper blieben bei Männern wie Frauen frei, nur die Genitalien wurden mit Lederschürzen und kurzen Röcken bedeckt, die mit Perlen und Fransen verziert wurden. Auch die Hauben der Frauen waren aus Leder. Die Missionare bekehrten die Herero zum Christentum und zwangen sie, ihre Körper mit züchtiger Bekleidung zu bedecken. So kam es, dass die Herero-Frauen sich bald genauso anzogen wie die Missionarsfrauen.“

Katrin unterbricht ihn: „Aber diese Zeiten sind längst vorbei. Warum haben die Frauen diese unbequemen Kleider nicht abgelegt?“

„Sie haben Gefallen daran gefunden, und wir Männer auch. Heute sind diese Trachten zum Statussymbol geworden. In großen Städten wie Windhoek werden sie nur noch sonntags oder bei Feierlichkeiten getragen. Aber hier auf dem Land gehören sie immer noch zum Alltag.“ Er kurbelt das Fenster runter. Die Frauen schauen Katrin neugierig an. Der Manager stellt sie vor, in seinem

Redeschwall versteht sie nur die Namen Anna und Katrin. Jetzt wollen die drei Herero-Frauen auch sie begrüßen. Sie steigt aus. Nacheinander fasst jede ihre Hand und spricht in ihrer Muttersprache Otjiherero auf sie ein. Kaure übersetzt: „Sie wollen wissen, ob Sie verheiratet sind und wie viele Kinder Sie haben." Katrin wundert sich: „Die wollen aber schnell viel von mir wissen. Sagen Sie ihnen, dass ich nicht verheiratet bin und keine Kinder habe." An den betrübten Gesichtern der Frauen erkennt sie, dass sie Mitleid mit ihr haben. Kaure schiebt eine Erklärung nach: „Diese Frage wird bei uns jeder Frau gestellt, ganz gleich ob sie schwarz oder weiß ist. Nichts ist für eine Frau wichtiger als viele Kinder zu haben und am besten auch noch einen Ehemann."

Die Frauen sprechen weiter in ihrer Sprache und entfernen sich mit gemächlichen Schritten. Katrin erfährt von Kaure, dass die drei Frauen ihr kondoliert haben. Er drängelt, weiter zu fahren und spult sein Sightseeing-Programm ab: „Hier sind die Büros der drei Parteien, die im Stadtrat vertreten sind. Das erste Haus mit der grün-roten Fahne – das ist die SWAPO. Das ist die Abkürzung für die South West African People's Organization, die Bewegung, die uns vom südafrikanischen Apartheid-Regime befreit hat. Die hat die absolute Mehrheit im Land und stellt die Regierung in Windhoek. Das Gebäude zwei Häuser weiter mit der blau-weiß-roten Fahne ist die DTA, Abkürzung für Democratic Turnhalle Alliance, eine Oppositionspartei, die von vielen Herero gewählt wird, und dort hinten mit der blauen Fahne sehen Sie die NUDO. Die National Unity Democratic Organisation ist eine neue Partei, die unser oberster Häuptling gegründet hat. Die hat jetzt bei uns in Okakarara die Mehrheit."

„Und welche Partei wählen Sie?", will Katrin wissen.

Er schaut sie verärgert an: „Wieso fragen Sie das? Ihr aus dem Westen wollt uns Demokratie lehren und habt uns eingebläut, dass Wahlen geheim sein müssen."

Katrin merkt, dass sie mit ihrer Frage zu weit gegangen ist. „Sorry", sagt sie. „Ich würde einem Ausländer in Deutschland auch nicht erzählen, wem ich meine Stimme gebe."

Katrin will zur Post. „Ich muss dringend nach Deutschland telefonieren. Das Telefon meiner Schwester funktioniert nicht." Am Morgen hatte sie wieder vergeblich versucht, ihren Bruder anzurufen.

„Das ist unser Alltag, das Telefon wird sofort gesperrt, wenn jemand seine Rechnung nicht bezahlt hat."

Der Manager biegt von der Hauptstraße ab. Gleich daneben liegt das Postamt. Hier weht von einem hohen Fahnenmast die namibische Fahne in Grün, Rot und Blau. Mitten im blauen Dreieck strahlt eine gelbe Sonne. Menschen stehen Schlange vor dem Eingang. „Wie daheim", stöhnt Katrin und der Manager erklärt: „Heute ist Auszahltag für die Renten, da kommen die Leute von weit her." Die alten Männer und Frauen sind ärmlich gekleidet. Sie warten geduldig. Manche haben kleine Kinder, ihre Enkel, an der Hand.

Der Manager des Kulturzentrums flüstert Katrin zu: „Sie stehen da seit dem Morgengrauen. Jeder bekommt die Einheitsrente von 327 Namibia Dollar. Davon leben ganze Großfamilien."

Katrin rechnet um: „Das sind nur etwa 50 Euro. Davon kann man doch nicht satt werden!"

„Wenn Sie wüssten", seufzt Kaure.

Katrin will sich in die Schlange einreihen. Die alten Leute

rücken ehrfurchtsvoll zur Seite und geben ihr mit Gesten zu verstehen, dass sie vorgehen soll. Hinter dem Schalter thront eine kräftige Frau in taubenblauer Postuniform, auf dem Kopf ein passendes Käppi. Ihre Lippen sind matt rosa geschminkt. Sie ist so um die 40. Katrin reicht ihr einen Zettel mit der Stuttgarter Telefonnummer. „Ich möchte meinen Bruder in Deutschland anrufen. Können Sie die Verbindung herstellen? Die Leitung im Hause meiner Schwester ist tot."

Die Postbeamtin stutzt und mustert Katrin eindringlich. „Ihre Schwester?" Sie lehnt sich nach vorn und wispert: „Ich bin Agnes Kandji, die Nachbarin. Ich habe Ihre Schwester gefunden. Es war furchtbar." Sie liest den Zettel mit der Stuttgarter Telefonnummer. „Merkwürdig. Das Telefon funktioniert nicht? Anna hat erst letzte Woche ihre Rechnung bezahlt. Da stimmt was nicht. Ich werde mich darum kümmern."

Im Postamt funktioniert die Telefonleitung, aber in Stuttgart ist der Bruder nicht zu Hause. Katrin ist enttäuscht. Die Postbeamtin legt ihr zwei Briefe hin: „Nehmen Sie die bitte mit. Die sind heute für Ihre Schwester angekommen. In Annas Postfach sind noch mehr. Es hat die Nummer 634."

Katrin sucht in der Tasche den passenden Schlüssel und hört, wie die Postbeamtin und der Manager in ihrer Sprache aufeinander einreden. Katrin ahnt, dass die beiden über Anna sprechen und bittet den Manager, ihr zu sagen, worum es geht. „Später", sagt Kaure und wendet sich wieder der Postbeamtin zu.

Die Postfächer befinden sich an der Außenwand des Gebäudes. Katrin öffnet Nummer 634. Drei Briefe sind da, darunter einer vom DED aus Windhoek. Der Manager hat den Absender gelesen. „Den Brief vom DED können Sie mir geben. Das erledige ich gerne für Sie."

„Nein, nein, der Brief ist an meine Schwester adressiert, nicht ans Kulturzentrum. Aber danke, dass Sie mir behilflich sein wollten." Der mischt sich in alles ein, denkt Katrin. Warum will er sich um Annas private Post kümmern?

„Sind Sie fertig?", fragt Arnold Kaure kurz angebunden. „Beeilen Sie sich, wir fahren zum Kulturzentrum."

Als Katrin und Kaure gerade in das Auto steigen wollen, kommt die Postbeamtin Agnes Kandji schnaufend angelaufen: „Hoffentlich sehen wir uns bald wieder. Ich bin Ihre Nachbarin und war eine Freundin von Anna." Den Namen Agnes hat Katrin in Annas Briefen öfter gelesen. „Kommen Sie zu mir, sobald Sie Zeit haben. Ich freue mich auf Sie." Agnes lächelt Katrin an und sagt: „Ich komme zu Ihnen. Ich freue mich auch."

Auf dem Weg zum Kulturzentrum fährt Kaure an der Polizeistation vorbei und Katrin fällt blitzartig ein: „Herr Kaure, Sie haben mir noch nicht das Gefängnis von Okakarara gezeigt, wo der Mörder meiner Schwester sitzt."

Der Manager schaut stur geradeaus und brummt: „Wir haben kein Gefängnis."

„Wo sitzt Annas Mörder?", insistiert Katrin.

„Auf der Polizeistation. Dort gibt es ein paar Zellen."

Katrin merkt, dass er darüber nicht sprechen will.

Am Eingangstor zum Kulturzentrum steht ein alter dürrer Mann in Fantasie-Uniform. Hemd und Hose in Khaki, Safari-Stiefel, am breiten Gürtel eine Taschenlampe und einen Holzknüppel. Der Wachmann Ben. Er trippelt auf Katrin zu, bleibt vor ihr stehen, blickt sie gerührt an. „Sie sehen aus wie Anna. Ganz genau wie Anna. Sie war so gut zu mir."

Tränen laufen über sein runzliges Gesicht. Der alte Mann wirft einen ängstlichen Blick auf Kaure und sagt leise zu ihr: „Ich bin heute entlassen worden. Helfen Sie mir. Bitte."

Arnold Kaure hat alles gehört. Bevor Katrin ihn auf die Entlassung ansprechen kann, wimmelt er ab: „Das geht mich nichts an. Dafür ist sein Boss, Herr Katjibi, zuständig. Er ist der Chef der Sicherheitsfirma, die unser Zentrum bewacht. Tut mir leid, ich habe mit dieser Entlassung nicht das Geringste zu tun." Katrin ist sich sicher, ihre Schwester hätte sich für den alten Ben stark gemacht.

Das eingezäunte Kulturzentrum umfasst eine Fläche von elf Hektar. Überall an den Wegen sind kleine Bäume gepflanzt, die nur mühsam auf dem sandigen Kalahari-Boden anwachsen. „In der Trockenzeit müssen wir sie zwei Mal in der Woche wässern", erzählt Ben, „aber wenn sie erst einmal Wurzeln geschlagen haben, dann überstehen sie jede Dürre. Es sind unsere einheimischen Bäume. Sie haben so lange Wurzeln, dass sie an das Grundwasser heranreichen. Deshalb können die Bäume überleben, auch wenn es monatelang nicht regnet. Ich habe sie selber gepflanzt." Katrin sieht ihm an, wie stolz er darauf ist. „Das gefällt mir gut", sagt sie.

Jetzt fühlt sich auch Manager Kaure herausgefordert, seine Erfolgsbilanz zum Besten zu geben: „Ich habe Elektrizität gelegt und einen Wasserturm gebaut. Ich habe einen Campingplatz, ein Museum und eine Open-Air-Bühne errichtet. Bald werde ich noch ein traditionelles Hüttendorf hinstellen, in dem Touristen sich über die Herero-Kultur informieren können", erzählt er stolz.

Katrin ist verärgert: „Haben Sie meine Schwester schon vergessen? Sie tun so, als hätten Sie alles alleine gemacht."

Arnold Kaure merkt, dass er zu weit gegangen ist. Er

rudert zurück. „Niemand will die Leistung Ihrer Schwester mindern, aber ich trage als Manager die Verantwortung für alles."

Katrin will sich mit Kaure nicht streiten, sie schaut sich lieber auf dem Gelände um. Sie findet die Gebäude mit dem ockerfarbenen Anstrich wunderschön. Sie fügen sich so gut in die Landschaft ein. Von der Plattform des Wasserturms aus kann sie weit über die sandige Steppe mit den Schirmakazien schauen. Am Horizont streckt sich der Waterberg im silbrig hellen Sonnendunst in seiner ganzen Länge. In ihren Briefen hatte Anna oft von „meinem magischen Berg" gesprochen, den sie von ihrem Schreibtisch aus immer im Blick hatte. Jetzt möchte Katrin das Büro ihrer Schwester auch von innen sehen. An Annas Schreibtisch sitzt ein Afrikaner breitbeinig auf einem Drehstuhl. Als er Katrin erblickt, dreht er sich mit dem Stuhl um 180 Grad, schiebt seinen breitkrempigen Hut lässig nach hinten und sagt: „Wapenduka." Der Mann steht nicht auf, er stellt sich nicht vor, er taxiert Katrin von Kopf bis Fuß. Der Manager stellt die beiden einander vor. „Herr Katjibi, Chef der Sicherheitsfirma. Frau Sattler, Annas Schwester." Jetzt erhebt sich Herr Katjibi betont langsam und streckt ihr die Hand entgegen: „Wapenduka."

Katrin zieht den Manager beiseite. „Versteht er kein Englisch? Wie soll ich mit ihm sprechen?"

„Doch, doch, der versteht das. Aber mit Deutschen will er nur Otjiherero sprechen. ‚Wapenduka' ist unsere Begrüßung. Dieses Wort sollten Sie sich einprägen." Beide Männer beginnen ein intensives Gespräch in ihrer Muttersprache. Katrin steht daneben und fühlt sich deplatziert. Nach zehn Minuten, die ihr unendlich lang vorkommen, schaltet sie sich ein. „Leider muss ich Sie stören. Ich möchte jetzt zurück." Katrin ärgert sich, dass sie nicht mit ihrem eigenen Auto gefahren ist.

„Ja, ja, ich bring Sie nach Hause. Ich habe heute ohnehin keine Zeit mehr für Sie."

„Nein, nicht nach Hause. Ich will zur Polizei."

„Ich komme mit Ihnen." Jetzt hat er plötzlich doch Zeit. Der Manager stoppt vor der Polizeistation den Wagen, springt heraus und hält Katrin betont höflich die Tür auf.

„Nein. Bitte, lassen Sie mich alleine hineingehen."

„Okay, ich warte, es kann ja nicht lange dauern. Ich muss Sie ja noch nach Hause fahren."

Katrin lächelt ihn entschuldigend an. „Nein danke, ich komme schon allein zurecht. Ich gehe lieber zu Fuß."

Auf der Polizeistation stellt sie erleichtert fest: Der junge Kommissar von gestern hat auch heute Dienst. Seinen Vornamen William hat sie sich gemerkt, den Familiennamen aber sofort vergessen. Ob sie ihn mit Vornamen ansprechen darf? Sie wagt es, und er begrüßt sie sehr freundlich. Katrin bittet ihn, den Polizeibericht noch einmal lesen zu dürfen. „Ich war gestern so erschöpft und müde, dass ich nicht alles mitbekommen habe." Er nimmt die zwei Blätter aus dem Aktenordner und reicht sie ihr über den Tresen. Katrin geht zum Fenster und dreht dem Polizisten den Rücken zu. Sie will unbeobachtet sein. „Wissen Sie, ob meine Schwester den Täter kannte?", fragt Katrin, als sie die Papiere dem Polizisten zurückgibt.

William Katjeho zuckt mit den Schultern: „In Okakarara kannte jeder Ihre Schwester. Ob Ihre Schwester aber jeden hier kannte, da habe ich meine Zweifel. Schließlich haben wir weit mehr als 10.000 Einwohner."

„In welcher Zelle sitzt er denn?"

Der Polizist hat sofort verstanden, wen sie meint: „Das

darf ich Ihnen nicht sagen." Er wendet sich ab und beginnt den Kopierer zu reparieren. Für Katrin ein eindeutiges Signal – sie soll die Polizeistation verlassen. In Gedanken versunken geht sie die Hauptstraße entlang und hofft, die richtige Richtung gewählt zu haben. Das handgemalte Schild mit der deutschen Aufschrift Biergarten war ihr schon am Vortag aufgefallen. Hier geht es links ab in den Sandweg, der zum Haus der Schwester führt. Die Kinder aus den Nachbarhäusern haben sie längst entdeckt und rennen schreiend zum Gartentor. „Otjirumbu! Otjirumbu!" Widerwillig hatte ihr Kaure dieses Wort übersetzt und erklärt, dass dies kein Schimpfwort sei, sondern ganz einfach Weiße heißt. „Weiße, Weiße!" Die Kinder öffnen ihr das Tor und halten ihre Hände auf. „Give me Dollar, give me sweets." Katrin dreht den Kleinen ihre leeren Handflächen zu. „Seht doch, ich habe nichts!" Die Kinder verschwinden so schnell, wie sie aufgetaucht sind. Katrin hantiert ungeschickt mit den verschiedenen Schlüsseln. Auch der zweite Tag in Okakarara war verwirrend für sie. Im Haus flüchtet sie sich in den großen Korbsessel. Endlich Stille. Ihr Blick fällt auf die Kreidestriche. Da liegt Anna mit ihrem angewinkelten Arm auf dem Betonboden. Sie will das schreckliche Bild nicht mehr sehen, aber sie schafft es nicht, den Teppich darüber zu rollen. Ihre Schwester soll sichtbar bleiben.

Sie hört vor der Tür ein leises Miauen. Nein, nicht auch das noch. Die Katzen. Sie hat die Tiere glatt vergessen. Katrin macht vorsichtig die Tür auf, und schon flitzen die drei ins Haus. Anna hat oft über Otjiwa, Punja-Punja und Katiti gesprochen. Noch auf dem Flug nach Namibia hatte Katrin gelesen, was Anna ihr über ihre geliebten Katzen geschrieben hatte. Das zerzauste Siam-Muttertier mit dem viel zu kurzen Schwanz und nur einem Auge, das kann nur Otjiwa sein. Otjiwa heißt auf Deutsch „die Schöne". Typisch Anna, dass sie eine behinderte Katze schön findet. Und die zarte sandfarbene Blauäugige ist gewiss deren Tochter Punja-Punja. Der kleine Kater mit den lustigen schwarz-weißen Flecken, der ihr bereits zärtlich um die Beine streicht, ist ganz bestimmt Annas Liebling Katiti, auf Deutsch „der Kleine". Schreiend stehen die drei vor ihrem leeren Schälchen. Eigentlich mag Katrin keine Katzen. Sie hat sich nie für diese Tiere interessiert, sie sind ihr viel zu eigenständig, unberechenbar und falsch. Noch schlimmer sind Katzenhaare auf dem Sofa. Katrin mag Hunde viel lieber, die sind zutraulich, gehorsam und kommen, wenn man sie ruft. Mit Anna hat sie sich deswegen sogar einmal gestritten. „Du mit deinem Katzen-Fimmel!", hat Katrin gespottet, und Anna hat zurückgekratzt: „Zu dir passt ein treu-doofer Hund viel besser. Eine Katze ist für dich viel zu unabhängig und emanzipiert." Alles vorbei. Jetzt muss sie sich um die Viecher kümmern. Das ist sie Anna schuldig. Es ist nichts zum Essen und zum Trinken im Haus, nichts für sie und nichts für die Tiere. Katrin muss noch einmal in den Ort zurück. Sie nimmt ihren Reiseführer mit, in dem ein paar Herero-Worte aufgelistet sind.

Der Supermarkt von Okakarara. Unglaublich. So etwas hat sie noch nie gesehen. Ein Laden, der fast so leer ist wie der Kühlschrank in Annas Haus. Katrin schaut sich um. Auf den wackligen Holzregalen stehen ein paar Tüten mit Zucker, Maismehl und Salz. In den Kisten liegen – wie abgezählt – Zwiebeln, Kartoffeln und Tomaten. Auf jeder einzelnen Frucht ist der Preis mit einem schwarzen Filzstift markiert: Eine Tomate kostet je nach Gewicht zwischen zwei und drei Namibia-Dollar. Katrin rechnet um. Das sind ja mindestens 20 Cent für eine Tomate. In einem Kühlregal stehen ein paar Milchflaschen und daneben auffallend viele Tetrapaks mit dem Bild einer Herero-Frau in Tracht, neben ihr eine Kuh mit der Aufschrift „Omaere". Sieht aus wie die afrikanische Variante unserer lila Alpen-Kuh, denkt Katrin. Im Reiseführer findet sie das Wort „Omaere, Dickmilch, ein Grundnahrungsmittel der Herero." Katrin nimmt ein Päckchen aus der Truhe und schüttelt es. Prima, wenigstens Joghurt gibt es hier. Sie legt fünf Stück in den Einkaufskorb. Ein großes Weißbrot, drei Eier, eine Flasche Milch, drei Tomaten, drei Kartoffeln und eine Zwiebel – mehr wagt sie nicht zu nehmen. Sie will den armen Leuten nicht die Lebensmittel wegkaufen. Was würde denn die Frau an der Kasse denken? Katrin will bezahlen, da sieht sie eine Theke mit Glasvitrine. Dahinter türmen sich gewaltige Fleischbatzen mit dicken Fetträndern. Für die Herero als traditionellem Viehzüchtervolk – so hatte ihr Anna einmal erklärt – sind Obst und Gemüse keine echten Nahrungsmittel. Herero essen am liebsten große Portionen Rindfleisch. Wenn sie es sich denn leisten können. Die Armen ernähren sich – wie fast überall in Afrika – von Maisbrei. Morgens, mittags, und abends, immer Maisbrei.

Der weiße Mann, der hinter der Fleischtheke auftaucht, könnte ein schwäbischer Metzger sein: Groß und kräftig, unter seiner schweren Schürze aus Gummi trägt er kurze Hosen, seine Füße stecken in Sandalen. Sein Haar ist strohblond, sein Gesicht mit den dicken roten Backen freundlich. „Ich bin Karli Höflinger. Kann ich Ihnen behilflich sein?", sagt er in fast akzentfreiem Deutsch und schüttelt ihr die Hand. Vorher hat er seine Pranken an der Schürze gründlich abgewischt. Karli Höflinger ringt nach Worten. Er ist verlegen. „Ihre Schwester war oft hier im Laden, hat gerne Fleisch bei mir gekauft, am liebsten Kudu-Fleisch. Das bringe ich hin und wieder von der Jagd mit." Er hält inne, sein Gesicht färbt sich rot: „Es ist schrecklich, was geschehen ist." Katrin staunt über diesen großen, unbeholfenen Mann. „Ich kann Ihnen nur eins zum Trost sagen: Die Herero haben Ihre Schwester gern gehabt. Fast alle. Und ich hatte sie auch gern."

Daheim gießt Katrin Milch und Wasser in die Schälchen, bröselt ein bisschen Brot hinein. Heißhungrig machen sich die drei Katzen über das Fressen her. Katrin hat keinen Appetit, sie ist aufgewühlt. Annas Leben aufzuspüren, das tut weh. Es ist Abend geworden. Ihr ist kalt. Sie will sich im Schlafzimmer nur schnell die Wolldecke holen, da fällt ihr Blick auf das schwarze Heft mit dem Gummiband, das auf dem Nachttischchen liegt. Das Tagebuch. Diesmal öffnet sie es und beginnt die letzten Seiten zu lesen, die Anna vor ihrem Tod geschrieben hat.

Sonntag, 15.August
Ich fühle mich wie ausgewrungen, total erschöpft, in mir steckt eine Grippe. Ich habe Fieber und könnte die ganze Zeit heulen vor Erschöpfung – aber auch vor Glück. Die große Gedenkfeier ist letzte Nacht zu Ende gegangen, und es war ein Riesenerfolg. Der monatelange Stress war nicht umsonst. Dabei sah zunächst alles nach Desaster aus. Das Freiluft-Theater nicht fertig gebaut, das Sonnendach für die Bühne nicht montiert, und dieser Schnösel von Referent der deutschen Entwicklungshilfe-Ministerin, der zur Inspektion gekommen war, hat mich angeblafft: „Die Ministerin verträgt keine Sonne. Nicht einen einzigen Strahl. Und Mineralwasser muss mit Kohlensäure versetzt sein, sonst trinkt sie keinen

Schluck." Ich muss ihn so deppert angeschaut haben, dass er mich anfuhr: „Verstehen Sie mich, Frau Sattler? Das Wasser muss sprudeln, richtig sprudeln!" Ein Speichellecker mit geföhntem Blondhaar!

Mein Büro wurde zum Presseraum umfunktioniert, aber die Anschlüsse für Faxe und Computer waren noch nicht installiert. Die Flaschen in den Kisten mit Mineralwasser enthielten nur stilles Wasser. Das Vorbereitungsgremium hatte für die Gedenkfeier ein Alkoholverbot beschlossen, aber davon konnte jetzt keine Rede mehr sein. Im Sitzungsraum hinter dem Büro türmten sich Bierkästen bis zur Decke. Beschluss hin, Beschluss her – Herero-Männer trinken Alkohol. Zum Glück war am Vortag wieder Wasser in der Leitung. Tagelang war es abgesperrt. Die Stadt hatte wieder einmal die Rechnung beim staatlichen Wasserkonzern nicht bezahlt. Jetzt kann man wenigstens wieder aufs Klo gehen.

Am Freitag bin ich fast durchgedreht: Jeder will was von mir. Kann ich mal telefonieren? Mein Handy aufladen? Wo sind die Fahnenstangen? Wer hat die Lautsprecher mitgenommen? Und dann muss ich auch noch das Geld auszahlen für die Dekoration, das Buffet, die Transporte. Und kaum einer hat einen richtigen Beleg. Und jeder will mehr Geld sehen. Unverschämt! Für wie dumm halten die mich eigentlich?

Hunderte, Tausende sind zu uns ins Kulturzentrum gekommen, mit Kind und Kegel, aus der nahen Umgebung, aus ganz Namibia, sogar aus Botswana und Südafrika. Sie kamen zu Fuß, auf Pferden, mit Bussen, mit klapprigen Autos. Schafe und Ziegen, angebunden auf der Ladefläche, wurden als Schlachtvieh mitgebracht. Unser Gelände war ein riesiges Camp mit Zelten und Feuerstellen. Die mitgebrachten Schafe und Ziegen wurden in riesigen Eisentöpfen gekocht. Überall Rauch, Lachen, Gestank, Geschrei, Staub von den Pferdeparaden. Und dann haben die Herero wieder einmal bewiesen, wie gut sie improvisieren können. Irgendwie klappt in der totalen Unordnung alles, na ja, fast alles. Und was nicht klappt, wird einfach vergessen. Was für eine tolle Überlebensstrategie!

Vom sechsjährigen Jungen bis zum Tattergreis – alle Männer hatten Uniformen angezogen. Sie sahen aus wie Faschingskostüme, in Wahrheit sind sie Imitationen deutscher Kolonialuniformen: Beige Jacken und Hosen mit roten oder grünen Bändern besetzt, Schulterstücke, Lederkoppeln, Gürtel – manche hatten aus dem Familienbesitz noch echte Schutztruppler-Hüte oder brüchige Ledergamaschen, einer trug sogar einen alten Stahlhelm.

Sogar die jungen intellektuellen Herero aus Windhoek, die ich sonst nur in Jeans und Lederjacke kenne, hatten sich mit Uniformen verkleidet. Als ich einige auf die Schippe nahm und fragte, welchen militärischen Rang sie denn bekleideten, zählten sie mir etwas verlegen lächelnd auf: Oberstleutnant, Unteroffizier, Oberst. Die Herero hatten doch tatsächlich in ihrer Truppen-Spieler-Bewegung die Ränge der deutschen Kolonialarmee übernommen. Der Generalfeldmarschall war natürlich der Oberhäuptling. Er ist in taubenblauem Tuch mit ordensgeschmückter Brust auf einem Schimmel eingeritten.

Die Augen rechts. Die Augen links. Befehle gellten durch die Luft. Drill, Paraden mit Holzgewehren, hunderte von Reitern preschten über das sandige Gelände und hüllten alles in riesige Staubwolken. Sie wurden von schrillem Geschrei und gurrenden Triller-Lauten der Frauen angefeuert. Die waren alle in Herero-Tracht erschienen. In rot-schwarz, in grün-schwarz oder in weiß-schwarz – je nachdem zu welchem Traditionsverband sie gehörten. Ich habe viel von diesen sogenannten Truppenspieler-Paraden gehört, habe Fotos und Filme gesehen. Aber die Wirklichkeit schlägt alles. Ich schwanke zwischen Lachen und Entsetzen! Diese geballte Herero-Kultur auf einem Platz – das war ein kaum vorstellbares Spektakel.

Alles, was mit Drill und Militär zu tun hat - wie ich das hasse! Ich bin bei Ostermärschen und Friedensdemos mitgelaufen, weil ich gegen diesen ganzen Militär-Kram bin. Dass ausgerechnet die Nachkommen der Opfer aus der deutschen Kolonialzeit in militärischen Drill-Spielen schwelgen - das ist mir regelrecht zuwider. Der alte Veseevete hat mir auf die Frage, was das alles sollte, geantwortet: „Wir haben die Uniformen unserer Gegner zu unseren eigenen gemacht. Ihre Kraft ist jetzt unsere, so haben wir unsere Würde wieder gefunden." Das soll mal einer verstehen!

Veseevete, der alte Mann aus dem Nachbardorf, hatte mir bei meinem Besuch auch eine Geschichte aus seiner Kindheit erzählt, die mich tief erschütterte: „Mein Großvater hat mir gesagt: ‚Wir haben die Uniformen von toten deutschen Soldaten angezogen, um uns zu schützen. Die Deutschen sollten uns nicht länger für Affen halten, auf die man schießen darf.'"

Ich wollte die Rede der Ministerin hören, die mit ihrem Tross eingetroffen war. Ich schlich mich aus dem Büro. Ich erwartete eigentlich nur gewohntes Politiker-Geschwätz. Tausende hatten sich um die improvisierte Bühne versammelt. Sie war voll von Honoratioren, schwarzen und weißen. Und dann haben sie doch noch eine Zeltplane aufgetrieben und aufgespannt, damit die Ministerin Schatten hatte. Die Frau aus Berlin saß neben einem namibischen Minister und hatte keine Sonne im Gesicht. Ich war erleichtert.

Katrin hält beim Lesen inne. Sie hat fast nichts gegessen, seit sie in Namibia ist. Jetzt hat sie Hunger. Sie macht sich Spiegeleier und schnippelt rohe Kartoffeln in die Pfanne. Zum ersten Mal seit vier Tagen isst sie mit Appetit. Als sie Salz und Öl in den Küchenschrank zurückstellt, sieht sie im unteren Fach des Regals eine Wärmflasche aus Gummi. Nun hat sie weniger Angst vor der kommenden Nacht – mit

Wärmflasche im Bett, drei Katzen im Haus und nebenan einer Nachbarin, die eine Freundin ihrer Schwester war. Katrin liest weiter in Annas Tagebuch:

Und jetzt endlich kam ihre Rede zum 100. Jahrestag der Schlacht am Waterberg. Ich glaubte, nicht richtig zu hören: Die Ministerin tat das, was die Herero jahrzehntelang vergeblich gefordert hatten: Sie entschuldigte sich für den Völkermord der deutschen Kolonialtruppen an den Herero, bei dem mehr als Zweidrittel der Bevölkerung ausgerottet wurde.

Das muss ich jetzt ganz genau beschreiben, weil das auch für mich so wichtig ist. Eigentlich war mir diese Ministerin richtig unsympathisch. Das Haar so grell rot gefärbt, die weiße Rüschenbluse viel zu madamig und bieder, die Stimme schrill, fast quäkig. Aber dass sie gewagt hat, was alle Politiker vor ihr abgelehnt haben, das finde ich einfach toll. Sie war die Hauptrednerin des Tages. Am Mikrofon sprach sie englisch, stückweise wurde ihre Rede ins Otjiherero übersetzt. Die Mehrzahl der Menschen hier versteht nur ein paar Brocken Englisch. Den wichtigsten Teil ihrer Rede schreibe ich Wort für Wort auf, damit ich nichts vergesse.

„Die damaligen Gräueltaten waren das, was heute als Völkermord bezeichnet würde – für den ein General von Trotha heutzutage vor Gericht gebracht und verurteilt würde. Wir Deutschen bekennen uns zu unserer historisch-politischen, moralisch-ethischen Verantwortung und zu der Schuld, die Deutsche damals auf sich geladen haben. Ich bitte Sie, im Sinne des gemeinsamen Vaterunser um Vergebung unserer Schuld."

Einen Moment lang war es ganz still. Da sprang Jephta auf, dieser junge Herero, er ist ein Filmemacher, der zurzeit in den USA arbeitet. Ein beeindruckender Mann. Er schrie über die Menge hinweg: „Das müssen Sie noch ein Mal sagen, aber etwas deutlicher bitte!" Die Ministerin erhob sich von ihrem Stuhl, ging die paar Schritte zum Mikrofon und sagte: „Meine ganze Rede war eine einzige Entschuldigung." Jetzt war es raus. Endlich! Die Menschen jubelten. Dieser eine Satz wird das Verhältnis zwischen Herero und Deutschen enorm verbessern.

Neben den vielen Gedenkreden gab es auch kleinere Aktionen: Eine Gruppe von Männern hatte sich in Ketten gelegt. Andere hatten sich eine ganz besondere Demonstration ausgedacht, um an die vielen Vergewaltigungen, sexuellen Übergriffe und heimlichen Verbindungen zwischen Herero und Deutschen zu erinnern: Frauen und Männer trugen an ihrer Brust Schilder mit den Namen ihrer deutschen Vorfahren: Schmidt, Gollach, Steinhaus, Ritter, Schütz, Koslowski.

Eine Herero-Dame in prächtigem rot-schwarzem Gewand, die Haube mit den stilisierten Kuhhörnern hing ihr ein wenig schief auf dem Kopf, kam auf mich zu, ganz nah. Ich roch ihren säuerlichen Bierdunst. Sie schrie mich an: „Wir zwei sind verwandt, auch wenn du das nicht wahrhaben willst. Euer verdammtes Blut ist auch in unseren Adern."

Dann brach die Fremde in gellendes Gelächter aus und drückte mich an ihren riesigen Busen.

Da war sie wieder, diese Mischung aus Aggression und Warmherzigkeit, die mir immer wieder begegnet und mich immer wieder irritiert. Aber was dann kam, finde ich beunruhigend. Plötzlich zischte sie mir ins Ohr: „Warum bist du nach Okakarara gekommen? Ausgerechnet du. Deine Familie hat doch auch Blut an den Händen ..."

Wer ist diese Frau? Ich habe sie noch nie gesehen. Was sie sagt, macht mir Angst.

Angst – das letzte Wort in Annas Tagebuch.

Katrin legt es beiseite und stellt sich die Szene zwischen den beiden Frauen vor. Anna hat Angst vor einer fremden

Frau – das kann doch nicht wahr sein. So kennt sie ihre Schwester nicht. Oder war die Herero-Frau nur betrunken gewesen und hatte Blödsinn geredet? Ob hinter dem Raubmord etwas anderes steckt?

Sie rennt zu den beiden Eingangstüren und kontrolliert, ob sie verschlossen sind. Sie will gerade den Vorhang am Fenster zuziehen, als sie im Garten nebenan im Schein eines Feuers die Frau von der Post erkennt. Katrin läuft in den Garten hinaus und ruft laut Hallo. Agnes Kandji nähert sich ihr mit schweren Schritten, fast majestätisch. Sie wirkt ganz anders als hinter dem Postschalter. Jetzt sieht sie wirklich wie eine Königin aus mit ihrem rot-schwarz gemusterten langen Kleid , mit dem eng anliegenden Oberteil und den berüschten langen Ärmeln, die die Schultern stark betonen. Der in Falten gelegte Rock reicht bis zu den Fußspitzen und bauscht sich so auf, als trüge sie Dutzende gestärkter Unterröcke. Auf dem Kopf sitzt eine knallrote eng anliegende Haube mit bizarren Spitzen rechts und links. „Ich bin Agnes." Die Nachbarin breitet die Arme aus und zieht die schlanke Katrin an sich. Die hat jetzt keinen Zweifel mehr: Agnes – das muss die Frau sein, die Anna ihre „beste Freundin im Ort" nannte. Katrin empfindet es als wohltuend, dass sie von Annas Freundin in den Arm genommen wird. Agnes streichelt ihr zärtlich über den Rücken und Katrin spürt Wärme. Sie fängt an zu weinen. Zum ersten Mal seit der Nachricht von Annas Tod. Auch Agnes weint und erzählt mit tränenerstickter Stimme: „Ich habe Anna gefunden. Es war furchtbar. Alles voller Blut. Ich war zu ihr gegangen, weil ich eine Schüssel zurückbringen wollte."

Katrin flüstert: „Warum musste sie sterben?"

Agnes hebt verzweifelt die Arme. „Ich weiß es nicht.

Seit Annas Tod grüble ich jede Nacht, wer ihr das angetan haben könnte. Warum? Sie war immer so gut zu uns allen. Sie war hilfsbereit und fröhlich. Ja, sie hatte an manchen Tagen Ärger in ihrem Büro. Aber das ist normal. Das hat sie mir erzählt. Aber Mord? Es muss jemanden geben, der sie gehasst hat."

„Hass?", fragt Katrin erschrocken. „Zu einem Raubmord gehört doch kein Hass."

„Nur der Herrgott weiß das." Agnes hat es plötzlich eilig. „Meine Kinder haben Hunger. Ich muss gehen. Wir sehen uns morgen." Sie verschwindet in der Dunkelheit.

Katrin will unbedingt mit ihrem Bruder sprechen. Was wusste er über Annas Leben in Afrika? Früher war er immer als erster über ihre Pläne informiert. Sie erinnert sich noch genau an die Szene zu Hause am Abendbrottisch mit den Eltern. Die waren entsetzt und traurig, als Anna ihnen eröffnete, dass sie für viele Jahre nach Namibia gehen werde. Auch sie, Katrin, war schockiert. Was kann ein Dorf in Afrika einer jungen Frau aus Stuttgart bieten? Ihren Bruder Martin empfand sie an diesem Abend fast als Verräter. Er lobte Anna für ihren Mut, aus der Enge des schwäbischen Alltags auszubrechen. Er sagte sogar, er beneide sie um ihre Freiheit, die er als Vater eines kleinen Kindes nicht mehr habe. Für Katrin wurde an diesem Abend ein Riss in der Familie deutlich – auf der einen Seite die Eltern und sie, auf der anderen Seite der Bruder und Anna.

Katrin wählt Martins Stuttgarter Nummer, die Leitung ist immer noch tot. Bisher hatte sie sich keine Gedanken darüber gemacht, ob Martin und Anna trotz der großen Entfernung weiterhin engen Kontakt hielten. Im Tagebuch sucht sie nach Hinweisen. Der Name Martin taucht immer wieder auf, viel öfter als sie dachte.

2. Januar 2003
Martin hat mich gerade angerufen. „Entschuldige, dass ich dich morgens um sechs aus dem Bett klingele. Mir geht es sauschlecht, ich habe die ganze Nacht nicht geschlafen." Seine Stimme klang so zittrig. Noch nie habe ich meinen Bruder so erlebt. Martin empfindet sein Leben als Scherbenhaufen. Sabine ist ausgezogen und hat Jan gleich mitgenommen. Sie hat eine neue Liebe. Oh je! Er hat Angst, seinen Sohn zu verlieren, ihn zu selten zu sehen. Ich habe versucht, ihn zu trösten, aber er hat mir gar nicht zugehört. Ich habe ständig wiederholt: „Nein, du verlierst dein Kind nicht, wenn du dich weiterhin kümmerst." Er ist so traurig und verzweifelt. Ich möchte ihn jetzt in den Arm nehmen und nicht 11.000 Kilometer entfernt sein. Manchmal ist es schwer auszuhalten, so weit weg zu sein und nicht helfen zu können.

Katrin ist außer sich. Ich bin doch auch seine Schwester. Warum hat er mich nicht angerufen? Ich wäre in fünf Minuten bei ihm gewesen, wir wohnen drei Ecken voneinander entfernt, und Martin ruft in Afrika an. Mir hat er damals nur in sehr nüchternem Tonfall gesagt: „Sabine und ich haben uns getrennt, wir sind als Eltern aber weiterhin beide für Jan da." Das klang alles so vernünftig und rational, fast wie ein Bulletin. Er sprach nicht von Streit und von Verletzungen, er umschrieb das Ende seiner Ehe mit den Worten: „Wir haben uns auseinander gelebt und trennen uns einvernehmlich." Kein Wort über Schmerz, über Einsamkeit und über das schreckliche Gefühl, verlassen worden zu sein. Martin versteckte seine gekränkte Seele und tat fast so, als sei alles in Ordnung. Damals hatte sie sich nicht getraut, dem Bruder zu sagen: „Bitte sei ehrlich zu mir.“ Ein solcher Vorschlag wäre ihr damals gar nicht in den Sinn gekommen. Sie wollte nicht aufdringlich sein. Stattdessen schilderte Martin die gute Regelung für das Kind, die sie als Eltern gemeinsam und ohne Gezerre gefunden hätten. Jetzt, zwei Jahre später, fällt ihr auf, dass ihr Bruder sich damals deutlich von ihr abgegrenzt und Signale ausgesendet hat, ihm nicht mit Fragen zu nahe zu kommen. Jetzt grübelt sie darüber nach: was habe ich ihm eigentlich getan, dass er mich aus seinem Leben so aussperrt? Ihr erstes Gefühl: Wie ungerecht, wie gemein! Jahrelang hat sie dem Bruder bei den Hausaufgaben geholfen, hat stundenlang Vokabeln mit ihm gepaukt, Übersetzungen korrigiert und seine Aussprache des Englischen verbessert. Wie hat sie sich gefreut, wenn er mit guten Noten nach Hause kam, wie stolz war sie, als er endlich sein Abitur schaffte! Dabei hat sie ihm nie unter die Nase gerieben, wie viel Zeit sie für ihn und seinen schulischen Erfolg geopfert hat. Lob kam allein von den Eltern: Ohne dich hätte Martin nie sein Abitur gemacht. Und sie weiß, ohne sie wäre er heute nicht ein so erfolgreicher IT-Manager. Aber war sie wirklich immer nur die hilfsbereite große Schwester gewesen? Einmal war sie sehr hart zu ihm, vielleicht zu hart.

Martin hatte einen Traum. Er wollte in einer Jazzband spielen. Seit er dreizehn war, sparte er für ein Tenor-Saxophon. Nebenbei verdiente er sich Geld in einem Supermarkt, jeden Cent legte er zurück. Seine Eltern hatten ihm versprochen, die letzten hundert Euro draufzulegen, damit er sich ein gebrauchtes Instrument kaufen konnte. Es war kurz nach Martins achtzehntem Geburtstag im

November. Katrin saß in seinem Zimmer und wollte Vokabeln abfragen, als er triumphierend einen großen Umschlag öffnete und die Geldscheine auf den Tisch blätterte. „Ich habe jetzt das Geld zusammen. Gestern habe ich in einem Musikladen ein wunderschönes Saxophon entdeckt. Das kann ich mir nicht entgehen lassen“, strahlte er. Katrin versuchte, ihm den Kauf auszureden: „Sei vernünftig. Denk an die Schule, du musst dein Abitur schaffen, du willst doch studieren. Wenn du jetzt nur Musik im Kopf hast, dann wird das alles nichts. Und hast du dir überlegt, wie du den Saxophon-Unterricht bezahlen willst? Ich kann dir kein Geld geben, und die Eltern können das auch nicht. Das weißt du doch. Sei vernünftig.“ Ihre Worte prasselten auf ihn ein, Martin unterbrach die Schwester nicht in ihrem Redeschwall. Als sie ihn dann erwartungsvoll ansah, stand er auf und murmelte: „Ich mach’, was ich will. Halt dich da raus“, und ging aus dem Zimmer. Am gleichen Abend überzeugte Katrin die Eltern davon, dass ein Saxophon Martin von der Schule ablenken würde. Sie verboten ihm den Kauf des Instruments. Jetzt ist sie sich sicher, dass der Vater sich bei seinem strikten Verbot auf Katrins Bedenken berufen hat. Den Satz, den Martin ihr nach dem Gespräch mit dem Vater wütend entgegenschleuderte, hat sie noch heute im Ohr: „Das vergesse ich dir nie im Leben.“

Annas Tagebuch wird für Katrin immer interessanter. Wenn Martin sich bei seiner kleinen Schwester ausgeweint hat, dann hat sie das sicher auch bei ihm getan. Was wissen die beiden voneinander, was ich nicht weiß oder nicht wissen soll? Katrin ist so neugierig geworden, dass sie das Tagebuch nach Stichworten absucht – Martin,

Liebeskummer, Seitensprung, Verrat. Sie sucht aber auch ihren Namen, weil sie wissen will, was die Schwester über sie dachte.

15. Juli
Ich bin so erleichtert! Habe eben fast eine Stunde lang mit Martin über Joe gequatscht. Ich konnte ihm alles erzählen, was mir auf der Seele liegt. Mit Joe bin ich jetzt seit einem Jahr zusammen, wir sind beide total ineinander verliebt, aber ich weiß, dass wir keine Zukunft miteinander haben. Manchmal, wenn er bei mir ist, vergesse ich das. Aber wenn ich alleine bin, dann versinke ich schon mal in Selbstmitleid, heule Rotz und Wasser, schimpfe auf seine Frau und wünsche ihn zum Teufel, weil er glaubt, mir versprechen zu müssen, dass er sich eines Tages von seiner Familie trennen wird, um mich zu heiraten. Dabei will ich überhaupt nicht heiraten. Als ich ihm das einmal sagte, war er prompt beleidigt. Sorgen macht mir etwas ganz anderes, und Martin hat das gut verstanden. Joes Frau scheint eine extrem eifersüchtige Person zu sein. Ich weiß nicht, ob Margot uns nachspioniert, wundern würde es mich nicht. Agnes hat eine Bemerkung gemacht, die mich immer noch beunruhigt. Sie ist mit Margot eng befreundet und sagte mir spöttisch lachend: „Vorsicht, du kennst die Herero-Frauen nicht!" Dann hat sie sich umgedreht und ist in ihr Haus gelaufen. Ich wollte sie fragen, wovor sie mich warnen will, aber sie ließ mich einfach stehen. Martin nahm das überhaupt nicht tragisch. Er sagte leichthin: „Könnte es sein, dass Agnes ein wenig eifersüchtig auf dich ist?" Ich hatte ihm erzählt, wie attraktiv Joe ist. Vielleicht hat er ja Recht.

17. Juli
Heute kam wieder ein Anruf aus Stuttgart. Katrin war in aufgekratzter Stimmung, weil sie morgen mit Gert nach Sardinien fährt.

Dafür nimmt sie ihren ganzen Jahresurlaub. Sie entschuldigte sich bei mir, dass sie auch dieses Jahr wieder nicht nach Namibia fährt. Jedes Jahr verspricht sie es mir aufs Neue. Ich glaube nicht mehr, dass sie irgendwann kommt, und es ist mir inzwischen auch fast egal. Katrin soll aufhören, sich ständig bei mir zu entschuldigen, das nervt. Immer fragt sie höflich und freundlich, ob es mir denn auch gut ginge. Ich glaube, sie will es nicht so genau wissen. Sie gibt sich jedenfalls immer damit zufrieden, wenn ich sage, alles ist gut.

Es ist acht Uhr abends. Um diese Zeit ist Martin meistens zu Hause. Vor allem in der Woche, in der sein Kind bei ihm wohnt. Katrin ist aufgeregt und unsicher. Sie möchte mit ihm über Annas Leben in Afrika sprechen. Er weiß viel mehr als sie über Anna, daran hat sie jetzt keinen Zweifel mehr. Aber sie möchte ihm auch näher kommen. Sie hat von der Familie doch nur noch ihn. Das Telefon funktioniert jetzt plötzlich und der Bruder ist sofort dran.

„Martin, endlich hab ich dich. Ich konnte dich bisher nicht erreichen, die Leitung hier war tot ..."

„Ich habe auch versucht, dich zu sprechen und habe mir schon Sorgen gemacht. Sag, was ist los?"

„Ich blick' hier überhaupt nicht durch. Die Polizei sagt, der Fall ist aufgeklärt. Andere meinen, es ist gar nicht sicher, dass es ein Raubmord war. Stell dir vor, Chief Kambanda beteuert, der Jugendliche, der es gewesen sein soll, sei unschuldig. Ich weiß nicht, wem ich glauben soll. Die Leute hier verhalten sich sehr merkwürdig. Der Manager vom Kulturzentrum scheint überhaupt nicht traurig zu sein, dass Anna tot ist. Es ist alles so verwirrend. Ich weiß nur, ich reise erst ab, wenn der Täter wirklich feststeht."

„Traust du dir das wirklich zu? Vielleicht hilft dir, was Anna mir erzählt hat. Herr Kaure, der Manager im Kulturzentrum, scheint eine dubiose Figur zu sein, dem hat Anna nur am Anfang vertraut. Sei vorsichtig mit ihm. Ich könnte mir vorstellen, dass er dich loswerden will."

„Ja, der hat mich schon zweimal gefragt, wann denn mein Flugzeug nach Deutschland geht. Was meinst du mit dubios?"

„Anna hatte den Eindruck, er verheimliche ihr etwas. Sie war jedenfalls auf der Hut vor ihm. Das musst du auch sein. Ich glaube nicht, dass Anna überängstlich war und sich was eingebildet hat. Mehr hat sie mir nicht gesagt."

„Was soll ich denn jetzt machen?"

„Ich würde mich an den Häuptling halten. Von dem hat Anna nur gut gesprochen. Ich weiß allerdings nicht, wie er zu dem Manager steht und ob er ahnt, dass Anna nicht gut mit ihm zurechtkam."

Martin verabredet mit seiner Schwester, dass sie ab jetzt so oft wie möglich miteinander telefonieren: „Glaub mir, ich wäre so gerne bei dir und würde dir beistehen. Es wäre viel leichter, wenn wir das alles zusammen aufklären könnten. Pass auf dich auf, große Schwester", sagt er in einem warmen Tonfall. Katrin empfindet das wie eine Umarmung.

Katrin liegt wach im Bett. Der letzte Eintrag in Annas Tagebuch lässt ihr keine Ruhe. Was hat die unbekannte Frau zu ihrer Schwester gesagt? Katrin spricht den Satz laut und deutlich: „Ihre Familie hat auch Blut an den Händen." Wen meint sie mit Familie? Geht es etwa um Tante Else? Es kann nur um Tante Else gehen. Katrin greift wieder zu Annas Tagebuch, das auf dem Tischchen neben dem Bett liegt.

Darin findet sie die Notiz: *Habe wieder in Tante Elses Briefen gelesen. Spannend.* Anna hat also die alten Briefe von Tante Else mit nach Afrika genommen. Die müssen hier irgendwo liegen. Katrin stöbert im ganzen Haus. In einem Bücherregal entdeckt sie einen verschlossenen Karton. Zwischen Fotos, Dokumenten und Post aus Deutschland findet sie ein Päckchen mit vergilbten Briefen, die mit einem grünen Bändchen zusammengehalten sind. Die Briefe von Tante Else. Und dazu ein Kuvert mit alten Fotos von der Farm am Waterberg. Katrin breitet die Fotos auf dem kleinen Tisch aus. Ein Bild zeigt Tante Else zusammen mit ihrem späteren Ehemann Otto Bernburg. Es ist das Verlobungsfoto in Postkartengröße, das den Stempel eines Berliner Fotografen aus dem Jahre 1927 trägt. Tante Else, sehr jung und sehr zart, hat ein weißes Spitzenkleid an und sitzt in einem Armsessel. Etwas höher auf der Lehne beugt sich Otto, ihr Verlobter, über sie. Katrin fällt auf, wie blass und ernst die Tante aussieht. Else war damals Dienstmädchen in Berlin und hatte ihren Otto, Sohn einer verarmten Gutsbesitzerfamilie aus Pommern, beim Tanztee kennengelernt. Das Paar ging ein Jahr nach der Verlobung nach Südwest. Es folgte der nationalistischen Propaganda, die ehemalige Kolonie Südwest benötige tüchtige deutsche Landwirte. Land war dort billig zu haben. Zwei kleine Fotos zeigen den Aufstieg des Paares: In einer Wellblechhütte in der Nähe des Waterbergs hatten sie angefangen, ihre Rinderfarm aufzubauen. Ein paar Jahre später lebten sie in einer weißen Villa mit Terrasse und Säulen. In den ersten Jahren benutzten sie einen Ochsenkarren, um in die nächste Stadt zu gelangen. Einige Jahre später schon konnten sie sich ein Auto leisten.

Katrin liest den Weihnachtsbrief von Tante Else aus dem Jahre 1932 an die „liebe Familie in der Heimat."

Am 6. Dezember sind wir endlich in unser Haus umgezogen. Es ist allerdings noch unverputzt, ohne Fußböden, Fenster und Türen, jedoch regensicher. Weihnachten, unser erstes Fest auf eigener Scholle war wenig schön. Wir selber konnten uns nicht einmal eine Flasche Bier leisten, unseren Herero-Arbeitern mussten wir aber etwas geben. Sie bekamen Kleider und Lebensmittel und sangen Stille Nacht und freuten sich. Es will einfach nicht regnen, die Hitze ist fast unerträglich, was ihr euch daheim gar nicht vorstellen könnt. Hattet ihr weiße Weihnacht? Viel Sorgen macht mir der Garten. Nichts will wachsen und alles wird von Ungeziefer abgefressen. Am schlimmsten ist aber, dass unsere beste Milchkuh eingegangen ist. Wahrscheinlich wurde sie vergiftet. Otto hat diesen Verdacht, ich glaub es aber nicht. Otto ärgert sich sehr über die Herero-Arbeiter. Zu mir sind sie aber sehr nett. Stellt euch vor, sie haben mir einen Spitznamen gegeben. Mich sprechen sie natürlich mit Madam an, wie es hier üblich ist. Aber wenn sie über mich reden und unter sich sind, nennen sie mich Katiti Ondjima. Ratet mal, was das bedeutet? Ihr kommt nicht drauf. Es heißt: kleines Äffchen. Und unser Nachbar, der Farmer Klages, der die Sprache der Eingeborenen spricht, hat mir erklärt, dass dies ein großes Kompliment ist. Was sagt ihr dazu? Eure Tante – ein kleines Äffchen. Mir ist noch nicht zu Ohren gekommen, wie sie Otto heimlich nennen. Vermutlich ist es besser so. Man muss ja nicht alles wissen.

Die Fotos von Tante Else und ihrem Otto schaut sich Katrin jetzt noch genauer an: Tante Else sitzt mit einer Gruppe schwarzer Kinder vor ihrem Haus und hat eine Katze auf dem Schoß. Es sind die Kinder ihrer Farmarbeiter. Großonkel Otto hat sich nicht mit Farmarbeitern oder deren Kindern fotografieren lassen. Otto Bernburg ließ sich aber in einem Fotografen-Atelier in der Hauptstadt Windhoek ablichten. Mit Tropenhelm, in elegantem Anzug mit

Einstecktuch und mit Spazierstock posiert er vor einem deutschen Landschafts-Ölschinken. Onkel Otto scheint auch Großwildjäger gewesen zu sein. Ein Foto zeigt ihn mit dem Gewehr in der Hand, sein Fuß auf dem Kopf eines erlegten Löwen.

Katrin schüttelt sich: Großonkel Otto, ein Herrenmensch. Wie konnte es die Großtante mit dem nur so lange aushalten? Sie will wissen, wie es mit Tante Else, der Farm und Onkel Otto weitergeht. Sie zieht den untersten Brief aus dem Bündel hervor. Auch er ist an die „liebe Familie in der Heimat" gerichtet und stammt aus dem Jahre 1937.

Auf unserer Farm ist etwas Furchtbares passiert. Es ist ein Feuer ausgebrochen, das wegen der Hitze und des meterhohen dürren Grases blitzschnell von Farm zu Farm übersprang. Es dauerte eine ganze Woche, bis wir diesen Buschbrand unter Kontrolle hatten. Es war ganz furchtbar! Otto kam Tag und Nacht nicht mehr nach Hause, und ich war in dieser Zeit sterbenskrank. Ich musste mich dauernd erbrechen. Das Herz machte auch nicht mehr so richtig mit. Und jetzt fordern zwei Nachbar-Farmer von uns auch noch eine finanzielle Entschädigung für ihre abgebrannten Zäune. Das ist alles viel zu viel für mich. Ihr wisst, dass ich schon einiges durchgemacht habe und nicht zum Klagen neige. Otto ist ständig unterwegs und wenn er zurückkommt, dann schimpft er sehr ungehalten über die Herero. Alles machten die falsch. An dem Feuer sollen sie auch schuld sein. Otto hat sich verändert. Er ist nicht mehr der liebe und aufmerksame Mann, den ich vor elf Jahren in Berlin kennen gelernt hatte. Er ist nur noch selten bei mir. Ich halte im Moment die Stellung, weil ich weiß, dass ich bald für ein paar Monate bei euch in der Heimat sein werde. Das gibt mir jetzt Kraft.

In Liebe
Eure Tante Else.

Es ist Mitternacht geworden. Katrin legt die Briefe in den Karton zurück. Jetzt braucht sie einen Schnaps. Im Regal über der Spüle findet sie eine Flasche Bommerlunder, einen Kümmelschnaps aus Holland. Katrin tut, was sie noch nie getan hat: Sie nimmt einen großen Schluck aus der Flasche. Ihr wird wohlig warm.

Sie schreckt aus dem Schlaf hoch, weil die Bettdecke sich bewegt. „Hilfe!“, schreit sie auf, tastet nach der Wärmflasche und greift in das Fell einer Katze. Katrin knipst die kleine Lampe an und sieht, dass sich Katiti in einer Bettkuhle an sie geschmiegt hat. Ihr lauter Schrei verscheucht das Tier. Sie holt den verängstigten Kater unter dem Bett hervor, streichelt und redet beruhigend auf ihn ein. Dann legt sie sich hin, und Katiti springt wieder in die weiche Kuhle. Katrin löscht das Licht. Katzen sind gar nicht so übel, geht ihr durch den Kopf, bevor sie in Tiefschlaf gleitet.

Der nächste Morgen. Blauer Himmel, Sonnenschein. Es könnte ein Sommertag werden. Aber es ist Winter, die Sonne täuscht. Nur um die Mittagszeit wird es richtig heiß. Ich darf mich auf keinen Fall erkälten, denkt Katrin und geht an den Kleiderschrank ihrer Schwester. Sie öffnet die Spiegeltür und erschnuppert den Duft von Sandelholz. In leuchtenden Farben, in Rot, Blau, Grün und Gelb, hängen Hosen, Röcke, Blusen und Jacken ordentlich auf den Bügeln – so ordentlich, dass Katrin verblüfft ist. In der Familie galt sie, die Älteste, als die Ordentliche und Anna als die kleine Chaotin. Beide Schwestern hatten zwar immer die gleiche Kleidergröße, aber einen total anderen Geschmack. Anna hatte sich manchmal über sie, die adrett gekleidete ältere Schwester, lustig gemacht. Sie sähe einer Chef-Sekretärin ähnlich. Katrin liebt klassische Hosenanzüge und Kostüme, Hemdblusenkleider und Seidenschals.

Anna hingegen fühlte sich wohl in Jeans und Samthosen, in Schlabber-Röcken und Ringel-Pullis, in weiten Leinen-Hemden und Sandalen.

Zum ersten Mal gefallen ihr Annas Kleider so gut, dass sie sich sogar vorstellen kann, sie zu tragen. Sie streicht behutsam über eine türkisblaue Leinenbluse, so als wolle sie ihre Schwester noch einmal berühren. Dann zieht sie einen Ärmel nahe an ihr Gesicht, er riecht nach frischer Zitrone. Kann ich das? Darf ich das anziehen? Ja, Anna würde sich freuen. Katrin nimmt sich die türkise Bluse, eine dunkelblaue Strickjacke, dazu eine erdfarbene weite Hose. Alles passt. Sie fühlt sich wohl in den Kleidern ihrer Schwester. Sie mustert sich im Spiegel von Kopf bis Fuß. Jetzt sehe ich ihr sogar ähnlich. Wenn ich so zur Arbeit gehe, werden meine Kolleginnen in der Buchhandlung aber Augen machen. Katrin kichert in sich hinein.

Die heiteren Bilder lösen sich auf, als sie unter einem Mantel ein leuchtend rotes Seidenkleid hervorblitzen sieht. Sie kann kaum glauben, dass Anna dieses Abendkleid mit in den afrikanischen Busch genommen hat. Zögernd nimmt sie es vom Bügel und betastet den feinen Stoff. Das rote Kleid ist verbunden mit einem bösen Geheimnis.

Anna in ihrem roten Seidenkleid. Ein schwingender Rock, ein tiefer Ausschnitt. Sie strahlte, sagte, sie könne die Welt umarmen. Das Examen war bestanden, sie träumte davon, nach Afrika zu gehen. Anna war verliebt in Peter, einen attraktiven Studienkollegen mit einem schön geschwungenen Mund. Anna deutete an, mit ihm könne sie sich eine Zukunft vorstellen, auch in Afrika. Katrin gratulierte, umarmte sie, sagte, sie sei ein Glückskind. Anna lachte und streichelte der großen Schwester tröstend über die Haare.

„Du findest auch noch den Richtigen“, sagte sie. Später, im Festsaal des Sozialpädagogischen Instituts der Universität Freiburg wurde viel getrunken, gegessen und getanzt. Anna bewegte sich auf dem Parkett so leicht im Rhythmus der Musik, als hätte sie ihr Leben lang nur getanzt. Sie war umringt von ihren Freundinnen und Freunden, die applaudierten und sie anfeuerten. Später an jenem Abend ließ Peter sich neben Katrin auf die Bank fallen. Er war verschwitzt und sah glücklich aus: „Ich kann nicht mehr.“ Anna, seine neue Liebe, ließ er nicht aus den Augen. Katrin rückte ein Stück von Peter weg, um ihn unauffälliger von der Seite betrachten zu können. Ein schöner Mann. Er gefiel ihr. „Tanzt sie nicht traumhaft schön?“, fragte Peter und Katrin stimmte ihm zu. Ja, der kleinen Anna war immer alles zugeflogen. In der Schule, auf der Uni, ja, und auch die Männer.

Was dann passierte, schob Katrin später auf den vielen Rotwein, den sie an diesem Abend getrunken hatte. Sie plauderte mit Peter, sie tuschelte ihm zu. Sie spürte, wie verliebt er in ihre Schwester war und brannte vor Eifersucht. „Nur leider kann sich Anna nie entscheiden, will immer viel zu viel, hat Vergnügen beim Spiel mit dem Feuer. Sie will immer begehrt werden und im Mittelpunkt stehen.“ Sie erinnerte sich, dass sie noch gelacht hatte, als sie Peters verstörten Blick sah.

„Was meinst du damit?“

„Bilde dir nicht ein, dass du der Einzige bist. Sie hat ja schon einen festen Freund.“ Sie hatte das Geheimnis ausgeplaudert, das Anna ihr anvertraut hatte. „Du darfst niemandem verraten, von wem du das weißt“, hatte sie noch zu Peter gesagt. Der war aufgestanden und grußlos gegangen. Später, am frühen Morgen, lag Anna weinend in den

Armen ihrer Schwester. Es gab für sie keinen Trost. Sie hatte Peter angerufen, weil er plötzlich verschwunden war. „Es ist aus zwischen uns“, hatte er ihr am Telefon gesagt. Anna war dann zu seiner Wohnung gefahren, doch er hatte ihr nicht aufgemacht. „Warum ist er so eifersüchtig?“, hatte sie Katrin verzweifelt gefragt. Sie habe doch nur getanzt und ein bisschen geflirtet. Die strahlende kleine Schwester – ein Häufchen Elend. Wer hätte denn ahnen können, dass ihre Sticheleien solche Folgen haben würden? Sie wollte ihrer Schwester nur einen kleinen Dämpfer verpassen. Ihren Verrat hatte Katrin bald fast vergessen. Bei einem Frühstück in der gemeinsamen Wohnung eröffnete ihr Anna einige Monate später: „Seit es mit Peter aus ist, hält mich hier nichts mehr. Ich gehe nach Afrika.“ Da war es wieder, dieses verdammt schlechte Gewissen gegenüber der kleinen Schwester.

Katrin knüllt das rote Kleid zusammen, schmeißt es in eine Ecke und hebt es gleich wieder auf. Sie schüttelt den Stoff aus, streicht die Falten glatt und hängt es sorgfältig auf einen Bügel ganz hinten im Spiegelschrank. Warum war sie nicht früher nach Afrika gekommen? „Komm mich doch besuchen“, hatte Anna immer wieder gesagt. War das ein Hilferuf gewesen? Zu spät. Anna ist tot.

Katrin fühlt sich verlassen und einsam, unverstanden und traurig. Alles hat sie falsch gemacht, sie, die große Schwester. Immer musste sie um Liebe und Anerkennung buhlen, immer musste sie sich anstrengen, um es allen recht zu machen. In ihrem eigenen Leben hatte es viele Hürden und Rückschläge gegeben. Aber sie hatte sich stets nur um andere gekümmert. Ja, das hatte sie gut gemacht. Katrin blickt wütend in den Spiegel. Wütend, weil sie diese Rolle so satt hat. Am liebsten würde sie schreien, allen ihr böses Gesicht zeigen und die Zunge rausstrecken. Ätsch, ihr könnt mich mal. Ein Klopfen an der Haustür reißt sie aus ihren düsteren Gedanken. „Wer ist da?“, ruft sie, nicht freundlich, eher unwirsch, und eilt in den kleinen Flur. „Ich bin's“, antwortet Agnes. Katrin entriegelt die Haustür und macht ein freundliches Gesicht. Ihre Nachbarin hat ihr etwas mitgebracht. Sie hält eine Porzellanschale in den Händen: „Ich bringe dir unser Nationalgericht Omaere – Dickmilch. Das wird dir schmecken.“ Katrin nimmt einen Schluck. Am liebsten würde sie das saure Zeug wieder ausspucken. Scheußlich, diese Herero-Milch. Tapfer trinkt sie die Schale aus. Sie will Annas Freundin nicht beleidigen. Agnes hat auch Zeit mitgebracht. Wieder trägt sie ein langes Herero-Kleid in goldgelb. Diesmal hat sie sich aber nicht mit Korsetts und Schürzen eingeschnürt. Ihr üppiger Busen und ihre breiten Hüften wippen bei jeder Bewegung. Sie trägt keinen Hut und Katrin sieht zum ersten Mal, dass Agnes ihre Haare zu Zöpfchen geflochten hat, die eng am Kopf anliegen. „Wie schön deine Frisur aussieht. Wie kriegst du das hin?“

„Alleine geht das überhaupt nicht. Wir Afrikanerinnen haben kurze, ganz krause Haare, die erst mal verlängert werden müssen. Dazu nehmen wir künstliche Haare, die wir in unsere eigenen Haare fest einflechten. Diese Zöpfe werden dann in unterschiedlichen Mustern am Kopf festgesteckt. Das dauert Stunden, hält aber mehrere Wochen. Wir finden immer jemanden, der uns hilft. Reiche Frauen lassen sich vom Frisör den Kopf hübsch machen, ich habe dafür kein Geld. Mir helfen bei der Frisur Freundinnen oder meine kleine Tochter.“ Agnes greift Katrin in die Haare und schwärmt: „So schöne glatte lange Haare hätten wir alle gerne.“

„Und wie kriegst du den Super-Glanz auf die Zöpfchen?"

„Vaseline heißt das Zaubermittel", sagt Agnes mit einem breiten Lachen. Sie setzt sich in den Korbsessel und schaut Katrin erwartungsvoll an: „Wie gefällt es dir bei uns?"

„Ich weiß gar nicht, was ich hier soll. Frag mich nicht, wie es mir geht an dem Ort, an dem meine Schwester ermordet wurde. Mir ist alles schleierhaft. Es soll ein Raubmord gewesen sein, aber es fehlt nichts im Haus. Kennst du den Täter?"

„Ja, er heißt Hime. Er ist ein anständiger Junge. Er ist der Sohn meiner Freundin Betty Ndjembo." Wut steigt in Agnes auf. Ihr freundliches Gesicht mit den prallen Wangen verdüstert sich. Sie schlägt mit der Faust auf den Tisch: „Wenn du mich fragst: Er hat Anna nicht umgebracht. Nein. Niemals. Er ist ein guter Junge und er lügt auch nicht."

Katrin hat atemlos zugehört. Sie sitzt verkrampft auf der Stuhlkante, zappelt mit den Füßen und streicht sich unablässig über Schultern und Arme. Das macht sie immer, wenn sie extrem angespannt ist. „Ein guter Junge? Im Polizeibericht steht, dass die Tatwaffe bei ihm gefunden wurde."

„Es wird so viel geredet im Dorf. Ich rate dir, geh zu seiner Mutter und sprich mit ihr. Die kann dir mehr sagen. Geh zu ihr – so schnell wie möglich."

„Du glaubst, die Mutter des Täters redet mit mir, mit mir, der Schwester der Ermordeten?"

„Du musst es versuchen. Am besten sagst du, ich hätte dich geschickt. An der Tankstelle zeigen sie dir, wo Betty wohnt."

Wenn Betty eine Freundin von Agnes ist, dann kann sie einen Besuch wagen. An der Tankstelle geht Katrin auf einen Jungen zu, der ein altes Auto putzt. „Du kennst doch sicher Betty Ndjembo. Wo wohnt sie?“ Der Junge zeigt mit dem Daumen hinter sich. Katrin zieht ein Notizbuch mit Bleistift aus ihrer Tasche: „Bitte, mach mir eine Zeichnung.“

Der Junge zuckt mit den Achseln und wirft seinen Lappen in den Dreck. Mit dem Bleistift zeichnet er eine Linie und einen Bogen. Am Ende macht er ein Kreuz und sagt: „Da ist es, Misses.“ Links und rechts von dem Sandweg tauchen Hütten auf, die mit Wellblech und Pappe zusammengehalten werden. Um die Behausungen herum spielt sich das ganze Leben der Bewohner ab. Frauen kochen auf offenen Feuern, waschen Babys in Blechschüsseln, hängen Wäsche auf, dazwischen laute Radiomusik und Kindergeschrei. In den kleinen Gärten ist alles vertrocknet. Es scheint schon lange nicht mehr geregnet zu haben. Entlang des Weges liegen Autowracks, verrostete Karosserien, Plastik und Schrottteile von Fernsehgeräten und Kühlschränken. Zierliche Mädchen mit schweren Wassereimern auf den Köpfen kommen auf Katrin zu. Im Vorbeigehen drehen sie vorsichtig die Köpfe, um die Balance zu halten. Alle wollen einen Blick auf die seltsame weiße Frau werfen, die allein durch den Busch geht. Hier muss die Hütte von Betty Ndjembo sein. Der Vorgarten ist gepflegt und eingezäunt, der Hof gefegt. Vor dem Haus hockt eine kleine hagere Frau auf dem Boden und schrubbt auf einem hölzernen Waschbett Hemden und Hosen. Katrin spricht sie auf Englisch an. Die Frau schüttelt den Kopf und dreht sich zur Haustür. „Mamaki, Mamaki“, ruft sie. Ein zartes Mädchen, vielleicht 15 Jahre alt, kommt angelaufen. Die Mutter wirkt mürrisch. „Ich übersetze Ihnen“, sagt die Kleine in gutem Schulenglisch und lächelt Katrin an. „Ich bin Mamaki. Meine Mutter heißt Betty Ndjembo. Ich habe noch sechs Geschwister. Mein Vater hat in Windhoek gearbeitet. Jetzt hat er seine Stelle verloren." In scharfem Ton unterbricht die Mutter den Redeschwall ihrer Tochter. Katrin spürt die feindselige Stimmung und stellt sich höflich vor. „Ich bin Katrin, die Schwester von Anna Sattler, die hier im Kulturzentrum gearbeitet hat. Ich bin aus Deutschland gekommen. Agnes hat mir gesagt, ich soll mit Ihnen sprechen. Agnes glaubt nicht, dass Ihr Sohn es war." Die Mutter wringt Wäschestücke aus, den Blick hält sie weiterhin gesenkt. Minutenlang schaut Katrin schweigend zu. Als sie gehen will, legt die Frau ein nasses Handtuch auf den Rand des Waschbretts und wischt sich mit dem Handrücken über die Stirn. Zum ersten Mal sieht sie Katrin ins Gesicht. „Ich weiß, dass er es nicht war." Dann steht Betty Ndjembo auf und fängt an, ihre Wäsche aufzuhängen. Katrin spürt, sie ist nicht willkommen. Sie verabschiedet sich kurz und geht zurück ins Dorf. Sie schaut sich nicht um, aber sie hört Schritte hinter sich. Es ist Mamaki, die Schwester des Täters, die hinter ihr herruft: „Misses, helfen Sie meinem Bruder."

Katrin läuft schneller und stolpert über eine Wurzel, die quer über dem Weg liegt. Verdammt, sie blutet. Sie hat sich den Zeh aufgerissen. Auch das noch. Sie nimmt ein Papiertaschentuch aus ihrem Rucksack und tupft die Wunde ab. Wie eklig, da sitzen schon Fliegen drauf. Heute geht alles schief. Die Mutter lässt sie abblitzen. Was denken die sich eigentlich alle? Katrin ist zum Heulen zumute. Am liebsten würde sie sich einfach auf den Boden setzen und ihren Tränen freien Lauf lassen. Aber das geht hier nicht. Aus allen Richtungen, von den Hütten zu beiden Seiten des Weges, fühlt sie sich beobachtet. Ist es Anna in Afrika am Anfang auch so ergangen? Diese aufdringlichen Blicke, diese unverhohlene Neugier – und jetzt hinkt sie auch noch. Sie will nur noch nach Hause. Als sie die Tankstelle erreicht, steht Chief Kambanda neben dem Tankwart, der gerade die Frontscheibe seines Autos putzt. „Was für ein Zufall. Ich hätte Sie heute noch angerufen“, sagt der Chief herzlich und Katrin vergisst sofort ihre Wehwehchen. „Ich komme gerade von der Mutter des Täters. Sie sagt, er war es nicht. Was meinen Sie?“

„Niemand in der Familie und im Freundeskreis glaubt, dass Hime zu einem solchen Verbrechen fähig ist. Ich sehe das genauso. Hime kann nicht der Mörder sein.“ Chief Kambanda scheint von der Unschuld des 17-jährigen Jungen überzeugt zu sein.

„Aber bei ihm wurde doch die Tatwaffe gefunden. Das steht im Polizeiprotokoll.“

„Das ist mir nicht bekannt. Ich weiß nur, dass Hime kein Geständnis abgelegt hat, obwohl er schon seit fünf Tagen eingesperrt ist. Ich bin sicher, dass er so etwas nie tun würde.“

„Kein Geständnis? Das höre ich zum ersten Mal. Für die Polizei ist der Junge der Mörder. Und Herr Kaure ist auch davon überzeugt.“

John Kambanda zieht die Augenbrauen hoch. „Wirklich? Hat er das wirklich gesagt? Das ist interessant.“ Der Chief hält offensichtlich nicht viel von Arnold Kaure. Katrin kann es an seinem Gesicht ablesen. Aber solche persönlichen Animositäten gehen sie ja nichts an. Viel wichtiger ist, dass er ihr noch mal seine Unterstützung anbietet: „Rufen Sie mich an, wenn Sie meinen Rat brauchen. Meine Nummer habe ich Ihnen ja schon gegeben. Wann reisen Sie eigentlich ab?“

„Ich weiß es nicht. Sicher ist nur, morgen noch nicht.“

Die drei Katzen kommen schon im Garten mit hochgestellten Schwänzen schnurrend auf sie zu. Sie wird freudig erwartet. Für Katrin ein Lichtblick in dieser Tristesse.

Abreisen oder bleiben? Katrin will nicht eher abreisen, bis der Mord an ihrer Schwester aufgeklärt ist. Sie will mehr wissen über Annas Leben hier. Das alte Lied: Sie, die Älteste, fühlte sich für ihre kleineren Geschwister verantwortlich. Von der Mutter wurde sie früh, viel zu früh mit Babysitter-Aufgaben betraut. Pass auf Anna auf. Schau nach Martin, ob er Blödsinn macht – das hörte sie ständig. Wieder greift sie nach dem Tagebuch auf dem Nachttisch. Anna kannte Tante Elses Farm und war begeistert von ihrem ersten Besuch dort. Der muss um Weihnachten herum gewesen sein. Katrin blättert zurück und findet einen Eintrag.

22. Dezember
Endlich habe ich herausgefunden, wo Tante Elses Farm liegt. Nur 16 Kilometer von Okakarara auf den Waterberg zu. Und jetzt weiß ich auch, was „Omungondo" heißt: Rotrinden-Akazie. Das hat mir Veseevete gesagt. Der alte Mann sammelt die alten Herero-Namen für Blumen, Pflanzen und Bäume, weil er Angst hat, dass sie sonst verloren gehen. Er hat mir erzählt, dass es 47 verschiedene Ausdrücke für die Farbe der Rinderfelle gibt. Das muss man sich mal vorstellen! Es war so schön auf Tante Elses Farm. Dort lebt jetzt die schwarze Großfamilie Tjiteere mit Onkeln und Tanten, Nichten und Neffen, Großeltern und was noch alles. Wunderbar, eine richtige afrikanische Großfamilie. Vater Joshua Tjiteere hat mich über die Farm gefahren und mir stolz seine Kühe gezeigt. Das Farmhaus sieht sehr schmuck aus. Blumen vor der Tür – das gibt es hier selten. Am Ende saß ich am Tisch und aß herrliches Fleisch. Alle waren so warmherzig und gastfreundlich zu mir. Wie gut, dass es hier am Waterberg, wo das meiste Land den Weißen

gehört, jetzt auch Farmen gibt, die Schwarze besitzen. Tante Else dreht sich deshalb hoffentlich nicht im Grabe herum. Für die alten Fotos der Farm, die ich als Überraschung mitgebracht hatte, hat sich aber niemand interessiert. Die Tjiteeres fanden viel spannender, was ich im Kulturzentrum mache und ich konnte viel erzählen. Zwei der Söhne haben sogar unsere Theater-Aufführung von Der Ring des Königs gesehen und waren begeistert. Ich habe mich richtig wohlgefühlt. Das war bestimmt nicht mein letzter Besuch auf Omungondo!

Katrin will auch dahin, wo die Schwester so willkommen war. Nach all den bedrückenden Erlebnissen möchte sie endlich etwas Erfreuliches in Afrika erleben. Auf der Karte findet sie den Weg zur Farm. Zum ersten Mal fühlt sie sich wie eine Reisende, die etwas Neues entdecken wird. Nur noch vier Kilometer bis zur Farm von Tante Else. Katrin steht vor einem Holzgatter, das mit einer Eisenkette verschlossen ist. Sie muss aussteigen, das Tor öffnen, durchfahren, wieder aussteigen. Sieben Mal die gleiche Prozedur. Dann sieht sie ein lang gestrecktes flaches Haus mit dunkelrotem Wellblechdach. Neben dem weißen Gebäude steht ein großer Wasserspeicher, daneben ein Windrad. Wie von Anna beschrieben gibt es tatsächlich Blumentöpfe vor der Haustür. Katrin fährt auf den Hof. Zwei große schwarze Hunde springen ihr kläffend entgegen. Sie traut sich erst aus dem Auto, als ein stämmiger Mann, etwa Mitte 50, die Tiere zurückruft. Er trägt Gummistiefel und einen zerknüllten Filzhut. Er kommt auf sie zu und schaut sie argwöhnisch an. Katrin stellt sich vor: „Ich bin Katrin Sattler, die Schwester von Anna. Sie wissen doch, die Entwicklungshelferin aus dem Kulturzentrum. Sie war letztes Jahr vor Weihnachten hier."

Der Mann weicht einen Schritt zurück: „Und was wollen Sie von uns?"

„Anna war begeistert von Ihrer Familie und von Ihrer Farm." Katrin lächelt.

„Sie irren sich. Das kann nicht sein." Der Mann kickt mit seinem Stiefel einen Stein in Richtung Eingangstor und wirkt so abweisend, dass Katrin zweifelt, ob sie hier richtig ist. „Entschuldigung, bin ich bei Ihnen auf der Farm Omungondo oder habe ich mich verfahren?"

„Doch, das sind Sie. Aber wir haben heute keine Zeit und morgen auch nicht."

„Kann ich übermorgen wiederkommen?"

„Rufen Sie aber vorher an."

Katrin ist verwirrt. Was kann nicht sein? Was hat er gemeint?

Katrin ist erst nach Einbruch der Dunkelheit zurück in Okakarara. Wieder sind die Kinder da, machen ihr das Gartentor auf. Wieder schreien sie, halten die Hände auf, drängen ins Haus, wollen Süßigkeiten. Gestern hatte Katrin eine Tüte Bonbons verteilt. Das muss ein Fehler gewesen sein. Die Meute hat sich verdoppelt. Katrin fühlt sich umzingelt von 20 kleinen Monstern und schafft es nur mit Mühe, die Kinder aus dem Garten zu drängen. „Raus hier! Weg hier! Lasst mich endlich in Ruhe!" Sie zetert, die Kinder lachen. Das macht Katrin noch wütender. Gleichzeitig hat sie ein schlechtes Gewissen. Es sind doch arme Kinder. Ein Mädchen fällt ihr auf: Es hat Glasperlen in seine Zöpfchen eingeflochten. Anders als die anderen Kinder steht es still daneben und schaut Katrin ernst an. „Wie heißt du?"

„Kavera." Die Kleine rennt weg.

Katrin will im Tagebuch weiterlesen. Vielleicht findet sie eine Stelle, die alles aufklärt: Warum war Herr Tjiteere so feindselig? Was hat sich bei Annas Besuch dort wirklich zugetragen? Gab es weitere Besuche, die nicht so harmonisch verliefen wie der erste im Tagebuch beschriebene? Wenn ja, dann wird Anna darüber eine Notiz gemacht haben.

Das Tagebuch. Es muss auf dem runden Tisch in der Wohnküche sein. Mittags hatte sie die Kladde dort hingelegt, als sie zur Farm gefahren war. Jetzt ist sie verschwunden. Jemand muss während ihrer Abwesenheit im Haus gewesen sein. Katrin lässt sich auf einen Stuhl fallen, ihr Blick wandert durch den Raum. Wer kann das gewesen sein? Gibt es Spuren? Sie läuft von Fenster zu Fenster – alle sind geschlossen und die Gitter davor unbeschädigt. Sie hastet durch die Räume. Nichts, keine Spur. Nichts ist zerbrochen, nirgendwo liegen Scherben, nirgendwo sind Schubladen durchwühlt, nirgendwo Bücher aus dem Regal gezogen. Die Türen des großen Schranks sind geschlossen. Als sie hineinschaut, sieht sie sofort, dass nichts verändert ist. Es muss jemand hier gewesen sein, der einen Schlüssel hatte und gezielt etwas suchte. Jemand, der sich im Haus auskennt. Aber wer um Himmels Willen kann es denn auf das Tagebuch abgesehen haben? Anna hatte ihr doch selbst erzählt, dass in Okakarara kein Mensch Deutsch versteht. Das alles macht Katrin Angst. Sie läuft in den Garten. Nur raus aus diesem engen Haus. Zum Glück wohnt Agnes gleich nebenan. In einem großen, schweren Topf rührt Agnes mit einem Holzlöffel den abendlichen Maisbrei an. Die Nachbarin hockt vor der Feuerstelle und ist umgeben von ihren Kindern. Ein Bild der Ruhe. Katrin flüstert Agnes ins Ohr. „Sag, kennst du jemanden in Okakarara, der Deutsch spricht oder zumindest versteht?“

Agnes muss nicht lange überlegen. „Nein, kein Mensch hier versteht es. Es gibt nur noch wenige alte Leute, die aus der Kolonialzeit ein paar Brocken kennen wie ‚Guten Tag', ‚In Ordnung' oder ‚Pass auf'."

Katrin nimmt Agnes zur Seite. Sie möchte nicht, dass die Kinder etwas mitkriegen. „Bei mir ist eingebrochen worden. Heute Nachmittag. Annas Tagebuch ist weg. Der Einbrecher muss einen Schlüssel gehabt haben. Kannst du dir vorstellen, wer das gewesen sein könnte?"

Agnes legt der Nachbarin ihren Arm um die Schultern. „Ich weiß nicht, wem Anna alles einen Schlüssel gegeben hat. Ich hatte ihn nur, wenn sie verreist war. Dann habe ich die Katzen gefüttert und das Haus gelüftet."

„Es ist so unheimlich. Nichts ist weg, nur das Tagebuch. Ich weiß genau, wo es mittags lag. Ich habe kurz vorher noch darin gelesen. Alles ist in Deutsch geschrieben. Wer klaut ein Tagebuch, das er nicht lesen kann?"

„Hör mir gut zu. Du musst morgen früh sofort zur Polizei und du musst alle Schlösser auswechseln. Hörst du?" Agnes spricht mit der Freundin wie eine strenge Mutter mit ihrem unartigen Kind.

Katrin hört nicht zu, sie ist gefangen in ihrer Angst. „Und was mache ich, wenn der Einbrecher heute Nacht wiederkommt? Agnes, mir ist bange. Irgendjemand will mich fertigmachen. Bis ich verschwinde. Ich halte das nicht aus. Ich fahre zurück nach Windhoek. Und zwar sofort."

Agnes packt Katrin an den Schultern und schüttelt sie. „Das wirst du bleiben lassen! Nach Einbruch der Dunkelheit fährt kein vernünftiger Mensch in Namibia mit dem Auto. Du riskierst dein Leben auf der Straße, wenn es Abend wird. Die Kudus fühlen sich von den Scheinwerfern so angezogen, dass sie aus dem Dunkeln auf die Straße springen. Einen Zusammenstoß mit einem Kudu überlebst du nicht. Du bleibst hier, schiebst ein Möbelstück vor die Tür und schreist ganz laut, wenn du verdächtige Geräusche hörst. Außerdem kannst du zu uns rüberkommen, sobald du dich bedroht fühlst."

Sie drückt Katrin noch ein Stück weiter in die Gartenecke. Agnes will der Freundin ein Geheimnis anvertrauen: „Anna hatte einen Liebhaber. Der ist verheiratet. Er kam immer abends zu ihr, wenn es längst dunkel war. Von sieben bis zwölf Uhr war er zwei Mal in der Woche bei ihr."

Katrin stutzt: „Woher weißt du das so genau? Hast du die beiden beobachtet und auf die Uhr geschaut?"

„Hier im Ort passen wir alle aufeinander auf. Jeder weiß, was der andere tut."

„Wusste Anna, dass ihr Privatleben so genau beobachtet wurde?"

Agnes windet sich verlegen. „Darüber haben wir nie gesprochen. Aber vor drei Wochen hat sie mir erzählt, sie habe Schluss gemacht. Vielleicht hat er noch einen Schlüssel zum Haus. Ich weiß es nicht und will ihn nicht verdächtigen."

„Anna hatte einen heimlichen Geliebten?" Katrin tut so, als sei das neu für sie.

Agnes schmunzelt: „Das erzählt man der Freundin, aber nicht der Schwester."

„Komm, sag es mir. Wer ist es? Doch nicht etwa der Manager?" Katrin spielt das Spiel weiter und wiederholt die Frage mehrmals, bis Agnes mit der Sprache herausrückt: „Joe Ojo, unser zweiter Bürgermeister. Er hat ein Büro in der Stadtverwaltung. Er ist verheiratet und hat fünf Kinder. Aber verrate niemandem, dass du das von mir hast." Agnes trommelt ihre Kinder zusammen und fragt sie, ob ihnen am Nachmittag irgendetwas auf Annas Grundstück aufgefallen ist. Die Kinder haben draußen gespielt und nichts Auffälliges bemerkt.

Katrin verrammelt die Haustür mit der schweren Kommode aus dem Schlafzimmer. Als sie in der Wohnküche das Licht ausmachen will, fällt ihr in der untersten Reihe des Bücherregals eine Lücke auf. Zwei Aktenordner fehlen. Aber welche? Was stand auf den Etiketten? *Okakarara*, *Kulturzentrum*, *Privat* – die drei sind da. Jetzt kommt sie drauf, welche Ordner weg sind: die mit den Aufschriften *Finanzen* und *DED*. Katrin reagiert jetzt so, wie es Menschen in extremen Krisensituationen häufig tun. Sie schreien und weinen nicht, sondern flüchten ins Alltägliche, weil sie die unheimliche Bedrohung sonst nicht aushalten würden. Sie putzen, bügeln, waschen sich die Haare oder backen Plätzchen. Psychologen haben dieses Phänomen erforscht und nennen es „Übersprunghandlung". Katrin öffnet das Fenster und ruft in die Nacht hinein: „Mietz, Mietz, Mietz." Ehe sie sich versieht, springen die Tiere durchs Fenster und huschen ins Schlafzimmer. Sie schüttet ihnen Trockenfutter in ein Näpfchen und striegelt ihr Fell mit einer Bürste. Heute dürfen alle drei bei ihr schlafen.

Im Morgengrauen klingelt das Telefon. Ihr Freund Gert ist dran: „Ich habe heute Nacht kein Auge zugetan. Ich mache mir große Sorgen um dich. Martin hat mir erzählt, was du vorhast. Ich bitte dich, nimm den nächsten Flieger und komm zurück. Du kannst in Afrika keinen Mordfall aufklären."

„Hab keine Angst, ich pass schon auf mich auf." Katrin erzählt ihm nichts von dem Einbruch. Als Gert sie erneut bittet, möglichst schnell nach Hause zu kommen, versucht sie ihn abzulenken: „Lassen wir das. Erzähl doch mal, was du so machst!“

Für Gert ist diese Frage das willkommene Signal, ihr von seiner Aufregung in den letzten Tagen zu berichten: „Stell dir vor, endlich können wir die Stuttgarter Haushalte mit den neuen Aluminium-Müllcontainern ausstatten. Jetzt musst auch du deine Joghurtbecher nicht mehr in die gelben Säcke stecken. Du glaubst nicht, wie erleichtert ich bin, dass dieses Problem endlich gelöst ist. In den Straßen fliegen keine Plastiksäcke mehr umher.“

Katrin unterbricht seinen Redefluss: „Hier sind die Leute froh, wenn sie genug zum Essen haben. Mülltrennung ist kein Thema. Der Abfall liegt an den Straßenrändern, und ich habe bisher nur ein paar alte Männer gesehen, die den Dreck mit Reisigbesen zusammenkehren und auf Karren laden. Was damit passiert – ich habe keine Ahnung.“

„Ich weiß schon, warum ich keine Lust habe, nach Afrika zu reisen. Die kippen den Müll doch einfach in die Natur und denken sich nichts dabei. Das würde mich rasend machen.“

„Das kann ich mir vorstellen. Du regst dich ja schon auf, wenn ich einen Joghurtbecher in den Restmüll schmeiße.“

„Ich verstehe ja, dass du im Moment andere Sorgen hast. Aber du kannst nicht so tun, als ginge es dich nichts an, wenn die Welt im Müll versinkt. Und dir möchte ich jetzt den guten Rat geben: Hör auf, Kriminalkommissarin zu spielen. Ich glaube, du hast zu viele Krimis gesehen. Du kannst in diesem fremden Land nichts bewirken. Nimm den nächsten Flieger und komm zurück.“

Katrin fühlt sich wie ein Schulkind gemaßregelt und will ihm eins auswischen: „Dein Leben dreht sich nur um den Scheiß-Müll. Das geht mir so auf den Wecker. Wenn ich wieder zu Hause bin, schmeiß ich alles in eine Tonne.“

„Sei nicht so kindisch. Wenn du das wirklich tun willst, dann sehe ich schwarz für uns."

„Gert, lass uns nicht streiten. Du leistest gute Arbeit, das weiß ich doch. Aber hier ist alles so anders, da kommen mir die Probleme zu Hause klein und lächerlich vor."

„Ich habe kapiert, dass ich dich nicht überreden kann, nach Hause zu kommen. Aber bitte, halte mich auf dem Laufenden. Lass uns spätestens in drei Tagen wieder telefonieren."

„Abgemacht. Ich melde mich." Katrin ist erleichtert, das Gespräch ist beendet.

Ob der Bürgermeister, der heimliche Geliebte, der Mörder ihrer Schwester ist? Hat er die schreckliche Tat vielleicht aus verletztem Stolz begangen? Sie weiß nicht, wie afrikanische Männer reagieren, wenn eine Frau ihnen den Laufpass gibt. Ob er das Tagebuch gestohlen hat? Daran könnte er Interesse haben, auch wenn er kein Deutsch spricht. Aber was will er mit den beiden Aktenordnern? Warum hatte Anna die Affäre mit dem Bürgermeister von Okakarara nicht einmal angedeutet, wenn sie miteinander telefoniert hatten? Ob sie eine Moralpredigt befürchtete? Wie kannst du dich nur mit einem verheirateten Mann einlassen? Und Kinder hat er auch noch! Du machst dich nur unglücklich, schadest dir und deiner Karriere! Und diese Heimlichkeiten – wie würdelos! Katrin hält inne. Genauso hätte sie es formuliert. Anna muss es geahnt haben. Was wohl aus Peter, Annas großer Liebe, geworden ist? Seit dem Fest vor vier Jahren hat Katrin ihn nicht wiedergesehen. Der hätte ihr gefallen. Bei ihm hatte sie Herzklopfen. Aber das durfte nicht sein. Seit einem Jahr schwankt Katrin hin und her, ob sie sich von ihrem Freund

Gert trennen soll. Mit ihm, dem soliden und treuen Mann, ist sie schon seit sechs langen Jahren zusammen. Nicht so richtig, jeder hat seine Wohnung, und wenn sie sich treffen, dann höchstens ein, zwei Mal die Woche. Für Katrin ist es eher eine lauwarme Beziehung. Aber bei ihm fühlt sie sich aufgehoben und nicht allein. Sie hat immer jemanden fürs Theater und für den Urlaub. Nie wäre sie wie Anna allein durch die Welt gezogen. Jetzt fällt ihr auf, dass sie seit ihrer Abreise nach Namibia nicht ein Mal daran gedacht hat, ihn anzurufen.

Es ist schon später Vormittag und noch immer hat sie den Einbruch nicht der Polizei gemeldet, auch die Türschlösser sind noch nicht ausgewechselt. Sie sucht im Telefonbuch die Nummer der örtlichen Polizei und ärgert sich über die Tonbandansage: „Kein Anschluss unter dieser Nummer." Sie muss hinfahren. Hinter dem Tresen steht wieder der junge Polizist Willliam Katjeho. Sie berichtet ihm von dem Einbruch, er scheint sich zu langweilen: „Madam, mit solchen Nichtigkeiten können wir uns nicht abgeben. Es ist nichts passiert. Sie sehen doch, unser Telefon geht nicht. Wir haben kein Transportmittel und auch keine Zeit, vor Ort die Spurensuche aufzunehmen. Unsere drei Zellen sind ohnehin voll. Die einfachste Lösung ist, dass Sie ihre Schlösser austauschen. Wenn Sie hier links um die Ecke gehen, sehen Sie einen kleinen Laden. Dort können Sie welche kaufen. Einen guten Tag noch."

„Entschuldigen Sie bitte. Ich bin noch nicht fertig. Gibt es was Neues im Mordfall?"

„Es gibt nichts mehr zu ermitteln. Für uns ist alles geklärt."

„Hat der Täter eigentlich den Mord gestanden?"

„Nein. Er sagt, er war es nicht. Das kennen wir. Jeder Mörder beteuert seine Unschuld. Verbrecher lügen. So einfach ist das."

Der Diebstahl wird als Lappalie abgetan. Ob der Mord an Anna genauso schnell abgehakt wird? Ratlos und resigniert verlässt Katrin die Polizeistation. Gert hat doch Recht, sie sollte schleunigst aus Namibia abreisen. Aber mindestens eine Nacht muss sie noch in Okakarara durchstehen. In dem Krimskrams-Laden kauft Katrin zwei dicke Vorhängeschlösser. Wenigstens das Haus soll sicher sein.

Den Geliebten ihrer Schwester muss sie unbedingt vor ihrer Abreise noch treffen. Katrin ist auch gespannt auf den Mann, den Anna ihr verschwiegen hat.

Die Stadtverwaltung von Okakarara liegt zwischen Tankstelle und Polizeistation an der einzigen Teerstraße der Gemeinde. Die bunte Fahne Namibias weht auf dem Flachdach. Auf der Treppe zur Eingangstür sitzt eine Gruppe rauchender Männer. Drinnen fegen zwei Afrikanerinnen in Herero-Tracht den Flur mit Reisigbesen. Katrin erfährt von einer der Putzfrauen, dass der zweite Bürgermeister in Zimmer drei zu finden ist.

Joe Ojo steht am Fenster seines Arbeitszimmers. Er dreht sich um, als sie eintritt. Hochgewachsen, schlank, ein gewinnendes Lächeln. Überrascht schaut er sie an und nimmt seine Zigarette aus dem Mund. „Sie kannten meine Schwester Anna sehr gut. Ich bin Katrin Sattler." Als sie den Namen Anna ausspricht, zuckt er zusammen. Er drückt hastig die Zigarette aus und schiebt ihr einen Stuhl hin. Sie sitzen sich am großen Schreibtisch gegenüber und schweigen. Das Büro ist hell und gepflegt, mit Telefon, Kopiergerät, Aktenschrank und einer Stechpalme im Topf. Der Bürgermeister schaut sie aufmerksam an, als ob er auf ihrem Gesicht Spuren von Anna suche. Katrin betrachtet ihn auch sehr genau. Er steht auf, kommt zu ihr und nimmt ihre rechte Hand zwischen seine schlanken Hände. „Ich als Bürgermeister von Okakarara möchte Ihnen im Namen der ganzen Stadt mein herzliches Beileid aussprechen." Er macht eine Pause und setzt sich wieder hinter seinen Schreibtisch. „Wie kann ich Ihnen helfen?"

„Ich will herausfinden, wie meine Schwester hier in Okakarara gelebt hat und warum sie ermordet wurde."

„Sie war eine engagierte und mutige Frau. Sie wollte hier viel verändern." Joe Ojo fügt hinzu: „Vielleicht zu viel."

„Ich verstehe Sie nicht. Was heißt das – zu viel?"

Der Bürgermeister schreitet durch den Raum und sagt kein Wort. Minuten vergehen. Ein eleganter Mann. Der lässt sich Zeit, denkt Katrin. Endlich spricht Joe Ojo weiter. „Das ist eine lange Geschichte. Anna hat sich in Okakarara nicht nur Freunde gemacht. Ihr ging alles viel zu langsam. Und sie hat sich in Dinge eingemischt, die nichts mit ihrer Arbeit im Kulturzentrum zu tun hatten."

„Was wollen Sie damit sagen?"

Wieder eine unendlich lange Pause, bevor der Bürgermeister fortfährt: „Hier im Ort lebt ein alter reicher Mann, ein Weißer. Die Leute nennen ihn Onkel Jonas. Er vergibt Kredite an jeden, der zu ihm kommt. Dafür verlangt er hohe Zinsen. Darüber konnte sich Anna empören. Sie hat ihn als Ausbeuter beschimpft. Da ist schon was dran. Trotzdem, wir sind auf ihn angewiesen. Denn keine Bank würde den bettelarmen Leuten hier einen Kredit geben. Aber das ist nur ein Beispiel. Anna ist immer auf die Barrikaden gegangen, wenn sie Unrecht vermutet hat. Das haben ihr einige Leute hier sehr übel genommen. Wer lässt sich schon gerne in die Karten schauen? Und noch dazu von einer fremden weißen Frau."

„Haben Sie einen Verdacht, wer meine Schwester umgebracht haben könnte?"

„Ich habe gehört, der Täter ist gefasst. Ein Dieb."

„Ja, aber der Dieb hat nichts gestohlen. Er hat auch nicht den Mord gestanden."

„Die Aufklärung ist Aufgabe unserer Polizei. Wir sollten uns da nicht einmischen."

Katrin nimmt allen Mut zusammen und widerspricht: „Ich habe den Eindruck, dass die Polizei nicht wirklich weiterkommt."

„Nehmen Sie es mir nicht übel, aber das können Sie wirklich nicht beurteilen."

Wie herablassend das klingt! Katrin will nicht klein beigeben: „Ich muss Ihnen noch etwas Wichtiges mitteilen. Jemand hat gestern Nachmittag, als ich unterwegs war, aus Annas Haus ein Tagebuch und zwei Aktenordner gestohlen. Haben Sie eine Idee, wer der Dieb sein könnte? Er muss einen Schlüssel zu Annas Haus haben."

Der Bürgermeister stützt seinen Kopf auf die gefalteten Hände und schaut ihr in die Augen: „Keine Ahnung. Irgendwo wird immer eingebrochen bei uns in Okakarara. Unsere Polizei kann die Täter nur selten dingfest machen. Wir sind noch nicht so weit wie Sie in Europa. Wir sind erst seit der Unabhängigkeit 1990 dabei, unsere eigene Polizei aufzubauen. Bitte haben Sie Verständnis. Die Wahrheit braucht ihre Zeit."

Katrin wird ungeduldig: „Geben Sie mir bitte den Schlüssel zurück, den meine Schwester Ihnen überlassen hat."

Das hat gesessen. Der Bürgermeister errötet. Niemals hätte Katrin gedacht, dass Schwarze rot werden können.

„Ich weiß, worauf Sie anspielen. Ich und Anna? Nein, das sind bloß Gerüchte. Wir beide waren nur gute Freunde. Ich war eine Art Lehrer für sie, sie wollte von mir alles über unsere Tradition und unsere Kultur erfahren. Anna war wissbegierig. Ich war für sie da, Tag und Nacht. Ich konnte ihre Fragen immer beantworten."

Immer und überall die gleichen Kamellen: Verheiratete Männer verleugnen ihre Geliebte. Sie sind feige – in Stuttgart wie in Okakarara. Natürlich war der Bürgermeister der Liebhaber ihrer Schwester. Katrin stellt sich vor, wie die Mutter seiner fünf Kinder Anna gehasst haben muss, wie sie gelitten hat unter dem Dorfklatsch. Und jetzt soll sie als Schwester dieses verlogene Spiel auch noch mitspielen? Von diesem Mann wird sie die Wahrheit niemals erfahren. Aber er soll sie nicht für ein Dummerchen halten. Katrin bleibt stur: „Vielleicht hat Anna Ihnen ja den Schlüssel gegeben, damit Sie ihre Blumen gießen, lüften und die Katzen füttern, wenn sie verreist war. Man hat Sie ja beobachtet, wenn Sie nachts aus dem Haus kamen. Warum geben Sie mir nicht den Schlüssel?"

Der Bürgermeister sieht verärgert auf seine Armbanduhr: „Es tut mir leid. Gleich beginnt meine Sitzung. Ich versichere Ihnen, nie hat mir Anna ihren Hausschlüssel gegeben. Ich bringe Sie zum Ausgang."

Gekränkt über diesen Rausschmiss, stellt sie dem Bürgermeister eine letzte Frage: „Bevor ich gehe, müssen Sie mir aber noch erklären, was das Wappen über der Eingangstür zum Rathaus bedeutet." Unter dem Kopf einer Kuh mit riesigen gebogenen Hörnern steht RISA U KUTE. Der Bürgermeister ist erleichtert und übersetzt. „Behandle deine Kühe gut, dann wirst auch du ein glückliches Leben haben." Erstaunlich, was die Herero in nur drei Worten ausdrücken können. Die Wahrheit braucht ihre Zeit, klingt es in ihr nach. Aber sie hat nicht mehr viel Zeit ... Ihr ist heiß und schwindelig. Sie kann nur schwer durchatmen und fühlt sich unbehaglich, als sie wieder auf der Straße steht.

Die Polizeistation liegt schräg gegenüber. Da kommt ihr eine Idee. Sie muss mit dem Tatverdächtigen sprechen. Sie bittet den Polizisten William Katjeho, um eine Besuchserlaubnis in der Untersuchungshaft. „Wo ist er?“, fragt sie.

„Hime? Der ist bei uns.“ Katjeho weist mit einer Gebärde nach hinten in den Flur hinein. „Dort haben wir drei Zellen. Normalerweise müsste Hime schon in Otjiwarongo in Untersuchungshaft sein. Aber weil er noch nicht 18 ist, hat der Richter erlaubt, dass er bis zum Prozessbeginn hier bei uns bleiben darf. Er guckt den ganzen Tag stur vor sich hin und essen mag er auch nicht. Nur seine Mutter durfte ihn ein Mal besuchen.“

Katrin hört Mitgefühl in den Worten des Polizisten und bemerkt wie nebenbei: „Chief Kambanda hat mir neulich gesagt, er glaubt nicht, dass Hime meine Schwester ermordet hat.“

Der Polizist fängt an zu stottern: „Was? Wie? Hat der Chief das gesagt? Wirklich?“

„Ja, ja, der Chief hat wörtlich zu mir gesagt: ‚Für den Jungen lege ich meine Hand ins Feuer.‘“ Der Name John Kambanda wirkt in Okakarara offenbar wie ein Zaubermittel.

Der Polizist nimmt einen Schlüsselbund aus der Schublade unterhalb des Tresens: „Mein Chef ist erst in einer halben Stunde zurück. Kommen Sie mit mir.“

Hinter einer schweren Eisentür am Ende des Flurs kauert ein magerer Junge auf einer Matte am Boden. Er dreht sich um und schaut sie ängstlich an, als sie die enge Zelle betritt. Der Polizist stellt Katrin vor: „Hime, das ist Frau Sattlers Schwester. Sie möchte mit dir sprechen."

Katrin geht in die Knie und setzt sich zu dem Jungen auf die Matte. Jetzt ist sie auf Augenhöhe mit ihm: „Herr Katjeho, können Sie uns alleine lassen?"

„Okay, ich warte vor der Tür." Der Polizist tippt auf seine Armbanduhr: „Aber nur zehn Minuten."

Es ist ganz still in der stickigen Zelle. Katrin fällt nichts Besseres ein, als das zu fragen, was sie längst weiß: „Du bist Hime? Verstehst du Englisch?"

Der Junge nickt und stiert auf den Boden.

„Ich bin aus Deutschland. Am Montag bin ich hierhergekommen. Ich bin die Schwester von Anna Sattler. Chief Kambanda hat mich besucht. Ich war schon bei deiner Mutter."

Jetzt hebt Hime den Kopf, wirft ihr einen scheuen Blick zu, wendet sich aber sofort wieder ab. Katrin schaut den Jungen unsicher an. Vor ihr sitzt ein Kind – schmales Gesicht, abstehende Ohren, große Augen. Wie soll sie mit ihm reden, wie kann sie an ihn herankommen, was darf sie sagen? Es dauert, ehe Katrin die richtigen Worte findet: „Der Chief hat mir gesagt, dass du kein Mörder bist. Aber alle anderen halten dich dafür. Warum sagst du nichts?"

Der Junge ratscht mit den Fingernägeln über den Betonboden. Dieses unerträgliche Geräusch erinnert Katrin an ihre Schulzeit. Wenn Kreide und Fingernagel über die große Tafel schrammten.

„Lass das! Sag, was war. Ich muss es wissen." Ihr Ton war zu hart. Sie legt dem Jungen ihre Hand auf den Arm. Wie zerbrechlich er sich anfühlt. „Bitte, sprich mit mir. Ich tue dir nichts! Wenn du es nicht warst, dann helfe ich dir."

Hime presst die Lippen zusammen. „Ich war es nicht",

stößt er hervor, „ich war gar nicht im Haus Ihrer Schwester. Ich habe gearbeitet. Ich habe Anna nicht gesehen. Und den Kerzenhalter habe ich am nächsten Tag im Gebüsch am Weiher gefunden. Ich wollte ihn verkaufen. Gehen Sie zu meiner Mutter. Sie wird Ihnen alles erzählen." Es hämmert an der Eisentür. Hime sackt in sich zusammen. Draußen auf dem Flur wischt sich Katrin den Schweiß von der Stirn und holt tief Luft. Kann sie dem Jungen glauben?

Vor der Polizeistation läuft sie Arnold Kaure in die Arme: „Was für ein Zufall, Sie hier zu sehen! Ich habe gerade bei Ihnen vor dem Haus eine Kiste mit Annas Büro-Sachen abgestellt. Nichts Besonderes. nur Schreibtisch-Utensilien und ein paar Andenken. Vielleicht mögen Sie das mal durchsehen. Sie reisen doch sicherlich heute noch ab, um die Nachtmaschine zu erreichen. Deshalb habe ich mich auch beeilt." Jetzt scheint es der Manager aber nicht mehr eilig zu haben. Er stellt sich quer auf den Pfad, stemmt die Arme in die Hüften und lächelt: „Was hat Sie in unser Rathaus getrieben und aufs Revier zu unserem jungen Polizisten?"

Katrin will nicht reden, sie ist ihm keine Rechenschaft schuldig. Er lässt nicht locker: „Sie waren bei unserer Polizei. Was soll das denn?" Kaure merkt, dass er so nicht weiterkommt und schlägt einen versöhnlichen Ton an: „Gehen wir etwas trinken. Die Arbeit kann warten. Ich lade Sie ein."

Katrin geht mit. Vielleicht kann sie ihm ein paar Geheimnisse über ihre Schwester entlocken. Am Eingang der Kalulu-Bar sitzt eine Einheimische. Sie trägt ein abgerissenes Abendkleid mit weitem Ausschnitt, trinkt Bier aus der Flasche und hebt sofort ihre rechte Hand zum Betteln, als sie Katrin sieht. „Misses give me Dollar“, lallt sie. In der rauch- und biergeschwängerten Kneipe torkeln zur Mittagszeit betrunkene Männer und pöbeln sich gegenseitig an, aus einem Lautsprecher tönt ohrenbetäubende afrikanische Musik. Rotes Funzellicht aus bunt angestrichenen Glühbirnen gibt der Bar eine schummrige Atmosphäre. Arnold Kaure erklärt Katrin den Namen der Spelunke. „‚Kalulu‘ ist in vielen afrikanischen Sprachen der Begriff für Hase. Wie bei euch der schlaue Fuchs, so ist in Afrika der Hase hochintelligent und gewitzt und legt alle großen Tiere aufs Kreuz mit seinen Finten. In unseren Tiergeschichten ist Kalulu der Held.“

Auf solche Bemerkungen geht Katrin gerne ein: „Bei uns ist das ganz anders. Da ist der Hase der Schwächling. Angsthase nennt man Menschen, die keinen Mut haben.“ Mit einem grauen Schwamm putzt der Kellner die Bierreste von der Theke und stellt ihnen zwei Flaschen „Windhoek Lager“ hin.

„Sie sind sicher Besseres gewöhnt. Es tut mir leid, dass ich Sie nur hierhin ausführen kann“, entschuldigt sich der Manager.

Katrin kann sich die Bemerkung nicht verkneifen: „Ich denke, Sie trinken keinen Alkohol?“ Arnold Kaure lacht laut auf, schiebt dem Kellner die Bierflasche zu und bestellt eine Zitronenlimonade.

Jetzt würde Katrin ihm am liebsten sagen, dass sie Okakarara scheußlich findet, viel schrecklicher als sie es sich je vorgestellt hat. Aber sie hat von klein auf gelernt, sich zurückzunehmen und klaglos unangenehme Situationen zu ertragen. Außerdem ist die Musik so laut, dass sie sich gegenseitig anschreien müssen. Der Manager winkt den jungen Kellner heran und schimpft mit ihm. Der läuft sofort zum Kassettenrekorder und stellt die Musik leiser. Arnold Kaure ist zufrieden. „Nun erzählen Sie mal, was Sie alles bei uns hier erlebt haben."

„Nichts Besonderes. Ich komme gerade aus der Zelle von Hime."

Mit offenem Mund starrt er sie an: „Sie waren wirklich bei ihm? Wie haben Sie das hingekriegt? Sie wissen, dass Gespräche mit Untersuchungshäftlingen verboten sind. Naja, Schwamm drüber. Unser Polizist ist ein guter Mensch, der hübschen Frauen nichts abschlagen kann. Was haben Sie von Hime erfahren? Ich wette, er hat Ihnen gesagt, dass er es nicht war."

„Ja, das hat er." Katrin spürt, dass er etwas aus ihr herauskitzeln will. Sie ist in Habacht-Stellung.

Kaure rückt nahe an sie heran und schaut prüfend zu ihr hoch. Seine Stimme ist leise: „Hime lügt, aber Jungs in dem Alter sind so, das wird bei Ihnen in Deutschland nicht anders sein."

Katrin will gerade ansetzen und ihm vom Besuch bei Himes Mutter erzählen, da bremst sie sich. Der Manager ist für ihren Geschmack viel zu neugierig. Sie will von ihm etwas wissen und fragt unvermittelt: „Gestern ist jemand ins Haus eingedrungen und hat ein Tagebuch und zwei Aktenordner von Anna gestohlen. Wer könnte das gewesen sein? Ich bin sicher, es war jemand, der Anna und ihr Haus gut kannte. Es muss jemand gewesen sein, der verhindern will, dass ich das Tagebuch und die Akten lese."

Arnold Kaure pflichtet ihr sofort bei: „So muss es gewesen sein. Warum sonst sollte jemand Akten und Tagebuch klauen? Das ist furchtbar."

„Keine Sorge, mir ist nichts entgangen. Ich habe das Tagebuch schon gelesen und die Akten kopiert."

Arnold Kaure fixiert sie mit zusammengekniffenen Augen. Die joviale Freundlichkeit ist wie weggeblasen. „Wo haben Sie das denn gemacht? In Okakarara gibt es keinen Kopierer. Nur bei uns im Zentrum."

Katrin hat eine rettende Idee: „Ich gehe immer mit meinem Laptop auf Reisen, und mit diesem kleinen Wundergerät kann ich sogar kopieren."

„Toll! Das müssen Sie mir zeigen! So ein Gerät könnte ich gut gebrauchen."

Katrin prostet ihm zu und nimmt einen großen Schluck aus der Bierflasche. „Lauwarm, das Zeug." Angewidert stellt sie die Flasche auf die Theke, nimmt ihre Tasche und will gehen. Da packt der Manager sie am Jackenärmel: „Sie haben mich gefragt, ob ich bezüglich des Einbruchs einen Verdacht habe. Ich gebe Ihnen einen Tipp. Sie waren doch im Rathaus. Fragen Sie dort noch mal nach. Bürgermeister Ojo hat auch ein Herz für Frauen. Den Dorfklatsch will ich hier aber nicht weiter ausbreiten." Der Manager lächelt jetzt verschlagen. Katrin muss sich bremsen, um ihm nicht das laue Bier über den Schlips zu kippen. Mit weicher Stimme fährt er fort. „Ich helfe Ihnen. Sie können auf mich zählen. Aber halten Sie mich auf dem Laufenden. Was Sie vorhaben und wen Sie treffen, ich will alles wissen."

Das könnte diesem Wichtigtuer so passen. Draußen an der Luft zieht Katrin ihre Strickjacke aus und schüttelt sie aus. Sie riecht nach Bier und Rauch.

Vor der Haustür findet sie die Kiste mit Annas Büro-Kram, die der Manager ihr hingestellt hat. Sie ist schwer und randvoll. In der Wohnküche kippt sie alles auf den Fußboden, Zeitungen, Bücher, Papiere und allerlei Dosen und Schreibtisch-Utensilien. Als sie die Sachen aussortieren und in eine große Mülltüte werfen will, klappert es in einer Blechbüchse. Ein Schlüsselbund, die Schlüssel vom Haus. Offensichtlich hatte Anna in ihrem Büro Ersatzschlüssel deponiert. Wer wusste davon? Jetzt wird der Kreis der möglichen Diebe noch größer. Jeder, der mit Anna im Büro zusammengearbeitet hat, könnte die Schlüssel entwendet haben und in das Haus eingedrungen sein. Sie wirft alles in den Müll. Wie gut, dass sie die Schlösser ausgewechselt hat. Zwischen zwei Zeitungen rutscht eine dicke schwarze Kladde hervor – ein weiteres Tagebuch von Anna! Für Katrin der kostbarste Fund. Sie blättert sofort das Heft durch. Bei zwei Namen bleibt sie hängen: Arnold Kaure und Onkel Jonas. Der Manager und der Geldverleiher. Sie markiert die Seiten und beginnt zu lesen.

5. August
Martin ist leider nicht erreichbar, nicht mal auf seinem Handy. Er ist mit Jan in die Ferien gefahren. Ich würde so gerne mit ihm sprechen, es tut mir immer so gut, wenn er mir zuhört und er ist ein viel besserer Psychologe als ich es bin. Ich weiß nicht mehr, woran ich mit Kaure bin. Er macht irgendwelche Geschäfte, von denen ich nichts mitkriegen soll. Gestern ist er wie ertappt aufgeschreckt, als ich an seinen Schreibtisch trat. Irgendwas ist da im Busch. Soll ich mit Agnes reden? Ich bin mir unsicher, ob sie meine Situation im Zentrum richtig einschätzen kann. Oder Katrin zu Hause anrufen? Die freut sich sicher, wenn ich von mir hören lasse. Aber sie weiß nichts von mir, und sie weiß nichts vom Leben. Ich lass das lieber mit dem Anruf. Es ist schade, dass wir uns so fremd sind. Ich traue mich nicht einmal, ihr zur sagen, dass ich ihren Gert nicht mag. Er ist mir zu pingelig und zu selbstgefällig. Aber verletzen möchte ich Katrin auch nicht. Also halte ich den Mund.

20. September
Mein Groll gegen Arnold wird immer stärker. Auf seinem leeren Schreibtisch liegen nur zwei Bücher. Das eine ist die Bibel, das andere handelt davon, wie man ein exzellenter Manager wird. Stundenlang liest er abwechselnd darin. Und wenn er das nicht tut, dann telefoniert er mit Gott und der Welt in seiner Muttersprache. Als ich ihn einmal bat, sich etwas kürzer zu fassen, weil ich das Telefon brauchte, hat er mich angeschnauzt: Die Afrikaner seien nicht so unhöflich und kurzangebunden wie die Europäer. Außerdem habe er soeben ein wichtiges Gespräch geführt. Oh, dieser Schwätzer und Aufschneider. Es macht mich verrückt, dass Arnold es völlig in Ordnung findet, wenn schwerreiche Wunderprediger aus den USA nach Afrika kommen, um hier den Aidskranken und Krebsleidenden einzureden, dass sie mit Hilfe von Gebeten geheilt werden können. Die ziehen den Ärmsten der Armen auch noch das letzte Kleingeld aus der Tasche. Kürzlich war ein solcher Scharlatan aus den USA im Sportstadion von Katutura, dem Township von Windhoek. Und wer hat ihm zugehört und applaudiert? Natürlich mein Manager Arnold. Wenn ich mir vorstelle, dass ich mit diesem religiös-bigotten Eiferer, der an Wunder glaubt, ein aufgeklärtes Kulturzentrum aufbauen soll, dann wird mir ganz übel.

3. November
Jetzt weiß ich endlich, wer Onkel Jonas ist: Ein alter, mieser, gefährlicher Kotzbrocken, 86 Jahre alt, ein Weißer, der die Armut der Leute hier schamlos ausnutzt. Neben der Kandongo-Bierbar hat er einen Laden, der Cashflow heißt. Dort verleiht er Geld zu astronomischen Zinsen. 25 Prozent für den ersten Monat. Also: Wenn jemand 1.000 Namibia-Dollar leiht, dann muss er 250 Namibia-Dollar an Zinsen zahlen. Im zweiten Monat kommen dann wiederum 25 Prozent drauf. Und wenn die Leute dann immer noch nicht

zurückzahlen können, rückt er mit seinen Bodyguards an und holt das letzte aus den Hütten heraus. In seinem Secondhand-Laden verkauft er dann die gepfändeten Kühlschränke, Fernsehapparate, Video-Player, Heizkörper. Wer so was nicht hat, dem nimmt er das Kleinvieh weg. In seinem Garten in der Okakarara-Vorstadt Pamue grasen manchmal an die 100 Ziegen und Schafe, die er bei den Armen eingesammelt und gepfändet hat. Onkel Jonas lebt mit einer blutjungen Owambo-Frau zusammen. Fast alle Leute hier haben Schulden bei ihm – von 20 bis zu 100.000 Namibia-Dollar. Der Bürgermeister des Ortes hat bei ihm genauso Schulden wie der alkoholkranke Arbeitslose. Man muss Onkel Jonas das Handwerk legen! Es würde mich nicht wundern, wenn dieses Scheusal eines Tages mit durchgeschnittener Kehle im Busch gefunden würde.

Was für eine grausige Vorstellung. In Katrins Kopf geht alles durcheinander. Zuviel ist in den letzten drei Tagen auf sie eingestürmt. Katrin versucht, ihre Gedanken zu ordnen und die Personen, die ihr begegnet sind, einzuschätzen. Kaure und Onkel Jonas. Keiner von beiden war ein Freund von Anna. Der Manager ist ein Angeber, aber harmlos. Anna hat das auch so empfunden. Irgendwas hat er zu verbergen. Aber Onkel Jonas scheint wirklich gefährlich zu sein. Wenn der mitgekriegt hat, dass Anna ihn anzeigen wollte, dann wird er das nicht tatenlos hingenommen haben. Ob er oder seine Bodyguards die Aktenordner und das Tagebuch gestohlen haben? Die sind bestimmt nicht zimperlich und kennen alle Tricks, um unbemerkt in ein Haus einzudringen. Aber was hat der Geldverleiher für ein Interesse an Annas Tagebuch und ihren Aktenordnern? Und da ist ja noch ein Mann: Annas Geliebter. Der hat wirklich etwas zu vertuschen.

Heute Morgen hat er sie angelogen, er sei nur ein Freund. Lächerlich. Vielleicht wollte der Bürgermeister verhindern, dass seine Beziehung zu Anna publik wird. Aber Mord? Nein, Joe Ojo ist kein Mörder. Warum ist sie sich bei ihm so sicher? Weil er ein attraktiver Mann ist? Katrin hat kürzlich in der Zeitung gelesen, unsympathischen und eher hässlichen Menschen würde man viel schneller Böses zutrauen als sympathischen und angenehm aussehenden Männern und Frauen. An Frauen hat Katrin noch nicht gedacht. Die Frau des Bürgermeisters, die hat ein starkes Motiv, Eifersucht. Quatsch, Frauen morden nur selten. Auch in Afrika. Oder war es doch Hime und der Chief will nur nicht wahrhaben, dass er sich in dem Jungen getäuscht hat?

Was wird hier gespielt? Bildet sie sich nur ein, dass sie das Verbrechen an ihrer Schwester aufklären kann? Katrin sehnt sich nach ihrer Buchhandlung in Stuttgart. Wie sie es auch dreht und wendet, sie muss sich jetzt entscheiden. Entweder sie reist umgehend ab oder sie versucht, den Mordfall zu lösen. Katrin sieht Hime vor sich: seine Augen, seine dünnen Arme, die viel zu lang wirken, den mageren Körper und seine Angst. Seit fünf Tagen ist dieses Kind eingesperrt, und niemand hilft ihm. Anna hätte ihm geholfen und alle Hebel in Bewegung gesetzt. Anna ist tot. Jetzt muss sie es tun. Das ist sie Anna schuldig. Wem kann sie vertrauen, wer kann ihr weiterhelfen?

Nur Martin fällt ihr ein. Was weiß er über Annas Geliebten? Der schöne Joe war Gesprächsthema der Geschwister, das weiß Katrin aus Annas Tagebuch. Katrin ist nicht überrascht, als ihr Bruder auf ihre Frage sofort loslegt:

„Wenn du wirklich wissen willst, was ich denke: Ich halte gar nichts von dem Kerl. Der hat ein gefährliches Spiel getrieben. Er mag ja verknallt in Anna gewesen sein, aber ich glaube nicht, dass er es mit ihr ernst gemeint hat. Bürgermeister, Vater von fünf Kindern, verheiratet mit einer psychisch kranken Frau, und dann macht er sich an die einzige weiße Frau im Ort heran. Das ist einfach schäbig. Anna war für ihn aber auch ein Risiko. Deshalb hat er sich nur heimlich zu ihr ins Haus geschlichen. Und – wie Anna mir einmal erzählt hat – passte er immer auf, dass die Nachbarin Agnes, deine neue Freundin, nichts mitkriegt hat von den Besuchen."

„Ich habe ihn mir schon mal näher angeschaut und war in seinem Büro. Er ist wirklich sehr anziehend ..."

„Jetzt fall du nicht auch noch auf diesen Typen herein."

„Ich kann mir eine Liebe zwischen Anna und ihm gut vorstellen, aber nicht, dass er sie umbringt."

„Das ist der Vorteil von schönen und sympathischen Menschen. Ihnen traut man fast nie eine Gewalttat zu."

„Das habe ich auch mal gelesen. Interessant und einleuchtend, aber in diesem Fall muss es nicht stimmen. Für mich zählt er zu den Verdächtigen. Ich will noch einmal zu ihm ins Büro. Schließlich hat er einen Überblick über alle Personen, die mit Anna hier zu tun hatten. Hat sie dir gegenüber mal erwähnt, ob sie die Frau des Bürgermeisters auch kannte?"

„Und ob! Aber die hat sich ganz anders bemerkbar gemacht, sie hat Anna heimlich eine Voodoo-Puppe vor den Hauseingang gelegt. Als Anna mir das erzählte, habe ich echt Angst um sie bekommen. Finsteres Mittelalter im Hereroland – da ist die Neuzeit noch nicht angebrochen. Frage den Bürgermeister mal nach diesem Vorfall und schau genau hin, wie er darauf reagiert. Ob es ihm peinlich ist, ob er schnell das Thema wechseln will, ob er alles dementiert oder sich sogar lustig macht über die Puppe. Vielleicht steckt er ja selber dahinter. Ich kann dir nur den Tipp geben: Sei nicht naiv und falle bloß nicht auf ihn herein. Wenn er versucht, dich mit Charme einzuwickeln, dann hat er bestimmt Dreck am Stecken. Also mein Rat: Pass gut auf dich auf."

Vor dem Chief, das weiß sie ganz genau, muss sie keine Angst haben. Er hat sie zu sich nach Hause eingeladen und ihr versprochen, ihr mehr über die Herero und ihre Geschichte zu erzählen. Die 15-jährige Kavera ist ganz wild drauf, Katrin zum Chief zu begleiten. Die Tochter von Agnes kennt den Weg genau. „Jetzt rechts abbiegen, dort links auf die Sandstraße." Kavera genießt es, in dem modernen Kleinwagen zu sitzen, streicht über die weichen Polster und fingert an den blinkenden Knöpfen des Radios herum. Immer wieder mustert sie Katrin von der Seite, so als wolle sie ihr etwas sagen.

„Ist was?", fragt Katrin.

„Darf ich dein Haar mal anfassen?"

Schon wieder. Katrin lacht. „Na klar."

Die Kleine streicht vorsichtig über die glatten Strähnen. „Schön." Nach etwa zehn Kilometern macht das Mädchen eine Handbewegung. „Stopp. Hier links. Wir sind gleich da."

Katrin ist auf einen holprigen Pfad abgebogen, der mitten durch den Busch führt. Kühe und Ziegen grasen im dornigen Gestrüpp. Sie fahren auf drei Blechhütten zu. „Hier soll der Chief wohnen?" Sie schaut Kavera ungläubig an.

„Doch, doch", sagt das Kind, „ wir sind da."

Sie hat andere Afrika-Bilder im Kopf. Häuptlinge residieren in bunt bemalten Palästen, sitzen auf holzgeschnitzten

Thronen, tragen wallende, farbenprächtige Gewänder und schwingen mit Leopardenfell umwickelte Zepter. Zumindest in einem Lehmbau mit Strohdach müsste ein traditioneller Führer leben, aber in einer Wellblechhütte? „Bist du sicher, dass hier der Chief wohnt?"

„Ja, guck mal, da ist er schon."

Mit weit ausgebreiteten Armen und langsamen Schritten kommt John Kambanda auf das Auto zu und begrüßt die beiden Besucherinnen. Der Häuptling trägt einen dunkelblauen Trainingsanzug mit weißen Streifen an den Seiten, auf dem Kopf einen kleinkarierten Stoffhut. „Da sind Sie ja! Ich habe Sie erwartet." Er führt die beiden auf einen Hof zwischen den Hütten. Dort sitzt eine rundliche Frau um die 60 mit einer Blechschüssel auf dem Schoß und schält Kartoffeln. Sie trägt ein geblümtes Kleid und eine Haube aus dem gleichen Stoff. „Das ist meine Frau Rosa." Der Chief scheucht die kleinen Kinder weg, die neugierig von überall her angerannt kommen. Es sind seine Enkel. Ein junger Mann in Bermuda-Shorts trägt zwei wackelige Stühle mit abgenutzten Polstern aus einer der Hütten.

„Im Haus meiner Schwester ist gestern eingebrochen worden. Ich brauche Ihren Rat", beginnt Katrin das Gespräch.

Energisch unterbricht Chief Kambanda: „Nicht jetzt. Später." Katrin versteht nicht, warum sie ihr Problem nicht vortragen darf. Aber sie fügt sich. Er wird ihr schon ein Zeichen geben, wann sie mit ihren Fragen an der Reihe ist. Der 75-jährige John Kambanda wurde in der deutschsprachigen *Allgemeinen Zeitung* als tolerant, aufgeschlossen und großherzig portraitiert. Anna hatte ihr diesen Artikel aus der Tageszeitung für die deutsche Minderheit in Namibia ausgeschnitten und geschickt. An den Rand hatte sie geschrieben: „Das ist unser Häuptling, ein kluger Mann." In der Zeitung heisst es: „Als Kind hat John Kambanda eine Missionsschule besucht, lernte Englisch und glänzte durch gute Leistungen. Er hätte gerne Landwirtschaft in Südafrika studiert. Aber durch den frühen Tod des Vaters musste er bereits als junger Mann die Aufgaben eines Häuptlings übernehmen. Er wurde Oberhaupt eines großen Clans und war damit gleichzeitig Verwalter, Richter, Seelsorger und spiritueller Führer einer großen Gemeinschaft. John Kambanda wollte mehr kennen als sein Dorf und seine Region. Er reiste in die Hauptstadt Windhoek und besuchte auch Großstädte wie Pretoria und Johannesburg im Nachbarland Südafrika. Das alles war damals auch für einen traditionellen Führer höchst ungewöhnlich. Ein Chief ist gleichzeitig auch Politiker. Und ein Politiker hält gerne Vorträge."

John Kambanda merkt, dass Annas Schwester fast nichts über die Geschichte Namibias weiß. Deshalb holt er weit aus. „Während des Befreiungskampfes gegen die südafrikanische Besatzung, die bis zur Unabhängigkeit im Jahre 1990 währte, habe ich mich in der DTA, der Demokratischen Turnhallenallianz engagiert. Diese Partei wurde 1977 im alten Gebäude der deutschen Turnhalle in Windhoek gegründet. Daher der seltsame Name. Ihnen ist bestimmt nur die SWAPO, die South West African People's Organisation, geläufig. Aber die Turnhallenallianz hat genauso wie die SWAPO für die Unabhängigkeit Namibias gekämpft. Nur haben wir es damals anders gemacht. Wir Herero haben uns zum großen Teil der DTA angeschlossen und nicht der SWAPO. Denn diese Partei wird vom Mehrheitsvolk der Ovambo dominiert. Die SWAPO, die in Namibia die Regierung stellt, wirft uns oft vor, wir hätten uns im Befreiungskampf nicht ausreichend engagiert. Der

Streit der beiden Parteien drehte sich damals um die Frage: Wie sollte das Land befreit werden – mit oder ohne Waffengewalt? Eine Auseinandersetzung, die bis ins kleinste Dorf reichte. Wir waren für eine friedliche Lösung des Konflikts, die SWAPO für den Einsatz von Waffen. Letzten Endes haben wir alle zusammen mit internationaler Unterstützung die Unabhängigkeit erreicht. Heute ist die DTA eine von mehreren Oppositionsparteien. Wir kämpfen gegen die übermächtige SWAPO. Sie regiert seit der Unabhängigkeit 1990 allein und zunehmend selbstherrlich das Land."

Der Chief unterbricht seinen Monolog und schaut zum Himmel. „Gleich geht die Sonne unter. Das ist die Stunde, in der ich Sie unseren Ahnen vorstellen kann. Kommen Sie!"

Kavera hat sich gleich nach der Begrüßung zu den Kindern gesellt und spielt Ball. Der Chief führt Katrin in den hinteren Winkel des Anwesens. „Das heilige Feuer Okuruuo muss in einer geraden Linie zwischen dem Gatter mit den heiligen Kühen, dem Haupthaus und der Richtung des Sonnenuntergangs liegen." Unter einem Steinhaufen glimmt Asche. John Kambanda spricht weiter. „Das Feuer wird gehütet von der ersten Frau des Familienoberhauptes oder – wenn diese gestorben ist – von der ältesten Tochter. Es darf nie verlöschen, denn es ist unsere Verbindung zu den Vorfahren. Nur über das Feuer und über die heiligen Kühe können wir mit ihnen kommunizieren."

Katrin hat ihm gebannt zugehört: „Und was ist, wenn es regnet? Spannen Sie dann einen Schirm auf?"

Der Chief wundert sich nicht über Katrins Frage. Sie ist naheliegend, und er erklärt ihr voller Ernst, wie das heilige Feuer bei Regen in einem Eisentopf in Sicherheit gebracht wird.

„Sind die Ahnen, mit denen Sie sich unterhalten, Ihre echten Vorfahren oder mystische Gestalten?"

„Unsere Ahnen sind keine Fantasiefiguren. Sie haben wirklich gelebt, sie gehören zur Familie. Wie bei Ihnen in Deutschland."

„Aber wir können mit unseren Toten nicht in Kontakt treten."

„Das unterscheidet uns. Unsere Vorfahren sind mitten unter uns. Sie sind tot, aber wir sind weiter mit ihnen verbunden. Sie sind unsere inneren Stimmen, die uns den Weg weisen, uns beraten, uns mahnen, uns warnen, uns beschützen. Sie sind unser kollektives Gewissen. Bitte knien Sie nieder."

Katrin trägt eine dünne Leinenhose und spürt den groben Sand an ihren Beinen. Sie staunt über sich selbst, der Schmutz stört sie nicht. Der Chief spricht zu den Ahnen. Fasziniert lauscht sie dem Schwall weichtönender Herero-Worte, die reich an Vokalen sind. Während der Rede wird es dämmrig. Katrin kann sich kaum noch auf den Knien halten, zu ungewohnt ist ihr diese Stellung. Jetzt geht auch der Häuptling in die Hocke, scharrt neben ihr im Sand und reicht ihr eine Handvoll davon. „Bitte nehmen Sie. Das ist wichtig. Unsere Erde ist nicht schmutzig." Katrin, die sonst jedes Staubkorn als störend empfindet, macht, was der Chief ihr sagt. Sie legt sich etwas Sand auf die Zunge und spürt ein unangenehmes Kratzen im Hals. Katrin hustet. Der Chief hebt beide Arme, die Handflächen nach innen. Er senkt den Kopf und scheint ein Gebet zu sprechen. Die Zeremonie ist zu Ende. „Nun will ich Ihnen kurz übersetzen, was ich den Ahnen über Sie erzählt habe: Ich möchte Euch mit Katrin bekannt machen, der Schwester von Anna, die ich Euch vor drei Jahren vorgestellt habe. Katrin ist aus Deutschland angereist. Ich habe Euch von Annas tragischem Tod berichtet. Katrin ist hier, um die Rituale der Deutschen zu erfüllen und den Körper ihrer Schwester in die Heimat zu holen. Sie will auch wissen, warum Anna sterben musste. Soeben hat Katrin den heiligen Boden des Herero-Landes in sich aufgenommen. Damit ist sie uns nahe gekommen. Ich bitte Euch: Stellt Euch an ihre Seite. Helft ihr!“

Katrin ist tief berührt von der Zeremonie. Als das Ritual vorbei ist und sie wieder auf dem wackeligen Stuhl Platz genommen hat, ist es Nacht geworden. Ein Mädchen schleppt einen Plastikeimer mit Wasser heran: „Wollen Sie sich die Hände waschen?“ Katrin würde das trübe Wasser lieber trinken, um die Sandkrümel loszuwerden. Es ist aber nicht sauber genug, es kommt ungefiltert aus dem Hausbrunnen. Rosa, die Frau des Chiefs, serviert auf einem Tablett zwei Gläser mit süßer Orangen-Limonade. Ein Junge stellt eine Petroleumlampe auf den Boden. Strom gibt es hier nicht. Nach einer langen Pause wendet sich John Kambanda an seine Besucherin. „Erzählen Sie mir, was Sie auf dem Herzen haben.“

Auf diesen Moment hat Katrin den ganzen Abend gewartet. „Ich bin ratlos und brauche Ihre Hilfe. Gestern ist jemand in Annas Haus eingebrochen und hat ein Tagebuch und Akten mitgenommen. Die Polizei nimmt mich nicht ernst und behauptet, das hätte nichts mit dem Mord an meiner Schwester zu tun. Und Arnold Kaure meint, es sei das Beste, wenn ich das Land so schnell wie möglich verlasse. Die Mutter von Hime hat mich unfreundlich empfangen. Und dann bin ich auch noch zur Farm der Familie Tjiteere gefahren und wurde dort abweisend behandelt. Ich weiß nicht, warum mir hier alle so feindselig begegnen.

Ich fühle mich bedroht, ich habe Angst. Ich will doch nur, dass der Mord an meiner Schwester aufgeklärt wird.“ Kein Wort verliert Katrin über Bürgermeister Joe Ojo. Sie kann nicht einschätzen, wie der Chief darauf reagieren würde. Ihr ist peinlich, dass Annas Geliebter verheiratet ist und Vater von fünf Kindern. Sicher hat der Chief auch das mitbekommen.

Schweigend hat sich John Kambanda Katrins Klagen angehört. Er unterbricht sie, als sie auch noch beginnt, von Tante Else und ihrer Farm zu erzählen. „Ich weiß Bescheid. Anna hat mir alles gesagt. Ich will Ihnen erklären, warum Sie hier überall auf Zurückhaltung stoßen. Sie sind eine Fremde. Wir sind Herero. Sie sind eine Deutsche. Vergessen Sie das bitte nicht.“

„Anna hat immer behauptet, alle Afrikaner seien sehr gastfreundlich. Ich habe davon nichts bemerkt.“

„Ich glaube, ich muss Ihnen noch viel von uns erzählen. Bei uns gilt Gastfreundschaft als hohe Tugend. Aber gerade Weißen gegenüber schämen sich viele meiner Leute wegen ihrer Armut. Deshalb laden sie Fremde nicht zu sich nach Hause ein. Und vergessen Sie unsere Geschichte nicht. Im Jahre 1904 haben sich die Herero gegen die deutschen Kolonialherren erhoben. Sie wollten ihr Weideland zurückhaben, was ihnen die Deutschen größtenteils weggenommen hatten. Nach vier Jahren Krieg haben wir alles verloren. Nur ein Drittel unserer Bevölkerung überlebte. Nach der Niederlage haben uns die Deutschen auch noch das letzte Stück Land geraubt. Und das Schlimmste: Sie haben uns verboten, Kühe zu besitzen. Mit einem Federstrich war alles weg. Sie können sich nicht vorstellen, was das für uns bedeutet hat. Unsere Würde haben sie uns genommen, unsere Kultur haben sie zerstört. Auch in unseren Seelen ist vieles kaputt gegangen. Wenn Sie sich die Gesichter der alten Menschen hier anschauen, dann werden Sie etwas entdecken. Da gibt es auffallend viele mit heller Haut, schmaler Nase und glattem Haar. Was meinen Sie, warum das so ist? Tausende Herero-Frauen wurden von Kolonialsoldaten vergewaltigt, aber auch von deutschen Farmern. Viele unserer Frauen arbeiteten auf Farmen, die den Deutschen gehörten, und sie wurden misshandelt und missbraucht. Sie hatten keine Chance, sich zu wehren und die Vergewaltiger anzuzeigen. Schauen Sie sich um, wir leben hier wie auf einem großen Friedhof. Der Boden ist mit Blut getränkt, überall werden Sie Knochen finden, auch hier, wo wir gerade sitzen."

Katrin ist erschüttert: „Und trotz allem war meine Schwester hier willkommen?"

„Ja, so ist es. Alle, die Versöhnung wollen, haben Ihre Schwester gern gehabt und es ihr hoch angerechnet, dass Sie als Deutsche mit uns arbeitete."

„Warum ist Anna umgebracht worden?"

„Ich weiß es noch nicht. Ich bin überzeugt, fast alle Herero wollen, dass der Mörder gefasst wird."

„Kann ich etwas erreichen? Soll ich bleiben oder abreisen?"

„Sie müssen das tun, was Sie für richtig halten. Ich persönlich freue mich, wenn Sie noch bei uns bleiben."

Der Chief verspricht Katrin beim Abschied, dass er Himes Mutter und die Farmer-Familie Titjeere bitten wird, sie zu treffen und mit ihr zu sprechen. Zum ersten Mal in Namibia fühlt sich Katrin nicht allein. Sie ist dankbar, dass ein so wichtiger Mann wie John Kambanda sie unter seine Fittiche genommen hat. Das macht ihr Mut. Später wird sie von Agnes erfahren, dass sie viele Fehler gemacht hat. Zu

Beginn des Besuchs hätte sie schweigen und dem Chief zuhören müssen. Er ist der Ältere. Dann hätte sie warten sollen, bis er ihr das Wort erteilt. Die ganze Zeit über hätte sie ihm nicht in die Augen blicken dürfen. Das gilt bei den Herero als unhöflich, manchmal sogar als Provokation. Das alles wusste Katrin nicht. Doch John Kambanda hat sich nichts anmerken lassen.

Auf der Rückfahrt summt sie leise vor sich hin. Kavera sitzt müde neben ihr. Katrin singt den Refrain des Beatles-Songs „Yellow Submarine". Beim vierten Mal stimmt Kavera mit ein. Sie ist musikalisch. Im Schritttempo fährt Katrin nach Hause. Agnes hatte sie vor den Gefahren bei Dunkelheit gewarnt. Jetzt, mit der kleinen Kavera im Auto, fährt sie besonders vorsichtig. Sie schaut ständig nach links und nach rechts, um rechtzeitig Tiere entdecken zu können, die die Straße überqueren wollen. Sie sieht im Scheinwerferlicht ein gefiedertes Wesen, das mitten auf der Sandpiste hockt. Sie tritt auf die Bremse und erkennt eine riesige Schleier-Eule.

„Otjisiwi, Otjisiwi", ruft Kavera. Der Wagen rollt etwas näher. Das Tier fliegt mit schwerem Flügelschlag davon. Zwei Stunden hat Katrin für die Heimfahrt gebraucht. Sie nimmt sich vor, das nächste Mal den Rat von Agnes zu befolgen, nie nach Einbruch der Dunkelheit mit dem Auto unterwegs zu sein.

Katrin sucht aus Annas CD-Sammlung die italienische Symphonie von Mendelssohn-Bartholdy. Sie weiß, ihre Schwester hat diese Musik ganz besonders geliebt. Katrin lässt die Erlebnisse des Abends noch einmal Revue passieren. Sie hört die Stimme des Chiefs in ihrem Kopf. „Schauen Sie sich die Gesichter an. Tausende Herero-Frauen wurden von den Deutschen brutal misshandelt und vergewaltigt."

Ob ihre Schwester mit Agnes über die Verbrechen in der Kolonialzeit auch gesprochen hatte? Im Tagebuch findet sie folgenden Eintrag.

26. Juli
Heute hat mich Agnes unvermittelt gefragt: „Warum gehst du sonntags nicht in die Kirche?" Soll ich es ihr wirklich sagen? Ich möchte sie nicht verletzen. Die Leute sind alle so fromm hier. Aber Agnes ist meine Freundin. Sie soll wissen, was ich denke. Ich glaube nicht an Gott. Ich bin mit 18 aus der Katholischen Kirche ausgetreten, was die Eltern gar nicht gut fanden. Agnes sah mich etwas entgeistert an und fragte nach den Gründen. Ich habe dann ziemlich losgelegt und geschimpft über diese senilen alten Männer mit dem Papst an der Spitze, über diesen Horror-Verein Kirche, der Millionen Menschen, besonders die Frauen, ins Unglück gestürzt hat. Danach erzählte mir Agnes, dass sie von Geburt an zur Umvelo-Kirche gehörte. Die hatte sich in den vierziger Jahren von der Lutherischen Kirche abgespalten, weil die Herero ihre Traditionen mit dem Heiligen Feuer nicht aufgeben wollten. Genau das hatte die Amtskirche von ihnen verlangt. Seit zwei Jahren gehört Agnes der Redemption Church an. Kleinlaut hat sie mir gestanden, dass Arnold sie so lange bequatscht hat, bis sie Mitglied wurde. Ach, du meine Güte! Die Redemption Church ist eine dieser fundamentalistischen Sekten aus den USA. Jetzt geht mir ein Licht auf, warum Kaure diesen amerikanischen Wunderheiler so vehement verteidigt hat. Und die sonst vernünftige Agnes macht da auch noch mit! Aber ich habe sofort gemerkt, dass sie nicht glücklich über ihren Beitritt ist. Und Agnes hat das ehrlich zugegeben. Ihr Pastor verbietet den Glauben an die Ahnen und die Zwiesprache mit den Toten. Das sei unchristlich. Agnes sieht das nicht ein und will den Kontakt zu ihren Vorfahren nicht abbrechen, sagt sie. Das bringt sie aber in echte Gewissenskonflikte

und ich bin für sie eine Art Seelsorgerin. Ich habe ihr gut zugeredet und gesagt: „Agnes, wenn es einen Gott gibt, dann ist der so stark und so großzügig, dass es ihn nicht stört, wenn einige seiner Schäfchen nicht nur an ihn, sondern auch noch an das Heilige Feuer glauben." Was mich dabei aber richtig wütend macht, ist, dass die Frauen zwar das Feuer hüten müssen, aber nur die Männer mit den Toten plaudern dürfen! Das habe ich Agnes natürlich nicht gesagt.

Katrin überlegt. Warum hat Anna ihrer Freundin nicht gesagt, was sie wirklich denkt? Agnes war doch ihre beste Freundin und der sollte man alles sagen können. Katrin will mit Agnes reden.

Die Feuerstelle im Garten nebenan ist bereits erloschen. Dennoch ist es fast taghell. Am Himmel steht ein riesiger weißgelber Vollmond, der Häuser, Gärten und Bäume in ein fahles Licht taucht. Der helle Sand aus der nahen Kalahari-Wüste, der ganz Okakarara bedeckt, leuchtet weiß. Das sieht ja aus wie eine Schneelandschaft. Katrin streicht sich fröstelnd über die Arme. Eine Schneelandschaft mitten in Afrika. In Agnes' Küche brennt Licht. Sie kommt nach draußen. „Lass uns zu dir gehen. Die Kinder schlafen schon. Mein Mann ist noch in der Bar. Was hast du erlebt? Du warst den ganzen Tag unterwegs. Erzähl mir alles." Agnes glüht vor Neugier. Katrin will gerade von ihren Erlebnissen mit den Ahnen und dem Sand berichten, da drängelt sie: „Wie findest du ihn?"

„Ein toller Mann"

„Ja, das finden hier viele Frauen."

„Kein Wunder, der hat Charisma", schwärmt Katrin.

„Jetzt übertreibst du aber. Der hat es faustdick hinter den Ohren. Der lässt nichts anbrennen. Da muss man sich in Acht nehmen. Hat er versucht, auch mit dir anzubandeln?"

„Er hat sich neben mich gekniet. Und dann hat er mir eine Handvoll Sand gereicht."

Agnes fängt an zu kichern. „Wir reden über zwei ganz verschiedene Männer. Du hast doch heute Morgen unseren Bürgermeister getroffen. Den mein ich die ganze Zeit, doch nicht unseren Chief. Wie gefällt dir unser Bürgermeister?"

„Er ist ein attraktiver Mann, das muss ich zugeben. Ich kann verstehen, dass meine Schwester sich in ihn verliebt hat. Aber ehrlich ist der nicht. Er hat das Verhältnis nicht zugegeben, Anna sei lediglich eine sehr gute Freundin gewesen. Das hat er gesagt. Da lachen die Hühner."

Jetzt legt Agnes richtig los: „So sind die Männer! Verlogen, korrupt, gewalttätig! Und faul sind sie obendrein. Sie quatschen rum und prahlen, sie saufen wie die Löcher, machen den Frauen Kinder und sind nicht mal in der Lage, ihre Familie zu ernähren. Ich weiß, wovon ich rede!"

Katrin ist glücklich, dass Agnes ihre Gefühle so offen ausspricht. Vor ihr, der Fremden aus Deutschland. Sie kennen sich schließlich erst seit ein paar Tagen.

Jetzt spricht Agnes über ihren Mann: „Guck dir doch meinen an! Der hängt jetzt in der Bar rum und säuft. Der will gar nicht arbeiten. Ich schaffe das Geld ran, koche, putze und kümmere mich um die Kinder, fünf Kinder habe ich mit ihm. Und er hat noch sieben weitere mit anderen Frauen. Ich sehe die auch als meine Kinder an und schicke sie nicht weg. Die sagen Mama zu mir und dürfen hier mitessen. Anna hat mir von Anfang an Mut gemacht und mich ermahnt: ‚Lass dir doch nicht alles gefallen von deinem Mann.' Trunkenbold hat sie ihn genannt. Und er hat Anna richtig gehasst. ‚Diese Deutsche, die will dich nur gegen mich aufhetzen', hat er ständig gegen sie gewettert." Agnes unterbricht ihren Monolog und fragt: „Die deutschen Männer sind doch bestimmt anders, oder?"

„Schön wär's. Auch bei uns leiden Frauen unter Männern, die trinken und gewalttätig sind. Wenn ein Mann bei uns fremdgeht, dann lügt er auch wie gedruckt. Deutsche Frauen sind oft genauso verzweifelt und hilflos wie du. Aber bei uns hat sich schon viel verändert, weil die Frauen sich wehren."

„Wir fangen auch an, uns nicht mehr alles gefallen zu lassen." Der Austausch über die schlechten Männer auf dieser Welt hat für Agnes etwas Tröstendes. „Anderswo geht es den Frauen auch nicht viel besser."

„Und der Bürgermeister Joe Ojo? Was hat der für eine Frau? Wie ist die so? Wie sieht sie aus? Meinst du, sie wusste über die Affäre Bescheid? Glaubst du, Joe hat meine Schwester geliebt?"

Mit sichtlichem Vergnügen erzählt Agnes den Dorf-Klatsch: „Joe ist mit meiner Freundin Margot verheiratet. Sie ist nicht dumm, sie weiß alles. Der ganze Ort redete über ihren Ehemann und seine deutsche Geliebte. Was meinst du, wie die sich die Mäuler zerrissen haben? Ich fand es aber auch interessant. Okakarara hat zwar 10.000 Einwohner, aber es ist ein Dorf. Hier redet jeder mit jedem und über jeden. Die Nachbarn haben doch gesehen, wie er sich bei Dunkelheit in Annas Haus schlich und morgens wieder rauskam. Nichts bleibt hier verborgen. Ich weiß nicht, ob er sie geliebt hat, aber so wie Anna von ihm sprach, bin ich mir fast sicher, dass es Liebe war. Für mich ist es bis heute ein Rätsel, warum sie drei Wochen vor ihrem Tod mit ihm Schluss gemacht hat. Irgendetwas muss passiert sein."

„Wie reagieren denn die Ehefrauen hier, wenn sie die Wahrheit erfahren? Ich würde mich sofort trennen."

„So einfach ist das hier nicht. Viele Frauen nehmen so etwas klaglos hin. Es ist alltäglich, dass Männer Nebenfrauen haben. Aber die, die sich nicht damit abfinden wollen, die gehen zum Onganga. Und das sind nicht wenige."

„Wohin gehen die?"

„Der Onganga ist ein Medizinmann. Jemand, der magische Kräfte hat, oft sind es übrigens Frauen. Zu ihnen gehen die Betrogenen und vor der Behandlung wird abkassiert. Wichtig ist, dass etwas Persönliches von der Geliebten des Ehemanns mitgebracht wird. Es kann ein Schuh, ein Büstenhalter, ein Schlüpfer, eine Haarnadel sein. Wenn die Ehefrau ein Stück vom Körper der Geliebten, ein Haarbüschel, einen Fingernagel, einen Tropfen Blut, einen Fetzen Haut abliefert, dann ist das sogar noch wirkungsvoller. Die Ongangas haben die Macht, in stundenlangen geheimen Ritualen böse Geister auf die Geliebte zu hetzen. Sie wird krank oder unfruchtbar. Und manchmal stirbt sie sogar. Das sind die Strafen."

Katrin graust es. „Und diesen Unsinn glaubst du?"

„Untersteh dich, so zu sprechen. Das ist kein Unsinn, das ist unsere Tradition." Zornig steht Agnes auf, rafft ihre vielen Röcke zusammen und verlässt grußlos das Haus. Katrin bleibt verstört zurück. Sie kann nicht fassen, dass die selbstbewusste und moderne Agnes so abergläubisch ist. Aber beleidigen wollte sie die Nachbarin nicht.

Nach dem Gespräch mit Agnes über Männer muss sie an ihren Freund Gert denken, den treuen, etwas langweiligen Gefährten. Katrin hat Sehnsucht nach Vertrautem und will seine Stimme hören. Er ist sofort am Apparat. Zaghaft erkundigt sie sich, wie es ihm geht.

„Was für eine Frage! Hier ist alles beim Alten. Ich dachte schon, du bist in Afrika verschütt gegangen. Wann kommst du zurück?“ Seine Stimme klingt vorwurfsvoll.

„Ach, Gert, wenn du wüsstest, was hier los ist. Alles ist ganz anders, als wir dachten. Das war kein Raubmord. Es ist viel, viel schlimmer. Und ich bin erst am Anfang meiner Ermittlungen.“

„Wie oft muss ich dir das noch sagen? Du darfst wirklich keine Krimis mehr gucken. Komm zurück! Du bist keine Kriminalkommissarin. Für deine Schwester kannst du sowieso nichts mehr tun.“ Seine Stimme klingt traurig und verbittert.

„Was soll dieser Ton? Was habe ich dir getan?“

Gert spricht jetzt schwäbisch. Das soll sie versöhnlich stimmen. „Katrin, Schätzle, hör mir mal gut zu. Mit deiner Gefühlsduselei kommst du net weiter. In Afrika schon gar net. Sei mir net bös. Wie lang willscht deine Schwester noch im Kühlhaus liegen lassen? Komm heim, unsere Freunde fragen schon, wann endlich die Beerdigung ist.“

Katrin fährt ihn an: „Nein, versteh das bitte. Ich bringe Anna erst unter die Erde, wenn ich weiß, wer sie ermordet hat.“

„Früher warst net so frech und stur. Was ist bloß in dich gefahren?“

Da reitet Katrin der Teufel: „Übrigens, ich habe heute Sand gefressen und ich habe mit den Vorfahren der Herero gesprochen, die von den Deutschen niedergemetzelt wurden.“

Gert wird ernst und wechselt wieder ins Hochdeutsche: „Mach dich bitte nicht lustig über mich. Ich setze mich in den Flieger und bin morgen bei dir.“

„Bleib bloß Zuhause“, sagt Katrin, wünscht ihm eine gute

Nacht und legt auf. Es tut ihr sofort leid, dass sie so ruppig war und ihm auch noch eine gruselige Sand-Geschichte aufgetischt hat. Sie ruft ihn noch mal an und versucht, einen versöhnlichen Ton anzuschlagen: „Lieb, dass du mir helfen willst. Aber ich kann dich hier nicht gebrauchen. Ich muss das alleine machen."

Katrin musste immer alles alleine hinkriegen. Sie hat immer Rücksicht genommen und gemacht, was andere von ihr erwarteten. Immer so getan, als würde sie liebend gern auf ihre kleinen Geschwister aufpassen, ihnen bei den Schulaufgaben helfen oder die Butterbrote schmieren. Wenn die Freundinnen bummeln gingen, dann erledigte sie den Abwasch in der Küche. Katrin, die Vernünftige, Katrin, die Fleißige, Katrin, die Musterschülerin, Katrin, die Gute. Ja, sie hatte für ihren Einsatz Lob geerntet. Als Anna zwei Mal hintereinander eine Matheabeit in den Sand setzte, da hatte der Vater am Mittagstisch gefragt: „Wie konnte das passieren?" Dabei sah er seine Große an und nicht etwa Anna. Katrin saß wie angewurzelt da und sagte: „Ich weiß es nicht." Der Vater gab ihr die Schuld. „Du hast nicht genug mit ihr geübt." Katrin war 14 und hatte sich nicht getraut, laut auszusprechen, was sie quälte. Sie fühlte sich ungerecht behandelt. Sie hasste es, für ihre Geschwister die Nachhilfelehrerin zu spielen. Sie hätte öfter mal schreien sollen und sich wehren, sich nicht alles gefallen lassen. Katrin wollte nach dem Abitur so gerne Literaturwissenschaften studieren. Ihre Deutschlehrerin hatte sie dazu ermuntert. Sie war eine Leseratte. „Wenn du was mit Büchern zu tun haben willst, dann wirst du am besten Buchhändlerin. Alles andere ist brotlose Kunst", widersprach der

Vater. Sie fügte sich, schmollte eine kurze Weile. Es kam ihr nicht in den Sinn, sich unabhängig zu machen und durch Nebenjobs ihr Studium selbst zu finanzieren.

Katrin machte eine Lehre als Buchhändlerin und blieb viel länger als ihre Geschwister bei den Eltern wohnen. Ihr Bruder Martin zog gleich nach dem Abitur in eine Wohngemeinschaft und begann, Informatik zu studieren. Darüber gab es zu Hause keinen Streit mit den Eltern. Richtig neidisch war Katrin auf Anna. Die jüngste unter den Geschwistern hatte ein miserables Abitur gemacht und ging nach Freiburg, um Sozialpädagogik zu studieren. Nur sie war nach dem Abi zu Hause geblieben. Dass die Eltern Anna ein Studium bezahlten, empfand Katrin als Schlag ins Gesicht. Aber auch das hatte sie ohne Widerworte geschluckt. Wovor hatte sie eigentlich Angst? War es die Angst, die Liebe ihrer Eltern zu verlieren, wenn sie nicht mehr die gehorsame Tochter wäre? So simpel war es nicht. Katrin hatte sich in der Rolle der großen Schwester eingenistet und sich darin auch wohlgefühlt. Sie hatte ihren sicheren Platz in der Familie, denn sie war wichtig für ihre Mutter. Die ging morgens ins Büro und kam am späten Nachmittag müde und mit vollen Einkaufstaschen nach Hause.

„Katrin, da bin ich“ – die Stimme der Mutter an der Wohnungstür hat sie immer noch im Ohr. Und auch dieses Ritual ist ihr im Gedächtnis geblieben: Gemeinsam hatten sie in der Küche gesessen, die Taschen ausgepackt und über alles gesprochen, was am Tag so passiert war. Katrin beklagte sich einmal über einen ungerechten Lehrer. Da fing ihre Mutter sofort an, über ihren eitlen Vorgesetzten herzuziehen. Noch nie hatte sie ihre Mutter so böse reden hören. „So ein Affe“, sagte sie und dann kicherten beide wie gute Freundinnen. Wenn der Vater von seinen

Dienstreisen nach Hause kam, brauchte er vor allem Ruhe, und das akzeptierte die ganze Familie. Er sagte immer, als Versicherungsvertreter müsse er viel quasseln. Und wie oft hatte er stolz zu Katrin gesagt: „Na, meine Große, das hast du ja mal wieder gut gemacht." Katrin fühlte sich geliebt, wusste aber, dass ihre kleine Schwester Vaters absoluter Liebling war. Nicht nur der Vater, auch der Bruder fand Anna süß, verwöhnte sie und schmückte sich mit ihr als Beschützer. Aber sie, die Älteste, musste viel dafür tun, dass sie geliebt wurde.

Als Anna sich für Afrika entschieden hatte, saßen die Eltern verloren auf dem Sofa und ließen sich von Katrin trösten. Wie oft rief die Mutter in der Buchhandlung an, um ihr zu sagen, dass Post von Anna da sei. „Komm heute Abend schnell nach Hause und lies, was Anna alles erlebt." Manchmal kam Katrin der Gedanke, ob die Eltern sie auch so vermissen würden, wenn sie und nicht Anna nach Afrika gegangen wäre. Damals hatte Katrin selten mit der kleinen Schwester telefoniert. Nur zum Geburtstag schickten sie sich Glückwünsche. Was hätte sie ihr denn auch Spannendes aus ihrem Leben erzählen können? Sollte sie ihr vielleicht Geschichten über ihre Kunden aus der Buchhandlung erzählen oder von Gert, den Anna nur langweilig fand? Vielleicht hatte Anna gemeint, sie interessiere sich nicht für ihr Leben in der Fremde. Erst als die Eltern starben, kamen sich die Schwestern näher. Zwei Jahre war das her. Anna war ihr am Flughafen in die Arme gefallen. Sie hielten sich fest und weinten gemeinsam. Die Eltern waren bei einem Verkehrsunfall im Schwarzwald ums Leben gekommen. Anna reiste kurz nach der Beerdigung zurück nach Namibia. Katrin ließ ihre kleine Schwester nur schweren Herzens gehen. Beim Abschied versprachen sie sich: „Wir bleiben beieinander – trotz der 11.000 Kilometer zwischen Stuttgart und Okakarara." In den letzten zwei Jahren hatten Anna und Katrin etwas mehr Kontakt. Sie telefonierten und schrieben sich ab und zu einen Brief. Das war ihr damals genug. Jetzt aber, wo Anna tot ist, hat sie Sehnsucht nach Nähe und Austausch mit ihr. Jetzt bereut sie, dass sie den Bitten der Schwester nicht gefolgt ist. Sie kauert wie ein Kind auf dem Boden, umklammert ihre Beine, legt den Kopf auf die Knie und weint über alles, was sie versäumt hat.

„Madam, you are okay?"

Katrin blickt in ein Mädchengesicht. „Wie bist du rein gekommen? Was willst du von mir?"

„Die Tür war offen. Sie kennen mich. Ich bin Mamaki, die Tochter von Betty Ndjembo und die Schwester von Hime. Meine Mutter schickt mich. Sie sollen zu uns kommen."

Katrin kocht für sich und das Kind eine Kanne Frühstückstee. Die Kleine berichtet vom Besuch des Chiefs am frühen Morgen. „Er hat lange mit meiner Mutter gesprochen. Und sie hat gesagt, dass ich dich sofort zu uns holen soll."

„Komm, deine Mutter wartet bestimmt schon." Katrin lässt sich von dem Kind die Herero-Begrüßung auf einen Zettel schreiben: „Wapenduka".

Wie beim ersten Besuch sitzt Betty Ndjembo vor ihrem Haus.

„Wapenduka", ruft Katrin ihr zu.

„Wapenduka nawa", antwortet die Frau.

Wie ausgewechselt kommt Betty ihr vor. Sie schiebt Katrin einen Schemel hin. Mamaki wird übersetzen. Katrin bittet die Mutter: „Erzählen Sie mir, was an dem Tag geschehen ist, als meine Schwester ermordet wurde."

„Hime hat den ganzen Tag bei Herrn Kaure im Garten gearbeitet. Er hat das Gemüsebeet umgegraben, er hat Kohl gepflanzt und gegossen. Abends um zehn kam Hime müde nach Hause und hat geschimpft. Er sagte mir, Herr Kaure habe ihn betrogen. ‚Am Morgen hat er mir fünf Dollar versprochen, am Abend wollte er mir nur noch drei geben.' Hime war sauer, weil der Manager behauptete, er habe ihm keine fünf Dollar versprochen. Mein Sohn fühlte sich reingelegt. Mich hat das nicht verwundert. Meinem ältesten Sohn ist es mit Herrn Kaure ebenso ergangen. Kaure ist geizig und bricht seine Versprechen. Ich habe das gleich zu Hime gesagt. Aber der wollte das nicht glauben. Er war so froh, ein bisschen Geld verdienen zu können."

Betty Ndjembo steht seufzend auf, schlurft in die Hütte und kommt mit einem Glas Wasser für Katrin zurück: „Trinken Sie. Es ist sauberes Wasser." Katrin nimmt einen Schluck, schaut der Frau ins Gesicht und sagt: „Sie müssen mir unbedingt die Wahrheit sagen."

Himes Mutter schlägt die Hände vors Gesicht und schluchzt: „Sie halten mich für eine Lügnerin? Ich sage die Wahrheit. Er war es nicht, er war es nicht, er war es wirklich nicht. Er kann es nicht gewesen sein." Die letzten Worte schreit sie laut heraus. Betty Ndjembo sinkt in sich zusammen und weint.

Katrin weiß nicht, ob die Mutter ihr etwas vorspielt oder wirklich von der Unschuld ihres Sohnes überzeugt ist. Sie muss die Frau zum Reden bringen und streichelt ihr fest über den Arm. „Es wird alles wieder gut, Sie müssen mir aber alles erzählen."

Betty Ndjembo richtet sich auf und atmet tief durch: „Hime kann es nicht gewesen sein. Er war doch bis 10 Uhr abends bei Herrn Kaure und hat sich mit ihm gestritten.

Wegen der Dollars. Der Polizist hat mir gesagt, der Mord geschah abends zwischen 7 und 8 Uhr. Und da war Hime noch bei Herrn Kaure. Verstehen Sie, er kann gar nicht im Haus der Deutschen gewesen sein. Und mein Sohn würde so etwas nie tun. Das weiß auch der Chief Kambanda. Fragen Sie ihn."

„Ich möchte Ihnen glauben, aber wie kommt es, dass Hime die Tatwaffe hatte?", fragt Katrin.

Betty Ndjembo zeigt mit der rechten Hand in Richtung Hauptstraße. „Da hinten liegt der Weiher, und da am Ufer im Gestrüpp hat Hime am Tag nach dem Mord einen Kerzenleuchter gefunden. Er sah im Gebüsch etwas Glitzerndes. Das war das Silber vom Kerzenleuchter. Stolz kam er hier an. ‚Schau mal, was ich am Weiher gefunden habe! Diesen Schatz verkaufe ich, das bringt Geld', sagte er zu mir. Und dann ist Hime ins Dorf gelaufen. Er wollte einen Käufer suchen. Kurz vor dem Rathaus lief er Herrn Kaure über den Weg. Der wollte den silbernen Leuchter unbedingt haben und hat ihm 40 Dollar dafür gegeben. Mein Kind war selig und brachte sofort das Geld nach Hause. 40 Dollar. Davon können wir einen ganzen Monat leben. Ich war glücklich. Wir fielen aus allen Wolken, als die Polizei eine Stunde später vor der Tür stand und Hime mitnahm."

„Aber mit dem Kerzenleuchter ist meine Schwester erschlagen worden. Das steht fest. Die Polizei hat auch ermittelt, dass die Blutspuren am Sockel von meiner Schwester stammen."

Betty Ndjembo fängt an zu zittern, ihre Stimme wird schrill: „Das wussten wir doch nicht. Wir haben kein Blut gesehen, wir wussten nicht, wem der Kerzenleuchter gehört, und dass er die Mordwaffe war. Nichts wussten wir."

Katrin schweigt, ebenso die Mutter. Nur Mamaki, die kleine Übersetzerin, redet eindringlich auf die Mutter ein. Die 15-jährige scheint sie verzweifelt von etwas überzeugen zu wollen. Mehr versteht Katrin nicht. Betty Ndjembo baut sich vor Katrin auf. Die Frau ist wie verwandelt. Sie stemmt die Hände in die Hüften und spricht mit ruhiger Stimme: „Wenn mein Sohn der Mörder wäre, würde er dann mit der Mordwaffe am nächsten Tag durch das Dort laufen, um einen Käufer zu suchen? So dumm ist mein Hime nicht." Mamaki steht neben ihrer Mutter. Sie lächelt und nickt. Eine große Frage ist für Katrin nicht beantwortet: „Warum haben Sie nicht der Polizei erzählt, wie es wirklich war? Ich verstehe Sie nicht."

„Das habe ich doch gleich bei der Festnahme gesagt, aber mich haben sie nicht mal ausreden lassen. Sie haben meine Aussage auch nicht zu Protokoll genommen. Sie haben mir gesagt: ‚Das kennen wir schon. Mütter verteidigen immer ihre Söhne und halten sie für unschuldig.'"

Katrin weiß nicht mehr, was sie glauben soll. Über Arnold Kaure möchte sie mehr erfahren. „Wie spricht man im Dorf eigentlich über Herrn Kaure?"

Himes Mutter überlegt angestrengt. „Herr Kaure ist ein angesehener Mann, und er hat Macht. Aber wir mögen ihn nicht. Er ist wie eine Hyäne, er lächelt falsch und eh man sich versieht, schnappt er zu. Ja, und er will der Herrscher im Kulturzentrum sein, will alles alleine bestimmen. Aber das kann er ja nicht, weil das Geld aus Deutschland kommt. Anna stand ihm im Weg. Wir glauben, sie wusste, wie er wirklich ist. Aber Herr Kaure hat auch seine guten Seiten. Er liebt seine Kinder und hat seine alte Mutter zu sich ins Haus geholt. Die kenne ich gut. Sie ist meine Freundin."

Himes Mutter wirkt jetzt gelöst. Sie glaubt, dass sie Katrin von der Unschuld ihres Sohnes überzeugt hat. „Wollen Sie bei uns zum Abendessen bleiben? Es gibt zwar nur Maisbrei, aber wir würden uns freuen." Allein der Gedanke, in einer Wellblechhütte vom Blechteller Maisbrei essen zu müssen, nimmt Katrin jeden Appetit. „Vielen Dank, aber ich habe eine Verabredung. Wir werden uns bald wiedersehen", redet sie sich heraus. Gleichzeitig schämt sie sich, dass sie die Einladung der armen Frau nicht annimmt.

„Passen Sie auf sich auf! Viele Leute wollen, dass Sie endlich abreisen. Sie haben Angst, dass der Mord bei Ihnen in Deutschland bekannt wird und die deutschen Touristen nicht mehr nach Namibia kommen. Für die ist im Kulturzentrum extra ein Campingplatz gebaut worden."

Auf dem Nachhauseweg will Katrin im Supermarkt Brot und Eier kaufen. Karli Höflinger, der Metzger mit den roten Backen, kommt sofort auf sie zu und drückt ihr fest die Hand.

„Ich habe heute wieder wunderbares Fleisch. Darf ich Ihnen eine große Portion in den Korb legen? Ein Geschenk des Hauses. Es ist feinstes Kudu-Fleisch. Sie werden es mögen, genau wie Ihre Schwester. Sie war eine gute Kundin."

Katrin bedankt sich. Sie geht mit ihm zur Theke und sieht zu, wie er einen großen Batzen Fleisch abschneidet und in eine Tüte wickelt. Als er ihr das Paket in den Korb legt, fragt sie ihn: „Sie sprechen so gut Deutsch. Wie lange leben Sie schon hier?" Sie hofft, dass er ein wenig Zeit für sie hat. Sie braucht jetzt eine Unterhaltung, in der es nicht um Mord und Totschlag geht.

Karli Höflinger liebt es, über sein Leben zu plaudern und dafür hat er immer Zeit. „Ich bin hier geboren. Meine

Eltern waren Deutsche und sind kurz nach dem Zweiten Weltkrieg nach Südwest ausgewandert. Als ich 1950 auf die Welt kam, hatten meine Eltern schon eine große Farm hier in der Gegend. Ich bin auf der Farm meiner Eltern aufgewachsen, zusammen mit den Kindern der Herero-Arbeiter. Deshalb spreche ich ihre Sprache. Ich habe eine Metzgerlehre gemacht und sollte irgendwann die Farm übernehmen. Daraus wurde nichts, mein Vater machte Pleite."

„Und die Herero hatten nichts dagegen, dass Sie als Weißer hier im Hereroland einen Supermarkt aufmachten?"

„Im Gegenteil, die mögen mich, denn Sie wissen, dass sie bei mir bestes Fleisch bekommen. Ich bin kein Rassist. Ich mag die Herero, weil sie treue Kunden sind."

Karli Höflinger ist für Katrin der richtige, um Fragen loszuwerden, die sie den Schwarzen nie stellen würde. „Warum haben die Herero so oft deutsche Vornamen? Das verstehe ich nicht, die Deutschen waren früher doch die Feinde der Herero?"

„Ja, stimmt. Es gab ja auch diesen fürchterlichen Krieg. Als die deutschen Missionare die Herero zum Christentum bekehren wollten, konnten sie die afrikanischen Namen nicht aussprechen. Also gaben sie ihnen zusätzlich christliche deutsche Namen. Und das wurde hingenommen und weitervererbt. Ihre afrikanischen Namen behielten die Herero aber trotzdem. Inzwischen ändert sich das langsam. Heute kommt es selten vor, dass ein kleines Mädchen Adelheid heißt. Und wenn, dann höchstens als Erinnerung an die Ur-Ur-Großmutter."

Am liebsten würde Katrin dem Metzger Höflinger vom Diebstahl in Annas Haus erzählen. Das traut sie sich aber nicht. Sie kann nicht einschätzen, ob er ein Klatschmaul ist. „Gibt es unter den deutschen Farmern welche, die Anna nicht mochten?“

„Wer Anna nicht mochte? Da fällt mich eigentlich nur der Siegbert Meierhofer ein. Der hat die schöne große Farm ‚Vaterland‘. Die liegt 20 Kilometer von hier entfernt. Der hat immer geschimpft auf das Kulturzentrum. Verschwendung von deutschen Steuergeldern nannte er das Herero-Projekt. Meine Herero-Freunde hassen ihn. Er hat sich manchmal sehr abfällig über Ihre Schwester geäußert, ein paar Mal sogar hier in meinem Geschäft. Falls Sie ihn treffen, sagen Sie bitte nicht, dass ich Ihnen das erzählt habe. Ich mag ihn übrigens auch nicht, aber das muss ihm nicht zu Ohren kommen. Schließlich ist er Kunde von mir und kommt regelmäßig auf einen Schwatz vorbei.“ Katrin verspricht ihm Verschwiegenheit.

Vor der Fleischtruhe hat sich eine Schlange gebildet. Im Dorf hat sich wie ein Lauffeuer herumgesprochen, dass der Metzger heute wieder frisches Billigfleisch anbietet. „Meine Kunden werden ungeduldig, wenn ich sie nicht gleich bediene“, verabschiedet er sich von Katrin.

Sie steht mit ihrem Einkaufskorb vor dem Regal mit Nudelpaketen und Reistüten, als sie hinter sich ein Rascheln hört. Jemand drängt sich dicht an sie heran. Ein schwerer süßlicher Parfümduft umfängt sie. Katrin dreht sich um und steht vor einer großen, korpulenten Frau in einem dunkelgrünen Herero-Kleid. Der aufgebauschte Rock streift Katrins Beine. Die Frau schaut sie feindselig an und sagt in gebrochenem Englisch: „Wissen Sie, wer ich bin?“

„Nein, ich kenne Sie nicht.“

„Aber ich weiß, wer Sie sind. Sie sind die Schwester der Deutschen.“

„Und wer sind Sie, bitte?“

„Ich bin die Frau des Bürgermeisters. Mein Name ist Margot Ojo“.

„Oh“, entfährt es Katrin, „dann kannten Sie meine Schwester.“

Die Frau des Bürgermeisters wirft ihr einen hasserfüllten Blick zu. Plötzlich fasst sie Katrin in die Haare. Ritsch, ratsch und schon ist eine Strähne ab. Katrin kriegt gerade noch mit, wie die Frau blitzschnell eine Nagelschere in ihrer Rocktasche verschwinden lässt. Sie rauscht aus dem Laden und Katrin ist wie vom Donner gerührt. „Die ist wahnsinnig“, murmelt sie vor sich hin. Entgeistert tastet sie ihre Haare ab und schaut sich um. Niemand im Laden hat den irren Anschlag mitgekriegt. Wahllos packt Katrin Tüten mit Nudeln in ihren Korb. Ihr wird klar: Die Frau des Bürgermeisters hat ihr aufgelauert. Die wollte gar nichts einkaufen. Die wollte nur ihre Haare. Für ein Racheritual?

Katrin schmeißt die Nudeltüten achtlos zurück ins Regal. Sie ist völlig durcheinander. Erst wird sie bestohlen und jetzt wird sie auch noch von einer eifersüchtigen Ehefrau verfolgt. Verdammt noch mal. Katrin rennt aus dem Laden. Sie will nichts mehr kaufen. Draußen steckt unter dem Scheibenwischer ihres Autos ein kleiner gelber Zettel. Darauf steht in krakeliger Schrift: Leave us alone. Hau ab. Katrin zerknüllt das Papier und wirft es weg. Sie hebt den gelben Zettel wieder auf, streicht ihn glatt und steckt ihn in ihr Portemonnaie. Vielleicht braucht sie ihn noch als Beweis.

Wieder fährt Katrin zur Polizeistation. William Katjeho kann seinen Groll nicht verbergen. „Heute dürfen Sie nicht zu ihm. Nicht schon wieder. Nein, Sie dürfen ihn nicht sehen. Ich habe Ihretwegen großen Ärger bekommen. Es war nicht gut, dass Sie Herrn Kaure von Ihrem Besuch bei dem Mordverdächtigen berichtet haben. Herr Kaure hat alles brühwarm meinem Chef erzählt."

Katrin entschuldigt sich sofort. „Das habe ich nicht gewollt. Keine Angst, ich will Hime heute nicht sehen. Bitte, beantworten Sie mir nur eine Frage. Sie brauchen nur zu nicken oder mit dem Kopf zu schütteln. Bitte. War es Herr Kaure, der die Tatwaffe, den Kerzenleuchter, der Polizei übergeben hat?"

Der Polizist ist misstrauisch und versteht nicht, was sie mit dieser Frage bezweckt. „Ich sage nichts. Bitte, gehen Sie. Wir haben heute Vormittag die Leiche zur Bestattung freigegeben. Der Staatsanwalt in Windhoek sieht keinen Anlass für weitere Ermittlungen. An ihn müssen Sie sich wenden, wenn Sie Einspruch einlegen wollen. Für uns ist der Fall abgeschlossen."

Der Polizist hält mich für eine Querulantin, denkt Katrin. Bis vor kurzem hat sie immer darunter gelitten, wenn andere über sie herzogen oder sich über sie lustig machten. Jetzt hat sie Wichtigeres zu tun, als sich um Gerede zu kümmern. Von dem Überfall im Supermarkt erzählt sie ihm nicht, weil sie sich seine spöttischen Blicke ersparen will. Katrin bemüht sich um einen sachlichen Tonfall. „Ich möchte Ihnen nur eines zu bedenken geben: Der Junge soll der Täter sein? Ich sage Ihnen, warum er es nicht sein kann. Wenn Hime der Mörder wäre, dann wäre er doch nicht am nächsten Tag mit der Mordwaffe durchs Dorf spaziert, wo jeder ihn sehen konnte. So dumm kann man gar nicht sein. Ein Mörder lässt die Mordwaffe verschwinden und versucht nicht, sie auf der Straße zu verkaufen. Ich frage mich: Was hat die Polizei wirklich ermittelt? Ich lege sofort Beschwerde bei der Staatsanwaltschaft ein. Das lass ich mir nicht gefallen. Jetzt weiß ich auch, warum Sie den Einbruch und den Diebstahl der Akten im Haus meiner Schwester nicht zur Kenntnis nehmen wollten. Sie wollen keinen Zusammenhang zwischen dem Mord und dem Einbruch sehen. Denn dann müssten Sie eingestehen, dass der Junge nicht der Mörder sein kann. Und auch nicht der Dieb. Denn Hime saß ja bei Ihnen hinter Schloss und Riegel, als bei mir eingebrochen wurde." Für Katrin steht jetzt fest: Der Mörder läuft noch frei herum, und er kann jederzeit wieder ins Haus kommen. Sie merkt, dass sie den Polizisten beeindruckt hat, er hütet sich aber, ihr zuzustimmen. „Beruhigen Sie sich. Ich kann gar nichts machen. Kommen Sie morgen Vormittag wieder. Dann ist mein Chef da. Er muss Ihre Beschwerde aufnehmen, nicht ich. Verstehen Sie mich jetzt endlich? Ich kann nichts mehr für Sie tun."

„Ist ja gut. Ich verstehe Sie doch. Ich bin morgen wieder da. Dann spreche ich mit Ihrem Chef."

Ein Abend voller beunruhigender Erlebnisse und düsterer Gedanken. Die Frau des Bürgermeisters kann nicht untätig zugesehen haben, wie ihr Mann ein Doppelleben führt. In Annas Briefen steht kein Wort über den heimlichen Geliebten. Aber ihrem Tagebuch muss Anna etwas anvertraut haben. Katrin sucht in der Kladde nach Hinweisen. Sie wird fündig.

15. November

Heute Abend bin ich spät nach Hause gekommen. Ich war so müde. Wieder mal eine endlose Sitzung mit den Leistungsträgern des DED, der deutschen Botschaft und der Gesellschaft für Technische Zusammenarbeit und dazwischen die Honoratioren und Schlüsselfiguren der Gemeinde Okakarara. Diese Wichtigtuer, die rumsülzen, sich wie Pfauen aufplustern und sich gegenseitig in ihrer Herrlichkeit bestätigen. Da gibt es wirklich keinen Unterschied zwischen Schwarzen und Weißen. Und wieder war das Ergebnis der Sitzung gleich Null. Ich werde mich an diese Geschwätzigkeit wohl nie gewöhnen. Ich will es auch gar nicht. Auf der Treppe zu meiner Haustür hat mich fast der Schlag getroffen. Zum Glück hatte ich am Morgen vergessen, die Außenlampe auszumachen. Vor der Haustür lag eine Stoffpuppe, die aus hellbeigem Stoff gefertigt war mit gelben Wollfäden als Haare. Um den nackten Körper war eine kleine bunte Glasperlenkette geschlungen. Das war keine Afrikanerin, das sollte ich sein. Und das Schlimmste: Die Puppe war von Kopf bis Fuß mit Dutzenden Stecknadeln gespickt, die wie lange Stacheln herausragten. Fast wäre ich draufgetreten. Das ist schwarze Magie. Wer eine solche Puppe vor die Tür gelegt bekommt, dem wünscht der anonyme Absender Unheil, Krankheit, Unfall, Tod und Schrecken. Aber wer hasst mich so sehr, dass er mir die Pest an den Hals zaubern will? Oh je, ich muss mal ganz ernsthaft mit Joe reden. Gleich morgen.

Alles, was Agnes ihr erzählt hat, ist also kein Spuk, sondern Realität. Und das im 21. Jahrhundert. Atemlos liest Katrin weiter.

16. November
Ich staune, dass ich so gut geschlafen habe. Eigentlich glaube ich ja nicht an schwarze Magie, aber unheimlich ist mir das Ganze doch. Ich habe gleich am Morgen Joe auf seinem Handy angerufen und ihm gesagt, dass ich ihn dringend sprechen muss. ‚Ist was?‘, hat er gefragt, und er hat wohl an meiner Stimme gehört, dass irgendwas passiert ist. Immer das gleiche Versteckspiel. Ich muss warten, bis es dunkel wird, ehe er sich zu mir traut. Ich habe diese Heimlichkeiten so satt! Aber wenn er dann da ist, vergesse

ich alles. Nur heute war aber alles anders. Ich hatte mir fest vorgenommen, erst einmal auf Distanz zu gehen. Ich hatte mir so gewünscht, dass sich alles aufklärt. Es ist aber etwas passiert, was ich noch nicht richtig verstehen kann. Deshalb muss ich jetzt das Gespräch so genau wie möglich aufschreiben.

Zur Begrüßung will Joe mich umarmen, ich aber schiebe ihm den Korbstuhl an den kleinen runden Tisch. „Setz dich!", sage ich. Sein Blick fällt sofort auf die Puppe, die ich mitten auf den Tisch gelegt habe. Er lacht laut auf. „Was soll das denn? Willst du mir eine Puppe schenken?"

Ich: „Da gibt es überhaupt nichts zu lachen. Diese Puppe habe ich gestern Nacht vor meiner Tür gefunden, als ich von der Beiratssitzung nach Hause kam. Ich wäre beinahe draufgetreten. Zum Glück hatte ich morgens vergessen, das Außenlicht auszuknipsen."

Er: „Ach, das tut mir aber leid. Und, was habe ich damit zu tun? Mein Kälbchen, ich habe dir die Puppe nicht hingelegt."

Ich: „Das wäre ja auch noch schöner! Was meinst du denn, wer war es?"

Er: „Keine Ahnung. Hier wimmelt es von Kindern. Die Mädchen spielen doch mit Puppen und eine wird ihre vor der Tür vergessen haben."

Ich: „Das meinst du nicht ernst. Mach dich bitte nicht lustig über mich. Ich habe noch nie ein kleines Mädchen gesehen, das seine Puppe von Kopf bis Fuß mit Stecknadeln spickt."

Er: „Du kennst dich eben in Afrika noch nicht richtig aus."

Ich: „Ich weiß ganz genau, was eine solche Puppe bedeutet. Sie gehört zu einem grausigen Ritual, einem Aberglauben, der leider immer noch lebendig ist. Die Person, der die Puppe hingelegt wird, soll verhext und zerstört werden."

Er: „Komm, komm. Das gibt es vielleicht noch in der Zentralafrikanischen Republik oder im Kongo, aber doch nicht bei uns in Namibia!"

Ich: „Warum spielst du alles so runter und tust so, als sei die Drohung nur Kinderkram? Sag, könnte es deine Frau gewesen sein?“

Er: „Quatsch. Die weiß nichts von uns.“

Ich: „Das ganze Dorf redet über unsere Beziehung ...“

Er: „Wer setzt denn so einen Unfug in die Welt?“

Ich: „Agnes hat mir das anvertraut, und die ist sehr gut informiert. Das weißt du doch.“

Er: „Ach, Agnes, die redet zu viel. Die sollte sich nicht um andere Frauen kümmern, sondern um ihren Mann, der viel zu viel trinkt.“

Ich: „Und was ist mit deiner Frau? Die kann doch gar nicht so dumm sein und glauben, dass du nachts immer auf Sitzungen im Rathaus bist!“

Er: „Hör mal zu, mein Kleines. Meine Frau kommt vom Dorf, kann weder lesen noch schreiben. Sie ist ein einfaches Gemüt.“

Ich: „Willst du damit sagen, dass jemand lesen und schreiben können muss, um zu bemerken, dass der Ehepartner fremdgeht?“

Er: „Du verstehst nichts von unserer Kultur. Unsere Frauen akzeptieren stillschweigend, dass wir Männer auch noch andere Frauen haben.“

Ich: „Und warum schleichst du dich dann nachts wie ein Dieb in mein Haus?“

Er: „Du bist eine Deutsche, und das ist für unsere Frauen das Problem.“

Ich: „Willst du damit sagen, dass mir deine Frau die Puppe hingelegt hat?“

Er: „Nein. So etwas würde sie nie tun. Ich kenne sie seit langem. Glaub mir, das alles ist ein harmloser Schabernack.“

Ich: „Du nimmst mich auch nicht ernst. Du nimmst in Kauf, dass mir etwas passiert. Du liebst mich nicht! So simpel ist das.“

Er ist nicht aufgestanden, um mich in den Arm zu nehmen und zu beruhigen. Er ist einfach gegangen und hat auch noch die Tür hinter sich zugeknallt. „Hau ab, geh zum Teufel!", habe ich ihm hinterher gebrüllt.

Ich wollte nicht, dass er geht. Ich wollte, dass er bleibt, dass wir das klären. Ich hatte gehofft, er würde mir die Angst nehmen. Ich hab mich hingesetzt und geheult. Ich habe mir eine Flasche Rotwein aufgemacht und mir einen Schwips angetrunken. Irgendwann in der Nacht muss Joe zurückgekommen sein. Er legte sich zu mir ins Bett und flüsterte mir ins Ohr: „Hab keine Angst, meine Kuh, ich passe schon auf dich auf."

Katrin versteckt Annas Tagebuch unter ihrem Kopfkissen und holt aus ihrer Reisetasche ein in rotes Leder gebundenes Heft. Sie hatte es kurz vor der Abreise in ihrer Buchhandlung gesehen und spontan gekauft. Sie will jetzt an Anna einen letzten Brief schreiben, auch wenn sie ihn nicht mehr lesen können wird.

Oh, Schwesterchen, du musst dich ganz schön einsam gefühlt haben, um so einem Mann auf den Leim zu gehen. Früher hättest du solche Typen zum Teufel gejagt. Du wärst viel zu stolz gewesen. Und wie oft hast du dich über Frauen lustig gemacht, die vergeblich an verheirateten Männern hingen. Oder hast du diesen Joe wirklich so geliebt, dass du vieles, viel zu vieles, geschluckt hast? Dass du mir das alles nicht geschrieben hast, kann ich gut verstehen. So was schreibt man nicht, so was erzählt man sich unter vier Augen. Vielleicht hättest du dich mir anvertraut, wenn ich dich besucht hätte. Du hattest mich ja oft genug darum gebeten. Aber damals warst du für mich vor allem die unabhängige, souveräne und starke Anna. Nicht die verletzliche, zarte, kleine Schwester. Was für ein Irrtum. Es tut mir so leid, dass ich für dich nicht da war, dass ich dich nicht besucht habe, dass ich mich immer rausgeredet habe, wenn du mich eingeladen hast. Du hast mir deine

Enttäuschung nicht gezeigt, hast dir am Telefon nichts anmerken lassen. Manchmal hast du dich ein bisschen lustig gemacht über mich und ich habe mich geärgert, wenn du mich eine typische Schwäbin nanntest. Ja, ich lebte in meiner Welt, und ich wollte deine neue Heimat nicht kennenlernen. Afrika war für mich viel zu weit weg, viel zu heiß und unheimlich fremd. Liebe kleine Schwester, ich habe dich sehr lieb. Ich würde viel darum geben, wenn ich dir das sagen könnte.

Katrin klappt das Heft zu, legt es zurück in die Tasche, versteckt unter Schals und Wäsche. Den Brief an Anna hat sie an sich selbst geschrieben, um ihre Gefühle und Gedanken zu sortieren. Kuh hat der Geliebte Anna genannt. Katrin hat noch nie einen solchen Kosenamen gehört. Wie kann man eine schöne junge Frau nur so nennen? Wie kommt es, dass Anna sich das hat gefallen lassen?

Es ist schon elf Uhr am Abend. Agnes schließt gerade das Gartentor. Katrin fällt der Streit mit ihr vom Vorabend ein. Sie gibt sich einen Ruck und entschuldigt sich. „Ich wollte dich nicht verletzen. Mir ist das nur so rausgerutscht. Ich weiß einfach zu wenig über eure Traditionen."

Agnes reicht ihr die Hand. „Ist gut. Ich habe mich geärgert, aber das ist jetzt vorbei."

Katrin hält ihr den gelben Zettel hin. „Lies das! Der klemmte unter meinem Scheibenwischer."

„‚Du sollst verschwinden.' Von wem kommt das?"

Katrin berichtet ihr von der Begegnung im Supermarkt, schildert, wie ihr die Frau des Bürgermeisters ein Büschel Haare abgeschnitten hat. „Du kennst sie doch. Wie kommt sie dazu, so etwas zu tun?"

„Bei uns gibt es immer noch viele Frauen, die hinnehmen, dass ihre Männer Nebenfrauen haben. Margot gehört nicht dazu. Sie kann zwar nicht lesen und nicht schreiben, aber sie ist schlau. Ich würde sogar sagen: durchtrieben."

„Irgendwas führt sie gegen mich im Schilde. Sag mir, wie kann ich mich wehren?"

„Ich könnte mit dir zum Medizinmann gehen. Der kann dir einen Gegenzauber zeigen. Das kostet natürlich Geld. Aber für dich ist das ja alles Unsinn."

„Naja, erklär es mir mal."

„Du müsstest von Margot etwas Persönliches holen und beim Medizinmann abgeben. Ich habe dir das alles schon erklärt."

„So was mache ich nicht, auf keinen Fall."

„Aber das muss dir klar sein: Margot muss besänftigt werden, sonst passiert etwas. Die hätte dir nicht die Haare abgeschnitten, wenn sie nichts Böses planen würde. Soll ich zu ihr gehen?"

„Ja, aber ich komme mit. Ich kann dich nachmittags am Postamt abholen. Wir fahren mit meinem Auto zu Margot."

„Es ist nicht gut, wenn uns die Leute im Dorf zu oft zusammen sehen. Es wird soviel geredet. Es ist besser, wenn ich Margot zu mir nach Hause einlade, und du kommst wie zufällig dazu."

Bevor die beiden Frauen auseinandergehen, will Katrin noch wissen: „Warum nennen die Männer hier ihre Frauen Kuh?"

„Hat zu dir ein Mann etwa Kuh gesagt?"

„Nein, um Gottes Willen, nein."

„Schade. Mein Mann sagt das schon lange nicht mehr zu mir. Bei uns ist Kuh das zärtlichste Kosewort für Frauen und manchmal auch für Kinder. Du musst wissen: Für uns Herero sind die Rinder das Wertvollste auf der Welt. Wir essen ihr Fleisch, wir trinken ihre Milch, wir haben uns früher aus ihren Häuten Kleider genäht. Der Wert eines Menschen hat sich seit Jahrhunderten immer nur daran gemessen, wie viele Rinder er besitzt und wie er sie behandelt. Je mehr Rinder, desto kostbarer der Mensch. Wir sind seit Jahrhunderten ein Volk der Rinderzüchter. Das ist die eine Seite. Die andere ist die religiöse. Die Rinder sind unsere Götter. Nur mit Hilfe unserer heiligen Kühe, die nicht geschlachtet werden dürfen, halten wir Zwiesprache mit unseren Ahnen. Die Missionare wollten uns diesen Glauben austreiben, aber das haben sie nicht geschafft. Wir sind zwar Christen geworden, aber unser heiliges Feuer und unsere heiligen Kühe haben wir uns nicht nehmen lassen. Und ein rosiges, gesundes Kälbchen ist für uns genauso schön wie ein gesundes neugeborenes Baby."

„Ach so! Bei uns ist das ganz anders. Du Kuh – das ist in Deutschland eine Beleidigung. Du Ochse – aber auch!"

„Ihr seid ein merkwürdiges Volk", sagt Agnes und nimmt die Freundin in den Arm. Alles ist zwischen den beiden wieder gut.

In der Wohnküche brennt Licht. Katrin hat es angelassen, damit sie nicht im dunklen Haus nach den Lichtschaltern suchen muss. Katrin will Annas Kreide-Umrisse auf dem Fußboden nicht mehr sehen und legt eine Wolldecke über die Zeichnung. Den zusammengerollten Strohteppich mit den Blutflecken trägt sie zu einer wilden Müll-Deponie am Ende des Sandweges. Im Haus löscht sie das Licht. In dieser Nacht wird sie von einem Alptraum geplagt. Sie läuft durch eine ihr unbekannte Landschaft. Es ist nicht Namibia, es ist nicht Deutschland. Sie trägt klobige Schuhe, ihre Füße sind schwer wie Bleiklumpen. Jemand verfolgt sie, sie will wegrennen, aber sie kommt nicht vom Fleck. Der Verfolger nähert sich, sie hört seine Schritte und sein Keuchen.

Sie will schreien, aber es kommt kein Ton aus ihrer Kehle. Sie will sich umdrehen, doch sie schafft es nicht. Sie spürt einen Schlag auf den Kopf und fällt in den Sand. Über ihr schwebt eine riesengroße Puppe mit Stecknadeln im Leib. Katrin schnellt hoch, reibt sich mit beiden Händen fest die Augen und sagt laut in die Dunkelheit hinein: „Es ist nur ein Traum."

Am Morgen wird sie von Schritten vor dem Eingang geweckt. Das wird Agnes sein, die ihr wegen des Treffens am Nachmittag einen Zettel unter die Tür geschoben hat. Katrin dreht sich noch einmal um und schläft wieder ein. Sie hat noch Zeit, sie will erst gegen 10 Uhr auf der Polizeistation sein. Als Katrin die Tür einen Spalt öffnet, um die Katzen ins Haus zu lassen, sieht sie auf der Treppe eine Stofffigur mit Stecknadeln im Körper liegen. Wie bei Anna. Nur diesmal hat die Puppe keine gelben Wollfäden auf dem Kopf, sondern echte Haare, kastanienbraun. Ihre Haare. Es passiert also schon wieder. Nur diesmal ist sie, Katrin, das Ziel. Katrin registriert jedes Detail der Puppe und wundert sich über ihre Gelassenheit. Sie hatte mit diesem unheimlichen Geschenk gerechnet. Vorsichtig hebt sie die merkwürdige Handarbeit auf und wickelt sie in eine Plastiktüte. Der Chef der Polizeistation, Major Kaputo, wartet schon auf Katrin. Er schaut sie gespannt an, ein wenig belustigt: „Guten Morgen. Wie ich höre, haben Sie Probleme mit uns."

Katrin hat genau diesen herablassenden Ton erwartet „Ja, mit der Art, wie bei Ihnen ein Mordfall untersucht wird. Sie machen einen Jungen zum Täter, dabei wissen Sie, dass er nicht der Täter sein kann."

„Aha, Sie schreiben uns vor, was wir zu tun haben. Sie

scheinen schlauer zu sein als die Polizei. Woher wissen Sie eigentlich, dass der Junge nicht der Täter ist? Soweit ich weiß, waren Sie beim Mord nicht dabei."

Katrin lässt sich nicht beirren. Sie wiederholt, was sie dem jungen Polizisten am Tag zuvor gesagt hatte. „Wenn Hime der Mörder wäre, dann wäre er doch nicht am Tag nach der Tat ganz offen mit der Mordwaffe in den Ort gelaufen, um sie dort zu verkaufen. So dumm kann ein Mensch nicht sein."

Major Kaputo kippelt mit seinem Schreibtischstuhl hin und her, lehnt sich genüsslich zurück: „Sie wissen nicht, wie dumm Menschen sein können. Ich könnte Ihnen viele Geschichten erzählen."

Der Mord an Anna scheint den Polizei-Major anzuöden: „Was machen Sie eigentlich beruflich? Haben Sie Kinder?"

Katrin hat Lust, den selbstgefälligen Polizisten zu provozieren: „Ich arbeite bei der Stuttgarter Mordkommission."

Major Kaputo rutscht vor Schreck fast vom Drehstuhl. „Wie bitte? Warum haben Sie das nicht gleich gesagt?"

Katrin schaut ihn frech an: „Keine Angst, Major, ich habe nur Spaß gemacht. Ich bin Buchhändlerin von Beruf."

Darüber kann sogar der Polizeichef lachen. Er setzt sich kerzengerade an den Schreibtisch und hört mit der Schaukelei auf: „Wie schön, ich habe auch ein paar Bücher im Schrank. Ich liebe Krimis und Romane von John Irving. Immer spannend. Aber Spaß beiseite, kommen wir zur Sache. Sie wollen Widerspruch gegen den Abschluss des Ermittlungsverfahrens im Mordfall Ihrer Schwester einlegen. Dafür müssen Sie mir aber jetzt stichhaltige Gründe nennen. Mit Kinkerlitzchen darf ich dem Staatsanwalt in Windhoek nicht kommen." Der Major ist neugierig geworden.

„Hime war am Mordtag bis zehn Uhr abends bei Manager Kaure im Haus und im Garten. Das können mehrere Nachbarn bezeugen."

Der Major ist überrascht, und sie setzt nach. „Herr Kaure wird das bestätigen. Bei ihm hat der Junge gearbeitet. Aber er sagte zu mir, er kenne ihn nicht. Haben Sie nicht ermittelt, wo sich Hime während der Tatzeit aufgehalten hat?"

In scharfem Ton weist der Major Katrin zurecht: „Was bilden Sie sich ein? Unsere Ermittlungen sind ordnungsgemäß verlaufen, und der Bericht liegt längst bei der Staatsanwaltschaft in Windhoek."

„Dann ist es wohl am besten, ich gehe direkt zum Staatsanwalt und benenne ihm die Zeugen." Einen kurzen Moment lang glaubt Katrin, ein unsicheres Flackern in den Augen des Polizeichefs gesehen zu haben. Wie ein Lehrer, der mit einem aufmüpfigen Kind schimpft, droht er jetzt seiner Besucherin mit dem Finger. Und dabei grinst er auch noch. „Vorsicht. Jetzt gehen Sie zu weit. Bringen Sie uns Ihre Zeugen. Wir werden sie befragen."

Katrin hat den Mund zu voll genommen. Noch hat sie keinen einzigen Zeugen. Um vom Thema abzulenken, knallt sie ihm die Plastiktüte auf den Tisch: „Das habe ich heute Morgen vor meiner Haustür gefunden."

Major Kaputo zieht vorsichtig die Puppe aus der Tüte. Er guckt verdattert, fängt sich aber sofort: „Da will Ihnen jemand Angst einjagen. Aber nehmen Sie das nicht zu ernst. Eine solche Puppe hat noch niemanden umgebracht." Vorsichtig schiebt er die Figur zurück in die Plastiktüte. „Ich möchte Ihnen zum Schluss einen guten Rat geben. Fliegen Sie so schnell wie möglich nach Deutschland zurück, und nehmen Sie bitte Ihre Schwester mit. Vergessen Sie das alles ganz schnell. Es ist besser so. Das mit Ihrer Schwester tut mir aufrichtig leid." Der Major stapft aus dem Raum.

Nichts hat sie erreicht. Gar nichts. Im Gegenteil. Sie muss nun Zeugen bringen, die sie gar nicht hat. Wer kann ihr jetzt aus der Patsche helfen? Vielleicht Joe Ojo, der Bürgermeister? Der wird kein Interesse daran haben, dass die Sache mit den Puppen publik wird. Denn der weiß genau, wer hinter diesen Drohungen steckt – seine Frau Margot.

Ungewohnt forsch behauptet Katrin im Vorzimmer der Stadtverwaltung, sie habe einen Termin mit dem Bürgermeister. Die Sekretärin versucht erst gar nicht, sie aufzuhalten. Katrin geht schnurstracks ins Zimmer. Joe Ojo sitzt an seinem Schreibtisch und schraubt gerade die Hörmuschel des Telefons zusammen. Elegant überspielt er sein Erschrecken über ihr Auftauchen. „Schon wieder ist mein Telefon defekt. Aber so was kennen Sie ja in Deutschland nicht. Was führt Sie zu mir? Schön, Sie wiederzusehen. Ich dachte, Sie wären längst abgereist." Die Floskeln routinierter Freundlichkeit sprudeln aus ihm heraus.

„Sie sind nicht der einzige, der sich wünscht, ich wäre schon weg. Glauben Sie mir, ich würde gerne nach Hause fliegen, aber leider kann ich noch nicht fort."

„Ich will Sie doch nicht loswerden. Im Gegenteil. Ich freue mich, dass Sie mich besuchen. Sie sehen fantastisch aus. Das letzte Mal waren Sie blass und wirkten bekümmert. Ich habe mir – ehrlich gesagt – Sorgen um Sie gemacht."

Katrin will sich von seinem Charme nicht beeindrucken lassen, aber geschmeichelt fühlt sie sich dennoch. Sie zieht die Plastiktüte aus ihrem Rucksack, holt die Puppe heraus und legt sie ihm neben das Telefon.

„Nicht schon wieder", stöhnt der Bürgermeister. Nur für einen kurzen Moment verliert er die Fassung: „Es ist gut, dass Sie zu mir gekommen sind. Weiß sonst noch jemand von der Puppe? Das muss ich wissen."

„Keine Ahnung. Sie lag gestern Abend vor Annas Haustür. Ich dachte, Sie können mir am besten weiterhelfen."

Joe Ojo nimmt seinen Schraubenzieher wieder zur Hand, bastelt weiter an seinem Telefon herum und nuschelt in sich hinein: „Da haben sich unsere Kinder mal wieder einen Schabernack erlaubt."

Katrin schaut ihn prüfend an: „Meinen Sie das ernst?"

„Ja, selbstverständlich."

„Für wie beschränkt halten Sie mich? Das waren keine Kinder, das war Ihre Frau Margot", sagt sie kühl.

Der Schraubenzieher knallt auf den Tisch: „Wie kommen Sie denn auf diese Idee?"

„Ich habe gestern Ihre Frau im Supermarkt getroffen."

„Na und? Sie geht jeden Tag einkaufen." Sein Ton wird schnippisch.

„Sie hat mir aufgelauert und mir eine Haarsträhne abgeschnitten. Schauen Sie die Puppe an." Katrin nimmt die Puppe vom Schreibtisch und hält sie an ihr Haar. „Sehen Sie, glattes Haar, meine Farbe, mein Haar."

Der Bürgermeister geht zum Fenster und sieht auf die Straße hinaus. „Katrin", sagt er bedeutungsvoll, „ich vertraue Ihnen jetzt etwas an, was niemand im Ort wissen darf." Er macht eine Pause und spricht weiter: „Meine Frau ist psychisch krank und tut manchmal sehr seltsame Dinge. Ich garantiere, dass Ihnen nichts passieren wird. Ich habe alles unter Kontrolle. Sie müssen mir aber versprechen, mit niemandem darüber zu reden, auch nicht mit Ihrer Nachbarin Agnes Kandji. Das muss unser Geheimnis bleiben." Er dreht sich zu ihr um und schaut sie flehend an.

Katrin verspricht ihm nichts. Sie will mit ihm keinen Pakt schließen, weil sie unsicher ist, ob sie ihm trauen kann. „Ich fühle mich bedroht von dieser Puppe, denn ich weiß genau, was sie bedeutet."

„Ich beschütze Sie. Wenn Sie wollen, komme ich heute Abend vorbei. Dann können wir alles in Ruhe durchsprechen, bevor Sie abreisen."

Katrin lehnt ab, steigt aber in das Spiel mit der Vertraulichkeit ein: „Ich muss Ihnen jetzt auch etwas anvertrauen. Das muss aber ebenfalls unter uns bleiben."

Joe Ojo atmet sichtlich erleichtert auf. „Ich bin für Sie da."

Und wieder erzählt Katrin die Geschichte von Hime. „Helfen Sie mir, Zeugen zu finden, die Hime am Tattag im Garten von Herrn Kaure gesehen haben. Sie als Bürgermeister müssen daran interessiert sein, dass kein Unschuldiger im Gefängnis sitzt."

„Selbstverständlich. Ich bin ganz Ihrer Meinung. Ich kann mir auch nicht vorstellen, dass der Junge unsere Anna umgebracht hat. Wie ich gehört habe, denkt Chief Kambanda genauso." Er reißt einen Zettel aus einem Block und malt darauf eine Straße mit Häusern rechts und links. Das dritte Haus auf der linken Seite kreuzt er an. „Hier wohnt Arnold Kaure. Gehen Sie zu den Nachbarn und fragen Sie die Leute, ob sie Hime am Tattag zwischen 18 und 19 Uhr gesehen haben. Wenn er wirklich dort war, dann werden Sie auch Zeugen finden. Übrigens, ich bewundere Ihren Mut."

„Es wäre mir lieber, Sie kämen mit."

„Nein, meine liebe Katrin, das geht zu weit. Ich kann mich da nicht einmischen. Ich kann Sie nur inoffiziell beraten. Alles muss unter uns bleiben. Bitte haben Sie Verständnis."

„Noch eine Frage: Was halten Sie von Herrn Kaure?“

„Ich denke, er ist besser als sein Ruf.“

Glaubt der Bürgermeister, was er sagt oder will er ihr wieder etwas vormachen? Anna hat ihrem Geliebten bestimmt erzählt, welche schlechten Erfahrungen sie mit ihrem Chef gemacht hat. Egal, Katrin ist entschlossen, Zeugen für Hime herbeizuschaffen. Sie läuft den staubigen Flur in der Stadtverwaltung entlang. Im Tageslicht sieht sie wieder die beiden Matronen, die gemächlich den Boden fegen. Sie bewegen sich wie in Zeitlupe.

Vor dem Rathaus wartet ein etwa 40-jähriger Mann auf sie. Er trägt einen Schlips zum abgewetzten Jackett. „Madam, Sie müssen mir einen Job im Zentrum geben.“ Sein Englisch ist gut, seine Stimme hat einen fordernden Unterton.

„Wie kommen Sie darauf, dass ich das könnte?“ Katrin ist in Gedanken noch im Zimmer des Bürgermeisters.

„Sie sind doch die neue Deutsche im Zentrum. Und Sie sehen wie Misses Anna aus.“

Katrin fühlt sich bedrängt. „Ich bin Annas Schwester. Ich bin hier, um sie nach Deutschland zurückzuholen. Mit dem Zentrum habe ich nichts, aber auch gar nichts zu tun.“ Sie erschrickt über ihren aggressiven Tonfall. Der arme Mann sucht doch nur Arbeit. „Was sind Sie denn von Beruf?“, lenkt sie ein.

„Ich kann alles. Ich kann Häuser bauen, Bäume pflanzen, Leitungen reparieren. Und Lesen und Schreiben kann ich auch. Und natürlich Englisch.“

„Waren Sie auf der Oberschule?“

„Ich habe in Windhoek Verwaltungswissenschaften studiert. Ich könnte die ganze Büroarbeit machen.“

„Können Sie auch mit Computern umgehen?“

„Das lerne ich an einem Tag.“

Bin ich denn verrückt, sagt sich Katrin, ich führe hier auf der Straße ein Bewerbungsgespräch. Jetzt habe ich dem armen Teufel auch noch Hoffnung gemacht.

Der Mann fängt an zu flehen: „Bitte, ich brauche dringend eine Arbeit. Ich habe sechs Kinder, die haben Hunger."

„Wie heißen Sie?"

„David Kanjombe."

„Ich kann Ihnen zu keinem Job verhelfen. Ich kann aber dem DED-Direktor Ihren Namen nennen."

Der Mann bedankt sich überschwänglich. Katrin fühlt sich beschämt. Sie hat bei einem Vater falsche Erwartungen geweckt – wie anmaßend von ihr. Anna hatte ihr einmal erzählt, dass sie lernen musste, solche Bitten strikt und klar zurückzuweisen. Hilfesuchenden dürfen keine Versprechungen gemacht werden, die man nicht einhalten kann.

Katrin muss sich beeilen, sie hat eine Verabredung. In einer Stunde steht Margot, die Frau des Bürgermeisters, bei Agnes vor der Tür. Und Katrin soll warten, bis die Nachbarin ihr ein Signal gibt, rüberzukommen. Vom Fenster in der Wohnküche hat sie die Tür von Agnes im Blick. Katrin wird ungeduldig. Sie sieht auf die Uhr. Schon dreieinhalb Stunden sind vergangen. Was reden die so lange? Endlich geht die Tür im Nachbarhaus auf. Agnes winkt ihr zu. Katrin nimmt den Topf vom Herd, klemmt ihn unter den Arm und geht los. Margot trägt ein elegantes lila Taftkleid und hat sich im Wohnzimmer, im einzigen repräsentativen Sessel, niedergelassen. Ihr Rock bauscht sich über beide Armlehnen. Katrin spielt die Überraschte, als sie Margot sieht: „Oh, Sie sind hier?" Die Frau des Bürgermeisters springt auf, fällt aber mit ihren schweren berüschten Röcken in die Polster zurück. Katrin ruft: „Halt! Stopp! Hier bleiben!" Dann reißt sie schwungvoll den Deckel vom Topf und zieht die Puppe wie einen gespickten Hasen aus dem Gefäß. Sie hält Margot das Stoff-Ding ganz nahe vors Gesicht und sagt leise, jedes Wort betonend: „Heute Morgen fand ich diese Puppe mit meinen Haaren vor meiner Tür. Nur Sie können das gewesen sein. Und meiner Schwester haben Sie auch mit einer Puppe gedroht. Und jetzt ist sie tot." Margot will erneut flüchten. Sie hebt ihre Röcke an und will aus dem Zimmer rennen. Agnes versperrt ihr den Weg. „Stopp. Du bleibst hier! Jetzt kommt alles auf den Tisch. Gestehe."

Agnes ist richtig wütend geworden. Margot schlurft stumm zurück ins Zimmer, lässt sich wieder in den Sessel plumpsen, schlägt die Hände vors Gesicht und beginnt laut zu weinen. „Ich kann nicht mehr. Mein Mann betrügt mich seit Jahren. Und die Deutsche war die gefährlichste von allen. Ich glaube, er hat sie geliebt. Ich wollte sie mit der Puppe nur erschrecken. Ich könnte keiner Fliege was zuleide tun. Ich war so erleichtert, als sie tot war. Aber ich habe sie nicht umgebracht und habe auch niemanden dazu angestiftet. Ich war auch nicht beim Medizinmann."

Katrin unterbricht ihren Monolog: „Und was habe ich Ihnen getan? Warum haben Sie mir heute früh diese Puppe vor die Tür gelegt?"

„Ich dachte, schon wieder eine Deutsche. Und die besucht wieder meinen Mann im Rathaus. Da habe ich gewusst, jetzt geht wieder alles von vorne los." Margot heult auf und trommelt mit den Fäusten auf ihren großen Busen. Sie winselt: „Verzeihen Sie mir bitte. Ich tue es nie wieder. Ich verspreche es."

Katrin und Agnes werfen sich einen Blick zu. Margot tut ihnen jetzt fast leid. Gemeinsam ziehen die beiden Frauen sie aus dem Sessel hoch. Die drei klammern sich aneinander und weinen. Margot um ihren treulosen Joe, Katrin um Anna und Agnes um ihren versoffenen Mann.

„Mama, wenn du wüsstest, was uns passiert ist!", tönt eine Kinderstimme vom Hof. Kavera stürmt mit ihrer Freundin Mary ins Haus und bleibt wie angewurzelt an der Tür zum Wohnraum stehen. Die Mädchen starren die drei schluchzenden Frauen an. Agnes' Tochter geht zu ihrer Mutter und fragt: „Ist schon wieder jemand ermordet worden?"

Agnes wischt sich die Tränen aus den Augenwinkeln und beruhigt das Kind: „Nein, nein, wir haben nur um Anna geweint."

„Alles wäre besser, wenn Anna noch bei uns wäre", klagt Kavera. „Jeden Mittwoch haben wir mit Anna unser Theaterstück geprobt. Heute sind wieder alle gekommen, niemand hat gefehlt. So als wäre Anna noch da. Wir haben gehofft, dass Herr Kaure Annas Arbeit weitermacht. Stellt euch vor, der hat uns einfach stehen lassen und gesagt: „Aus und vorbei, es gibt keine Theatergruppe mehr. Geht nach Hause."

Agnes schlägt mit der flachen Hand auf den Tisch. „So kann man nicht mit Kindern umgehen, dagegen müssen wir uns wehren. Den Kindern macht Theaterspielen Spaß. Und hier im Ort gibt es ja sonst nichts, nicht mal einen Turnverein."

Katrin weiß von der Theatergruppe aus Annas Briefen und fragt die Mädchen: „Erzählt doch mal, was seid ihr für eine Gruppe? Was habt ihr bisher aufgeführt?" Agnes holt aus der Küche eine Kanne Tee und Becher, jeder zieht sich einen Schemel in den Kreis und Kavera berichtet, wie das Theater nach Okakarara kam. Die Puppe mit den

Stecknadeln im Leib interessiert niemanden mehr. Sie liegt wieder im Kochtopf. Kavera berichtet: „Es fing alles mit dem ‚Ring des Königs' an. Letztes Jahr sind Schauspieler aus Windhoek zu uns gekommen und haben auf der Freilichtbühne im Zentrum ein Märchen gespielt. Da war ein König und der hatte einen Ring, und mit dem Ring konnte er zaubern. Und dann ist ihm dieser Ring geklaut worden. Und wie die den dann gesucht und schließlich gefunden haben, wir haben so gelacht. Das war lustig. Und die Schauspieler hatten bunte, glitzernde Gewänder an. Und manchmal war die Bühne ganz dunkel und ein kleines rotes Licht blinkte auf – das war schön gruselig." Kaveras Augen leuchten und ihre Freundin Mary nickt und erzählt, wie am Ende alles gut wird und der böse Zauberer besiegt ist. „Ein Schauspieler war als Löwe verkleidet mit einem richtigen Zottelfell. Der konnte brüllen und toben wie ein echter Löwe. Und der beste war der Onganga, der den Ring wieder herzaubern sollte. Der hat getanzt und dabei immer gepupst. Da haben wir laut gelacht."

Katrin erinnert sich an einen Brief von Anna, in dem sie die Theateraufführung von „Der Ring des Königs" als ihr schönstes Erlebnis geschildert hat.

Stunden später findet sie in Annas Tagebuch diese Eintragung.

3. März
Damit hätte ich nie gerechnet! Der Direktor der Oberschule sagte mir am Telefon, etwa 100 Schüler kämen zur Aufführung. Die Leiterin der Grundschule sprach von 200 Kindern. Am Ende waren es mehr als 1.000 und viele Erwachsene – Lehrer, Eltern, Dorfbewohner.

Wir wollten um 18 Uhr mit der Vorstellung anfangen, damit die Kinder nicht mitten in der Nacht nach Hause laufen mussten. Es ging aber erst um halb neun los. Das Zentrum liegt vier Kilometer vor der Stadt und die kleineren Kinder mussten mit dem klapprigen Schulbus und allen verfügbaren Privatautos abgeholt werden.

Als ich um fünf Uhr nachmittags in den Schulhof der Grundschule fuhr, versuchten Lehrer hunderte von Kindern in Reihen aufzustellen – ein Chaos. Ich packte so viele Kinder wie möglich in mein Auto, darunter Memory, ein kleines gelähmtes Mädchen, das im Rollstuhl sitzt. Ich hob sie in mein Auto und klemmte sie zwischen die anderen Kinder. Den Rollstuhl habe ich auf die Ladefläche zwischen etwa 20 Jungen und Mädchen gestellt, die dort einen Platz ergattert hatten.

Zu wenige Autos, zu viele Kinder – Was sollte ich bloß tun? Ich stoppte einen Überlandbus, der von Okonjatu nach Okakarara fuhr und befahl dem Fahrer: „Sie fahren jetzt zur Schule und holen die Kinder. Sie kriegen auch was dafür."

Er war sofort einverstanden, lieferte seine Fahrgäste ab und übernahm den Fahrdienst. Mindestens zehn Mal ist er hin und her gefahren – ein Glück für uns alle. Der klapprige Schulbus, in den etwa 20 Kinder passten, war nach der ersten Fahrt zusammengebrochen. Um halb neun, als das Stück gerade anfangen sollte, rief ein Lehrer an und meldete: „Auf dem Schulhof stehen noch 250 Kinder und viele von ihnen weinen. Sie haben Angst, dass sie das Stück nicht sehen können." Auch diese Kinder wurden noch abgeholt.

So viele Kinder! Und das, obwohl wir uns entschlossen hatten, Eintritt zu nehmen. 50 Cent pro Kind, zwei Dollar für Erwachsene. Das ist wenig für eine Eintrittskarte in Deutschland, aber sehr viel Geld für die armen Leute hier.

Draußen war es jetzt dunkel. Um neun gingen die Scheinwerfer an. Ein professionelles Team vom Staatstheater in Windhoek hatte für wunderbare Kulissen und Ausstattung gesorgt. Die Kinder saßen dicht gedrängt beisammen. 550 Plätze hat unser Freilichttheater, aber ein Platz ist ein Meter breit. Da passen ein fetter Erwachsenenarsch oder drei Kinder drauf! Um mich herum tobten die Kleinen vor Freude – ein Hexenkessel im schönsten Sinne. Für diesen fröhlichen Abend haben sich zwei Jahre Kampf und Mühen mehr als gelohnt.

Arnold ist, das muss man ihm lassen, der geborene Conférencier. Wie toll er mit den Kindern geredet hat. Ganz anders der Pastor. Der las stammelnd den Text vor, den ich für das Otji-Herero-Radio geschrieben hatte. Und dass er die Kinder vor Beginn der Vorstellung auch noch beten ließ, finde ich ziemlich daneben.

Als die Vorstellung zu Ende war, klatschen nur die vier Weißen unter den Zuschauern. Für die Herero war es das erste Theaterstück ihres Lebens. Ihnen hatte niemand gesagt, dass man am Ende mit Applaus dankt. Die Schauspieler wussten das. Sie gaben eine Zugabe – eine Persiflage auf die populäre südafrikanische Schlagersängerin Brenda Fassie. Das Publikum johlte vor Vergnügen.

Und dann mussten wir die Kinder alle wieder in den Ort zurückbringen. 1.000 Kinder und nur ein paar Autos und der gekaperte Bus. Es dauerte bis weit nach Mitternacht, bis wir die Kinder in den umliegenden Dörfern abgesetzt hatten. Sie mussten zu Fuß nach Hause laufen. Aber alle sind heil zu Hause angekommen.

Joe hat wunderbar mitgeholfen. Im Morgengrauen haben wir in meinem Haus eine Flasche Weißwein zusammen getrunken. Am nächsten Mittag rief mich ein Lehrer der Grundschule an und sagte mir: „Heute haben wir keinen Unterricht machen können. Die Kinder wollten nur über das Theaterstück reden." Und die zierliche Frau, die sich bei uns mal als Sekretärin beworben hat, hat mich auf der Straße angesprochen und etwas gesagt, was mich ungemein aufwühlt hat: „Danke, Misses Anna für das

Theater. Es war so schön. Ich habe immer gedacht, Theater ist nur etwas für Weiße. Das glaube ich jetzt nicht mehr."

Am Abend ist Kavera mit mehreren Freundinnen zu mir gekommen. Die Mädchen waren zunächst schüchtern und fragten verschämt: „Kannst du uns helfen, Schauspielerin zu werden?" Ich war begeistert. Endlich kamen Vorschläge von den Herero, endlich musste ich nicht mehr alles anschieben. Die Mädchen waren verblüfft. Sie hatten wohl nicht damit gerechnet, dass ich sofort zustimmen würde. „Klar", hab ich gesagt. „Wir gründen zusammen eine Theatertruppe."

Ich wette, mein Chef Arnold wird von diesem Vorschlag nicht begeistert sein. So war es auch vor der Theatervorstellung. „Da kriegst du keine hundert Kinder zusammen", hatte er mir prophezeit. Hinterher hat er sich in dem Erfolg gesonnt. Daran werde ich ihn erinnern, wenn er jetzt unsere Theatergruppe für ein unsinniges Vorhaben hält. Ich werde ihm auch sagen, dass diese Idee von Herero-Kindern stammt und nicht von mir, der deutschen Entwicklungshelferin.

Katrin zweifelt nicht mehr: Anna muss unter Kaure gelitten haben. Alles deutet darauf hin, dass er ihr den Erfolg nicht gönnte und deshalb ihre Arbeit boykottierte. Warum hat Anna das nie erwähnt? Warum hat sie ihre Beziehung zu dem Manager schöngefärbt? Warum? Arnold Kaure wollte Anna loswerden. Mit allen Mitteln? Katrin klappt das Tagebuch zu und presst es an ihre Brust. Was für ein ungeheuerlicher Verdacht! Sie hat nicht gemerkt, dass Agnes ihr gefolgt ist und hinter ihr steht. Sie zuckt zusammen. „Hab ich mich erschrocken, was ist denn passiert?"

Agnes nimmt ihr das schwarze Heft aus der Hand und legt es behutsam ins Bücherregal. „Du musst auch mal abschalten und zur Ruhe kommen. Ich koche dir nachher einen Tee. Aber zuerst muss ich mit Kaure sprechen. Kann ich dein Telefon benutzen? Ich bin sauer über diese Theatergeschichte, ich muss das loswerden."

Agnes scheint keine Angst vor dem Manager zu haben. Katrin versteht nicht, was sie ihm sagt, aber ihr Tonfall verrät: Sie macht ihm Vorwürfe. In ihre Tirade mischen sich englische Brocken. „Der Ring des Königs", Theater, Skandal und immer wieder der Name Anna, Anna, Anna.

Unerwartet hält sie Katrin den Hörer hin. „Er will dich sprechen."

„Hallo, wie geht es Ihnen?" Der Manager säuselt und Katrin zieht eine Grimasse.

Sie antwortet vorsichtig: „Geht so."

„Sie wollten mich doch auf dem Laufenden halten. Warum höre ich nichts von Ihnen? Wissen Sie was, ich komme morgen bei Ihnen vorbei. Dann habe ich Zeit."

Katrin wirft ihrer Freundin einen hilfesuchenden Blick zu. „Ich möchte aber, dass meine Nachbarin Agnes dabei ist."

Agnes nickt ihr kurz zu und flucht im Hintergrund über den Manager. Das Telefongespräch mit ihm hat sie wütend gemacht. „Kaure darf unser Kulturzentrum nicht leiten. Er versteht nichts von Kindern und er zerstört alles, was Anna mühsam aufgebaut hat." Sie nimmt die Kladde aus dem Regal und gibt sie Katrin. „Lies weiter. Vielleicht findest du etwas, womit wir Kaure absägen können."

„Du bist mir eine. Erst nimmst du mir das Tagebuch weg und jetzt soll ich weiterlesen. Das hat Zeit bis morgen. Vielleicht solltest du auch mal abschalten."

Dann kann sie doch nicht von der Kladde lassen. An Annas Handschrift kann Katrin ablesen, in welcher

Stimmung ihre Schwester war, als sie in ihrem Tagebuch schrieb. Die Buchstaben sind rund und ausladend, wenn es ihr gut ging. Bei Ärger, Konflikten und Frust wird die Schrift krakelig, klein und schwer lesbar. Nach solchen Stellen durchforstet Katrin die vollgeschriebene Kladde. Schon der erste Satz bei der Eintragung vom 10. Dezember lässt sie aufhorchen.

Ich habe einen furchtbaren Verdacht. Mit unserer Zentrumskasse scheint etwas nicht zu stimmen. Arnold Kaure ist für die Finanzen zuständig, was mir bisher ganz recht war. Aber jetzt habe ich das ungute Gefühl, dass er die Abrechnung manipuliert. Bei der letzten Monatsbilanz tauchte unter dem Posten Bewirtung ein ziemlich hoher Betrag auf. Ich kann mich nicht daran erinnern, dass wir ständig Gäste gehabt hätten. Ich bin sehr gespannt, wie er sich rausredet, wenn ich ihn darauf anspreche.

Katrins erster Impuls: Kaure ist der Mörder. Der hat wirklich ein Motiv. Anna war ihm auf die Schliche gekommen, und er fürchtete um seine Stellung. Morgen Vormittag wird er vor der Tür stehen. Keiner merkt, wenn er mir etwas antut. Agnes wird noch bei der Post zu tun haben, die Kinder in der Schule. Und Agnes' Mann wäre auch keine Hilfe. Der hängt immer irgendwo besoffen herum. Vormittags ist es besonders gefährlich in Annas Haus. Niemand würde ihre Hilfeschreie hören. Sie muss ihm morgen in der Früh absagen. Katrin schläft schlecht, wacht immer wieder auf. Sie hat Angst vor der Begegnung mit Kaure. Am Morgen versucht sie vergeblich, den Manager telefonisch zu erreichen. Wahrscheinlich ist er schon auf dem Weg zu ihr. Katrin zieht die Küchenschublade auf und inspiziert Annas Messer. Alle stumpf. Aber irgendwo muss der Pfefferspray versteckt sein, den sie ihrer Schwester vor der Abreise nach Namibia geschenkt hat. Halb ernst, halb scherzend hatte sie ihr damals geraten: „Nimm das, wenn die afrikanischen Männer dir zu nahe kommen. Mitten in die Augen musst du zielen. Ein Zisch und der Mann ist außer Gefecht." Anna hatte den Spray eingesteckt und gegrinst. Wo würde ihre Schwester das Geschenk verstecken? Katrin durchwühlt Schubladen mit Annas Unterwäsche. Nirgendwo Pfefferspray.

Sie steht entnervt vor dem Chaos, das sie selbst angerichtet hat. Aufgerissene Schubladen; Unterwäsche und Strümpfe liegen zerknüllt auf dem Fußboden; dazwischen Ketten und Armbänder, die sie aus kleinen Kisten und Schmuck-Schatullen geschüttelt hat. Ich führe mich ja auf wie eine wild gewordene Kripobeamtin bei einer Hausdurchsuchung. Katrin schließt die Tür zum Schlafzimmer. Da fällt ihr ein großer, geflochtener Wäschekorb auf. Er steht in der Ecke neben dem Schrank. Sie kippt seinen Inhalt auf den Boden aus. Schmutzige Handtücher, T-Shirts und Strümpfe und dazwischen ein großer grauer Umschlag. Er ist fest zugeklebt und nicht beschriftet. Katrin findet darin die Kopie eines Briefes an den DED-Direktor in Windhoek vom 14. Juli.

Sehr geehrter Herr Mertens,
es liegt mir fern, leichtfertig Menschen anzuschwärzen. Aber ich muss Sie über meinen dringenden Verdacht gegen Herrn Kaure informieren. In den vergangenen Monaten sind wiederholt Abbuchungen vom Konto des Kulturzentrums erfolgt, für die es keine echten Belege gibt. Ich habe den Eindruck, dass Herr Kaure Projektgelder veruntreut. Alle meine Versuche, das Problem direkt mit ihm zu klären, waren vergeblich.

Ich schlage Ihnen vor, im DED-Büro in Windhuk so schnell wie möglich eine Finanzprüfung vorzunehmen. Ich bitte Sie, meine Mitteilung bis auf weiteres vertraulich zu behandeln.

Mit freundlichen Grüßen

Anna Sattler

Warum hat Anna diesen Brief im Wäschekorb versteckt? Hatte sie Angst, dass Kaure Wind davon bekommen und sich rächen würde? Oder misstraute sie auch dem DED-Direktor, der womöglich Kaure decken und den Originalbrief verschwinden lassen würde? Katrin hat die Suche nach dem Pfefferspray vergessen. Sie beschließt, nach Windhoek zu fahren und will Agnes bitten, mitzukommen. Aber Manager Kaure darf auf keinen Fall Verdacht schöpfen. Um zwölf Uhr hört sie seine Stimme vor der Tür. Sie klingt laut und etwas aufgekratzt: „Ich bin es. Ich habe belegte Brötchen mitgebracht." Der Manager drückt Katrin die Tüte in die Hand. „Ein heißer Tee würde mir guttun, draußen ist es kalt." Im Korbsessel streckt er ungeniert die Beine aus, gerade so, als sei er daheim in seinem Wohnzimmer.

Katrin schweigt.

„Na, wieder schlecht geschlafen?"

Sie antwortet nicht, sie brüht Tee auf. Verstohlen beobachtet sie Kaure. Sie sieht, wie er das Bücherregal mit den Augen abtastet. Katrin stellt die Tassen auf den Tisch. Als er über den sonnigen Wintertag zu plaudern beginnt, unterbricht sie ihn kühl. „Hören Sie bitte auf. Sie sind doch nicht hierher gekommen, um mit mir über das Wetter zu plaudern. Machen wir es kurz: Ich möchte wissen, ob Sie immer noch überzeugt sind, dass Hime der Täter ist."

Kaure ist die Ruhe selbst: „Diese Frage habe ich erwartet.

Sie haben Mitleid mit dem Jungen und wollen nicht wahrhaben, dass ein Siebzehnjähriger Ihre Schwester umgebracht hat. Ihnen wäre viel lieber, ich wäre es gewesen. Glauben Sie mir, ich habe sofort gemerkt, dass Sie mich nicht leiden können." Er nimmt einen Schluck Tee und spielt den Überlegenen, so als perle jeder Vorwurf an ihm ab. „Tut mir leid, damit kann ich nicht dienen. Ich bin nicht der Mörder."

„Und warum haben Sie Hime dann die Mordwaffe abgekauft?"

Ihre Frage trifft ihn gezielt wie ein Faustschlag. „Ich wusste ja nicht, dass dies die Mordwaffe ist. Ich fand das Stück nur schön."

„Und warum haben Sie das schöne Stück nicht behalten, sondern gleich zur Polizei gebracht?"

„Hime kam mir gleich verdächtig vor. Ein so armer Junge mit einem silbernen Kerzenhalter – da musste doch irgendetwas faul sein. An Mord habe ich überhaupt nicht gedacht, eher an Diebstahl."

„Ich glaube Ihnen nicht. Als Hime Ihnen den Kerzenleuchter verkaufen wollte, wussten Sie sofort, dass es sich um die verschwundene Tatwaffe aus Annas Haus handelte. Sie kauften den Leuchter und gingen damit zur Polizei. So lenkten Sie den Mordverdacht auf den Jungen."

„Ich höre mir diesen Unsinn nicht länger an. Ich muss Sie von meiner Unschuld nicht überzeugen."

„Ich frage Sie noch einmal: Warum wollen Sie Hime den Mord in die Schuhe schieben?"

„Tue ich doch gar nicht. Die Polizei hat ihn wegen Mordverdacht verhaftet. Ich doch nicht. Ich habe nur die Mordwaffe übergeben. Und dafür habe ich auch noch 40 Dollar bezahlt. War nett, mit Ihnen zu plaudern, aber jetzt muss ich los. Ich habe einen wichtigen Termin in Otjiwarongo." Der Manager eilt grußlos davon.

Für Katrin läuft alles nach Plan. Kaure fährt jetzt nach Otjiwarongo und ist bestimmt erst nach Stunden zurück. Sie macht sich auf den Weg. Der Stadtteil Pamue hieß vor der Befreiung Namibias Blanke Dorp, weißes Dorf. Und der Name war Programm. Unter südafrikanischer Besatzung wurde das schwarze Städtchen Okakarara zur Hauptstadt der Herero-Region erklärt. In dem schwarzen Ort hatten weiße Südafrikaner alle wichtigen Positionen inne. Da aber Verwaltungsbeamte, Schulleiter, Polizisten, Ingenieure und Geschäftsleute nicht unter Schwarzen leben wollten, wurde streng nach den damals auch in Namibia geltenden Apartheid-Gesetzen drei Kilometer vor Okakarara ein rein weißer Villenvorort gebaut. Mit Tennisplatz, Schwimmbad, geräumigen Häusern mit Gärten, einem Supermarkt und einem Restaurant. Alles nur für Weiße. Blanke Dorp war umgeben von einem Stacheldraht-Zaun. Das Sicherheitstor konnten Schwarze nur passieren, wenn Sie als Gärtner, Putzfrauen oder Kindermädchen bei den Weißen dort beschäftigt waren. Nach der Unabhängigkeit, als die Weißen wegzogen, kamen die wenigen wohlhabenden Schwarzen in den ehemals reinweißen Stadtteil. Aus Blanke Dorp wurde Pamue. Das ist Herero und bedeutet „Zusammen".

Der Geldverleiher Onkel Jonas ist einer von zwei Weißen, die in Pamue geblieben sind. Katrin erkennt sein Grundstück mit dem großen gelben Bungalow sofort. Im Garten steht eine Herde von Schafen und Ziegen zwischen Blumen und Beeten – Pfand seiner Gläubiger, die ihre Schulden nicht zurückzahlen können. Anna hatte in ihrem

Tagebuch beschrieben, dass Onkel Jonas die Tiere ziemlich schnell nach der willkürlichen Beschlagnahme auf dem großen Rindermarkt in Okondjatu weiterverkauft. Als Katrin im Schritttempo mit dem Wagen am Anwesen von Onkel Jonas vorbeifährt, kommt eine junge schwarze Frau aus dem Haus gelaufen und gibt ihr mit einer heftigen Armbewegung zu verstehen, sie solle verschwinden. Katrin fährt um die Ecke und schaut auf den Lageplan, den Bürgermeister Ojo ihr gezeichnet hat. Das dritte Haus links – da muss Manager Kaure mit seinen Kindern und seiner Mutter wohnen. An diesem späten Vormittag wirkt das Haus verlassen. Die Kinder sind noch in der Schule. Im Garten nebenan schneidet ein alter Mann die Hecke. Katrin lehnt sich über den Zaun und ruft ihm zu: „Ich bin die Schwester von Anna, der deutschen Entwicklungshelferin, die Sie bestimmt gekannt haben."

„Oh ja, ich kannte sie, sie hat im Laden meines Chefs eingekauft. Ich helfe da manchmal aus. Ihre Schwester war immer freundlich zu mir. Mein Chef mochte sie auch. Glauben Sie mir das." Der Alte stellt sich ihr vor, sein Vorname ist Rudolph. Er hat nur noch wenige Zähne im Mund.

Katrin fragt ihn nach dem Mordtag. „Als meine Schwester getötet wurde, haben Sie da am Nachmittag einen jungen Mann im Nachbargarten arbeiten sehen?"

„Ja, das war Hime. Ich habe mit ihm geschwatzt. Bis abends war er hier. Ich mag den Jungen."

„Haben Sie das auch der Polizei gesagt?"

„Nein, wieso, die haben mich doch gar nicht gefragt. Niemand hat mich nach Hime gefragt."

„Wissen Sie denn nicht, dass Hime im Gefängnis sitzt, weil er meine Schwester ermordet haben soll?"

„Doch, doch. Das habe ich gehört."

„Meine Schwester ist am letzten Donnerstag zwischen 17 Uhr und 18 Uhr in ihrem Haus ermordet worden."

Der alte Mann wackelt mit dem Kopf und schnalzt mit der Zunge. Er stößt dabei zischende Laute aus. „Zwischen 17 und 18 Uhr? Wenn das stimmt, was Sie sagen, dann kann es Hime nicht gewesen sein. Er war ja nachmittags um diese Zeit neben mir im Nachbargarten. Ich weiß das ganz genau."

Katrin würde den alten Mann am liebsten umarmen. Endlich einer, der ihr weiterhilft. Ihr erster Zeuge. Er macht ihr einen Vorschlag. „Gehen Sie ins Haus von Herrn Kaure. Da finden Sie seine Mutter, die kann Ihnen bestätigen, was ich gerade gesagt habe. Eine gute Frau. Aber heute ist sie nicht da. Vorhin hat ihr Sohn sie mit dem Auto abgeholt. Sie sind nach Otjiwarongo gefahren. Wenn Sie morgen wiederkommen, haben Sie bestimmt mehr Glück."

Ob sie sich auf den alten Mann als Zeugen verlassen kann? Katrin weiß, wie wichtig er für Hime ist. „Darf ich der Polizei erzählen, was Sie mir gesagt haben? Sie sind doch sicher bereit, Ihre Aussage bei der Polizei zu wiederholen?"

„Ja, aber ich habe keine Zeit dahin zugehen. Die Polizisten müssen schon zu mir kommen. Dann erzähle ich ihnen das." Erleichtert bedankt sich Katrin bei ihm.

Der alte Mann hat sie auf eine gute Idee gebracht. Die Gartentür zum Grundstück des Managers ist nicht abgeschlossen. Katrin schleicht um das gelbe Klinkerhaus. Sie blickt durch die Fenster ins Wohnzimmer. Eine Tür an der Seite des Hauses ist nur angelehnt. Bald ist Mittag. Dann kommen die Kinder aus der Schule. Jetzt darf sie keine Zeit verlieren. Das ist ihre Chance, irgendetwas herauszufinden, was sie weiterbringt. Sie darf keinen Fehler machen, keine

Spuren hinterlassen. Katrin hat vor Aufregung feuchte Hände. Gleich wird sie etwas Unrechtes tun. Sie blickt sich nach allen Seiten um. Die Straße ist menschenleer, auch auf den Nachbargrundstücken ist niemand zu sehen. Der alte Mann, mit dem sie gerade gesprochen hat, ist offensichtlich ins Haus gegangen. Vorsichtig öffnet Katrin die Tür zu Kaures Haus, huscht hinein und steht in der Küche. Sie ist in ein fremdes Haus eingebrochen und ist erschrocken über sich selbst. Sie fühlt sich beklommen, als sie die fremden Räume betritt. Im großen Wohnzimmer mit den mächtigen schwarzen Kunstledersesseln um einen gläsernen Couchtisch steht eine Tür der protzigen Schrankwand offen. Dort ist ein riesiger Fernseher eingebaut.

Sie tappt rückwärts wieder raus und findet sich in einem schmalen Flur mit drei Türen wieder. Sie schaut ins Schlafzimmer: ein Doppelbett mit einer berüschten Tagesdecke aus glänzendem rosa Stoff. In der Mitte liegt ein rotes Samtkissen in Herzform. Hastig macht sie die Tür wieder zu. Daneben das Kinderzimmer, das wie überall auf der Welt aussieht – bunt und unaufgeräumt. Der letzte Raum ist das Arbeitszimmer. Auf dem Schreibtisch am Fenster steht ein Computer, daneben stapeln sich Akten. Mit einem Blick erkennt sie die beiden gestohlenen Ordner mit den Aufschriften DED und Finanzen. Sie stehen offen im Regal. Sie sucht Annas letztes Tagebuch und durchwühlt den vollen Papierkorb. Ganz unten findet sie die schwarze Kladde. Katrin ist so aufgeregt, dass sie dringend auf die Toilette muss. Wo ist das Klo? Sie reißt eine Tür auf. Ein Bad ohne Klo. Daneben endlich die Toilette. Sie sitzt auf der Klobrille und denkt: Was mache ich hier eigentlich? Bin ich verrückt? Wenn jetzt jemand kommt, dann ist alles aus.

Sie wäscht sich die Hände und versucht, sich zu

beruhigen. Bloß nicht das Handtuch anfassen. Sie angelt aus ihrem Rucksack ein Papiertaschentuch, trocknet ihre Hände und wischt auch noch das Waschbecken aus, bis kein Tropfen mehr zu sehen ist. Nur keine Spuren hinterlassen. Katrin geht auf Zehenspitzen zurück ins Arbeitszimmer und packt die Aktenordner und das Tagebuch in ihren Rucksack. Sie kontrolliert, ob auch alle Türen wieder zu sind. Mit einem Papiertaschentuch wischt sie noch die Klinken der Küchentür ab. Als Jugendliche hat Katrin Krimis verschlungen, und seit Jahren versäumt sie fast keinen Tatort. Das kommt ihr jetzt zugute. Sie holt tief Luft, atmet aus und läuft durch den Garten auf ihr Auto zu.

Sie muss einen Platz finden, wo sie in Ruhe in den Ordnern lesen kann. Katrin fährt zurück nach Okakarara. Sie darf dem Auto des Managers nicht begegnen, der nach Süden gefahren ist. Sie nimmt die entgegengesetzte Richtung nach Osten, dort wo es immer sandiger wird. Sie biegt nach rechts in einen Weg ein, wo weit und breit kein Haus zu sehen ist. Hinter einigen Büschen bleibt sie stehen, ein gutes Versteck. Katrin findet in dem Ordner DED Annas zweiten Brief an die Verwaltung in Windhoek.

Sehr geehrter Herr Mertens,
ich habe nun den Beweis, dass sich Herr Arnold Kaure auf Kosten des DED bereichert hat. Projektgelder in Höhe von insgesamt 47.000 Namibia-Dollar hat er auf das Konto seines Cousins überwiesen und dazu meine Unterschrift gefälscht. Ich habe erst nach der dritten Überweisung im Zeitraum von vier Monaten gemerkt, dass etwas nicht stimmt. Bei der Bank in Otjiwarongo habe ich mir die Kontoauszüge ausdrucken und das Überweisungsformular mit meiner gefälschten Unterschrift als Kopie aushändigen lassen.

Ich erwarte, dass Sie unverzüglich tätig werden und die entsprechenden Konsequenzen ziehen. Mir ist eine Zusammenarbeit mit Herrn Kaure nicht mehr zuzumuten, und dem DED ebenfalls nicht. Ich werde den Vorgang der Zentrale in Bonn melden, sollte ich von Ihnen bis zum Monatsende nichts hören.

Mit freundlichem Gruß

Anna Sattler

Anna hatte diesen Brief am Sonntag, dem 15. August geschrieben – einen Tag vor ihrem Tod. Der Direktor muss ihn inzwischen erhalten haben. Den Brief aber kann Kaure nicht lesen. Er kann kein Deutsch. Oder versteht er doch mehr, als er vorgibt? Egal wie: Das Wichtigste hat er garantiert verstanden – seinen Namen, die Bank und die unterschlagene Summe. Hat Anna ihm vielleicht gedroht oder sogar angekündigt, dass sie etwas unternehmen würde? Auf alle Fälle muss er Angst vor Entdeckung gehabt haben. Er war der Dieb. Aber war er auch der Mörder? Schlagartig wird Katrin klar: Sie ist in Gefahr. Wenn er nach Hause kommt und sieht, dass die Aktenordner verschwunden sind, dann kann es für sie brenzlig werden. Katrin muss die Papiere loswerden, verstecken, irgendwo eingraben, vernichten. Nein – sie muss den Ordner zurückstellen. Kaure darf nicht den geringsten Verdacht schöpfen. Aber sie braucht eine Kopie des Briefes.

Sie legt ihren Rucksack auf den Beifahrersitz. Sie schaut auf die Uhr. Es ist zwölf. Eine halbe Stunde ist vergangen seit sie die Ordner mitgenommen hat. Wann kommen die Kinder aus der Schule? Sie muss sich beeilen. Wo kann man in diesem verdammten Kaff wohl Kopien ziehen? Kaure hatte ihr gesagt, in Okakarara ginge das nicht. Aber als sie bei der Polizei war, hat sie in einer Ecke einen alten

Kopierer gesehen. Hoffentlich ist der nicht kaputt. Katrin rast in Richtung Okakarara, hinter sich eine große Staubwolke. Langsam, langsam, ermahnt sie sich, als sie sich der Polizeistation nähert. Der Chef ist nicht im Haus. „Madam, was kann ich für Sie tun?“, fragt Katjeho.

„Ich brauche dringend eine Fotokopie dieses Briefes. Sie haben doch einen Kopierer?“

„Ja, aber wir müssen mal gucken, ob der geht. Wir haben ihn schon länger nicht mehr benutzt. Aber Papier haben wir genug. Geben Sie mir den Brief.“

„Nein, das mache ich lieber selber.“ Der Apparat ist verstaubt. Katrin drückt auf „On“, und die rote Warnlampe leuchtet auf. Der Polizist rüttelt an der Lade, stapelt das Papier neu und sagt verlegen: „Kaputt.“

„Er muss funktionieren!“, faucht Katrin und schlägt mit der Faust auf den Kasten. Schon wechselt die rote Signallampe auf grün, der Apparat springt ratternd an. Katrin zieht die Kopie heraus und bedankt sich. „Sie wissen nicht, wie sehr Sie mir eben geholfen haben.“

„Ist doch klar, Madam.“

Katrin ist schon auf dem Weg nach draußen, da läuft ihr der Polizist hinterher. „Hey, Madam, sie haben das Original vergessen. Es lag unter der Lade.“ Er wedelt mit Annas Brief. Sie faltet die neue Kopie klein zusammen und steckt sie in ihr Portemonnaie. Die alte heftet sie wieder im Aktenordner ab. Annas Tagebuch will sie behalten. Kaure hatte es in den Papierkorb geworfen und wird nicht bemerken, dass es fehlt.

Jetzt zählt jede Minute. Sie muss zurück in Kaures Haus. Als sie in Pamue beim Grundstück von Onkel Jonas um die Ecke biegt, ist die Straße noch immer leer. Die Schule kann noch nicht aus sein. Sie geht wieder ins Haus, stößt die angelehnte Tür mit dem Ellenbogen auf und horcht hinein. Nichts zu hören, kein Laut. In diesem Moment fällt ihr ein: Ihr Auto steht vor dem Haus. Wenn Kaure zurück kommt, dann sitzt sie in der Falle. Sie rennt raus, springt ins Auto und sucht einen Platz, an dem der Manager auf seinem Rückweg nicht vorbeikommen kann. Und das kann nur die hinterste Straße von Pamue sein. Katrin parkt dort unter einem blau blühenden Jacaranda-Baum und spurtet zu Kaures Haus zurück. Sie stellt gerade die Aktenordner zurück an ihren alten Platz, da hört sie Autotüren klappen, Stimmen, die Otjiherero sprechen. Kaure ist mit seiner Mutter zurückgekommen. Katrin gerät in Panik. Sie muss sich im Haus verstecken. Aber wo? Im Zimmer sind nur Regale und ein Schreibtisch mit einem Stuhl. Katrin presst sich an die Wand hinter der Tür. Ihre Haare sind klatschnass, ihr T-Shirt klebt am Körper, ihr Herz schlägt so laut, dass sie meint, man könne es meilenweit hören. Sie keucht. Die Stimmen werden lauter. Die Türklinke wird heruntergedrückt. Sie hält den Atem an und macht sich so klein, als wolle sie in die Wand hineinkriechen. Die Tür öffnet sich einen Spaltbreit. Eine Frauenstimme ruft im Befehlston: „Indjo, indjo Arnold!" Die Tür wird wieder zugezogen, die Schritte entfernen sich. Gleich darauf ertönt eine Männerstimme, die mit Musik untermalt ist. Der Fernseher läuft. Katrin steht wie angewurzelt an die Wand gedrückt. Sie wagt erst wieder normal zu atmen, als das Auto startet. Gerettet. Sie kombiniert: Kaure ist weggefahren, seine Mutter sieht im Wohnzimmer fern. Katrin drückt vorsichtig die Türklinke herunter und verlässt das Arbeitszimmer, überquert den schmalen Flur und lugt ins Wohnzimmer. Auf dem Fernsehbildschirm tanzen kleine Mädchen in traditionellen Kostümen, die Musik ist ohrenbetäubend laut.

Kaures Mutter schaut gebannt auf den Bildschirm, sie muss schwerhörig sein. Mit wenigen großen Schritten bewegt sich Katrin fast lautlos auf die Küche zu. Sie kommt unbemerkt davon. Hinter dem Gartentor rennt sie los. Die Kinder, die jetzt auf der Straße spielen, juchzen Otjirumbu, Otjirumbu – Weiße, Weiße.

„Otjirumbu, Otjirumbu" kreischen auch die Kinder vor Annas Haus. Katrin ignoriert sie. Unter der Haustür liegt ein Zettel von Agnes. Darauf hat sie notiert, dass der Chief da war und ihr ausrichtet, die Familie Tjiteere erwarte sie morgen Mittag um 12 Uhr auf ihrer Farm zum Essen. Als Katrin sich im Schrankspiegel betrachtet, kriegt sie einen Schreck. Annas helle Leinenhose ist zerknittert und verdreckt, die rote Bluse durchgeschwitzt, ihre Haare kleben ihr in Strähnen am Kopf. So schlampig bin ich noch nie draußen rumgelaufen. Wie gut, dass mich niemand gesehen hat, denkt sie. Jetzt will sie nur noch unter die Dusche. Sie braucht Abstand zu den Erlebnissen des Tages und will heute mit niemandem mehr reden, auch nicht mit Agnes. Den Einbruch in das Haus des Managers will sie der Nachbarin auf keinen Fall verraten. Katrin kann nicht einschätzen, wie Agnes es aufnimmt, dass eine Weiße sich heimlich Zutritt zu dem Haus eines Schwarzen verschafft hat. Agnes soll auch nicht das Durcheinander in Annas Schlafzimmer sehen. Ihr ist die Unordnung peinlich.

Katrin räumt auf. Sie legt Annas Schlüpfer und Unterhemden zusammen und zurück in die Schubladen. Sie sammelt die Schmuckstücke vom Boden auf und sortiert sie in die Schatullen ein. Annas Tagebuch deponiert sie wieder unter ihrem Kopfkissen. Beim Aufräumen wird sie immer ruhiger. Typisch Anna, denkt Katrin, als sie unter dem Bett die Wollmäuse hervorkehrt. Hier hat seit Wochen niemand mehr sauber gemacht. Das ist jetzt ihre Aufgabe. Sie wischt die Böden im ganzen Haus mit heißem Wasser. Ein paar Minuten steht sie unschlüssig vor der Kreidezeichnung, die sie mit einer Wolldecke abgedeckt hat. Katrin schließt die Augen und stellt sich vor, wie ihre Schwester aussah. Die lachende Anna, die sie jetzt sieht, hat nichts mit der Skizze auf dem Betonboden zu tun. Mit einer energischen Bewegung putzt sie alles weg. Katrin wickelt sich in Annas weißen Bademantel, zieht sich dicke Wollsocken an und legt die Beine hoch. Diesmal wird bei der Familie Tjiteere alles gut für sie laufen. Dafür hat der Chief bestimmt gesorgt. Endlich kann sie sich auf ein Mittagessen bei einer richtigen afrikanischen Großfamilie freuen. Morgen wird sie auf Tante Elses früherer Farm zu Besuch sein. Sie holt sich aus einem Karton mit der Aufschrift POST das Päckchen mit Tante Elses Briefen.

Omungondo, 10. Mai 1939
Ihr Lieben daheim,
im neuen Jahr war ich noch nicht einen Tag lang richtig gesund. Ende April bin ich deshalb nach Swakopmund gefahren und musste operiert werden. Der Anlass war für mich ein sehr trauriger. Ich hatte mir doch so sehr ein Kind gewünscht. Manchmal habe ich das Gefühl, Otto macht mir deswegen Vorwürfe. Er wünscht sich so sehr Kinder und ich kann ihm keine schenken. Als ich endlich wieder nach Hause kam, fand ich Otto krank vor. Er war umsorgt worden von unserer Köchin Gustavine, die in zwei Monaten ein Kind erwartet. Die Glückliche! Mir geht es schlecht, ich bin niedergeschlagen, mir kann im Moment nicht einmal ein Arzt helfen.

Katrin liest den Brief nicht zu Ende. Sie legt ihn zurück in die Kiste und sucht einen anderen. Ihr Tag heute war ein Alptraum. Von Tante Elses Depressionen vor fast sieben Jahrzehnten will sie sich jetzt nicht anstecken lassen, vielmehr interessiert sie, was die Tante von den Verbrechen der Nazis wusste und wie sie dazu stand. Katrin befürchtet, dass die freundliche Tante in der Ferne mit den Nazis sympathisierte und zu Hause wahrscheinlich eine begeisterte Anhängerin Hitlers gewesen wäre. Katrin erinnert sich an ihren Besuch mit Anna im Heidelberger Altersheim. Tante Else war damals viel zu alt und gebrechlich, als dass sie sie nach ihrer politischen Einstellung während des Faschismus hätten fragen können. Erst als der Zweite Weltkrieg ausgebrochen war, schien Tante Else ein leises Unbehagen gespürt zu haben.

Omungondo, 17. Oktober 1939
Ihr Lieben daheim,
ich mache mir solche Sorgen um euch. Nun ist in Europa der Krieg ausgebrochen. Otto findet es zwar gut, dass wir jetzt Polen erobern, aber ich habe ein ungutes Gefühl. Ein Krieg bringt auch viel Leid mit sich. Wir sind ja hier weit weg von den Ereignissen, aber wir verfolgen aufmerksam alles in der deutschsprachigen Zeitung. Ist denn Ernst schon eingezogen worden und muss Kurt auch an die Front? Er wird doch im Bergwerk an der Heimatfront gebraucht. Magdas Verlobter ist sicherlich schon in der Wehrmacht. Wie verkraftet sie das? Bitte schreibt mir alles. Ich bin angewiesen auf Nachrichten aus der Heimat, muss wissen, wie es euch geht. Ich bin so einsam und brauche das Band zu euch dringender denn je.

Ihr wisst, es liegt mir fern, euch meinen Kummer zu klagen. Aber meine Ehe ist am Ende. Otto hat mir wohl nicht verziehen, dass ich keine Kinder mit ihm haben kann. Er wurde immer aggressiver und gab mir die Schuld daran, obwohl ich doch nichts dafür kann. Und dann hat er mich sehr verletzt. Er hat Geheimnisse vor mir. Aber ich habe es doch herausbekommen. Ich kann es gar nicht aussprechen. Ich glaube, ihr wisst auch ohne Worte, was ich meine. Ich habe die Scheidung eingereicht, und dieser Schritt ist mir nicht schwer gefallen nach allem, was er mir angetan hat. Ich weiß nicht, wie meine Zukunft hier in Südwest aussieht. Vielleicht komme ich zu euch zurück.

Eure euch liebende Else

In der Nacht steht Katrin mehrmals auf, weil sie Durst hat. Sie erinnert sich, was Arnold Kaure ihr am ersten Tag in Okakarara gesagt hat. In Okakarara weiß jeder über den anderen Bescheid. Sie mit ihrer weißen Haut fällt hier auf wie ein weißes Schaf in einer schwarzen Herde. Ob doch jemand ihren Einbruch bei Kaure beobachtet hat? Zwei Menschen haben sie auf jeden Fall in Pamue gesehen: die junge Frau von Onkel Jonas und der alte Gärtner, den sie als Zeugen für Hime gewonnen hat. Wenn der dem Manager ahnungslos von ihrem Besuch erzählt hat, dann wird er ihr in Kürze hier auflauern. Katrin versichert sich, dass Fenster und Türen versperrt sind. Als ihr in der Küche eine fette Kakerlake über die Füße krabbelt, verpasst sie dem Tier einen so kräftigen Tritt, dass es in eine Ecke fliegt. Noch vor wenigen Tagen hätte dieses Ungeziefer bei ihr einen hysterischen Anfall ausgelöst. Jetzt schert sie sich einen Dreck um das eklige Tier. Katrin zieht sich im Bett die Decke über den Kopf.

So fest und tief wie in der letzten Nacht hat Katrin in Okakarara noch nicht geschlafen. Sie hat verschlafen. In Stuttgart wäre sie jetzt in leichter Panik. Seit ihrer Kindheit zählt Pünktlichkeit für sie zu den wichtigen Tugenden. In einer Stunde muss sie bei der Familie Tjiteere sein. Das kann sie nicht mehr schaffen. Zum Glück nehmen es die Afrikaner mit der Zeit nicht so pingelig genau. „Ihr Europäer habt die Uhren, wir Afrikaner haben die Zeit", lautet ein Lieblingsspruch von Agnes. Katrin packt eilig Fotos von Tante Else ein, die sie der Familie zeigen will. Was kann sie als Gastgeschenk mitbringen? Einen Blumenstrauß? Hier gibt es keinen Blumenladen. Etwas zu essen? Die haben eine Rinderfarm, das ist ja lächerlich. Sie wird sich damit entschuldigen, dass sie so überstürzt aus Deutschland abreisen musste und keine Mitbringsel besorgen konnte.

Auf der Farm wartet schon das Empfangskomitee: Großvater, Vater, Mutter, Söhne und eine alte Frau im geblümten Herero-Gewand. Katrin hat sich nur um zehn Minuten verspätet. Dennoch schaut der Hausherr auf seine Armbanduhr. Er kommt auf sie zu, begrüßt sie freundlich und stellt die Frau an seiner Seite vor: „Das ist meine Frau Flora. Kommen Sie herein und essen Sie mit uns." Katrin kann nicht einschätzen, ob diese Gastfreundschaft ehrlich gemeint ist. Joshua Tjiteere nimmt Katrins Arm und führt sie ins Haus. Der Rest der Familie folgt und hält etwas Abstand. In der Eingangshalle hängen Geweihe von Antilopen, daneben ein Büffelkopf und das riesige Haupt eines Elefanten mit Stoßzähnen. Ob das die Jagdtrophäen von Großonkel Otto sind? Katrin traut sich nicht, den Hausherrn danach zu fragen. Unverfängliches fällt ihr ein: „Sie gehen bestimmt oft auf die Jagd."

„Ja, sicher. Ich bin Jäger. Aber, was hier im Flur alles hängt, das war schon da, als wir Mitte der neunziger Jahre die Farm übernommen haben."

Katrin findet die toten Tierköpfe abstoßend und verzieht das Gesicht. Der Hausherr bemerkt es: „Möchten Sie eines der Geweihe mit nach Deutschland nehmen? Suchen Sie sich eins aus, wir schenken es Ihnen."

„Nein danke. Ich wohne in einer ganz kleinen Etagenwohnung und habe keinen Platz für so etwas."

„Genau das gleiche hat ihre Schwester Anna gesagt, als ich ihr ein Geweih angeboten habe. Sagen Sie mir ruhig, dass Sie ausgestopfte Tiere nicht mögen. Wir behalten sie gern. Sie sind wunderschön. Kommen Sie, meine Töchter tragen schon das Essen auf." Im Esszimmer haben die vielen Mitglieder der Großfamilie an einer langen weiß gedeckten Tafel Platz genommen. Katrin sitzt rechts neben der Großmutter, die ihr sofort den Arm tätschelt. Links neben ihr rückt sich Joshua Tjiteere einen Stuhl an den Tisch. Gegenüber kann sich ein Greis nur mit Mühe auf seinem Sitzplatz halten. Er bebt am ganzen Körper, sein Kopf zittert. Er leidet an Parkinson. Seine Schwäche ist Katrin schon bei der Begrüßung aufgefallen. Vor allem aber seine Hautfarbe: Die ist viel heller als die der anderen Familienmitglieder, seine Nase ist schmal und gerade. Der Großvater ist der älteste in der Familie. Seine Enkel sitzen rechts und links von ihm. Katrin sieht, wie stolz Joshua Tjiteere auf seine Söhne ist. „Das ist Nelson, mein Ältester. Er ist 25 und meine rechte Hand auf der Farm. Wir haben ihn nach Nelson Mandela benannt. Den kennen Sie doch?"

„Aber sicher", sagt Katrin lächelnd. „Mandela ist bei uns in Deutschland auch ein Held." Nelson nickt und zeigt ein breites Lachen. „Ich bin stolz auf meinen Namen." Der Gastgeber fährt fort und zeigt mit einer Handbewegung auf einen anderen jungen Mann. „Das ist mein Zweitgeborener. Er kam vier Jahre nach Nelson zur Welt. Manene ist 21 und auch ein fleißiger Junge. Er ist aktiv bei den Truppenspielern. Sie wissen nicht, was das ist? Ich sage es Ihnen. Oder Manene, erklär du es ihr."

Dem jungen Mann ist diese Situation unangenehm. Er murmelt unwirsch. „Wir treffen uns zweimal in der Woche." Sein Vater ergänzt: „Die Truppenspieler sind unsere Traditionsverbände. Für Männer, auch für Frauen und sogar für Kinder. Die sind nach dem Krieg gegen die Deutschen entstanden und sehr wichtig für uns."

Katrin will höflich sein und wendet sich direkt an Manene. „Und was macht ihr da, zweimal in der Woche?"

Manene guckt muffig auf seinen Teller. „Das geht Sie nichts an."

Der Vater überspielt die unverschämte Bemerkung seines Sohnes: „Manene ist manchmal etwas einsilbig. Nehmen Sie ihm das nicht übel. Er ist ein guter Junge."

Der jüngste Sohn stellt sich gleich selbst vor: „Ich heiße Silvester, bin 18 und gehe in Otjiwarongo auf die Oberschule. Dort lerne ich auch Deutsch." Der auffallend hübsche Junge trägt seine rote Baseballkappe auch bei Tisch. Sein Bruder Manene knufft ihn in die Rippen: „Hör endlich auf!"

Die zwei Brüder liegen wohl im Streit, glaubt Katrin und fragt den Vater nach seinen Töchtern. „Langsam, langsam. Wir haben Zeit. Sie sind eben erst angekommen." Er zählt die Namen auf: Monalisa, Amanda, Josepha und Margaretha. „Das sind nur die christlichen Namen meiner Töchter, jede von ihnen hat noch zwei weitere afrikanische Vornamen. Aber die können Sie bestimmt nicht aussprechen." Danach stellt Joshua Tjiteere die übrigen Familienmitglieder vor. Er erklärt, wer mit wem verheiratet ist und welches Kind zu wem gehört. Katrin zählt mit, es sind 25 Frauen, Kinder und Männer am Tisch. Joshua merkt, dass Katrin die Vorstellungsrunde langatmig findet. „Wir Herero haben viele Kinder. Und auch die Kinder meines Bruder oder meiner Schwester sind meine Kinder und nicht wie bei euch nur Neffen und Nichten. Bei uns gibt es keine entfernten Verwandten, wir sind alle eine Familie. Sie haben doch sicher auch Kinder? Wie viele und wie sind ihre Namen?“

Katrin spürt die erwartungsvollen Blicke aller Anwesenden auf sich: „Ich habe keine Kinder und bin auch nicht verheiratet. Leider.“ Ein Raunen geht durch den Raum und viele mitleidige Blicke treffen sie. Sie fühlt sich gedrängt, eine Erklärung in eigener Sache abzugeben. Sie geht in Gedanken alle Varianten für eine plausible Erklärung durch und entscheidet sich für folgende: „Ich habe noch nicht den richtigen Mann gefunden, mit dem ich Kinder haben möchte.“ Schlagartig herrscht Schweigen. Joshua Tjiteere zieht einen Schlussstrich unter das peinliche Thema: „Die ganze Familie Tjiteere wünscht Ihnen von Herzen Glück bei der Suche nach einem guten Ehemann.“

Der Tisch ist sorgfältig gedeckt. Mit Porzellantellern, Biergläsern, Bestecken und Papierservietten mit der namibischen Fahne in den Farben Rot, Grün und Blau. Joshua Tjiteere gibt sich sichtlich Mühe, Gastfreundschaft zu demonstrieren. „Sie bekommen heute ein richtiges traditionelles Herero-Essen.“ Die Großmutter zählt auf, was es zu Mittag gibt. Katrin kann ihr gebrochenes Deutsch kaum verstehen. Der Hausherr übersetzt. „Zuerst essen wir eine Fleischbrühe mit Nudeleinlage. Dann folgen Kartoffelsalat mit Mayonnaise und Rote-Beete-Salat. Zum Fleisch gibt es Kartoffelbrei und Leipziger Allerlei, zum Nachtisch einen

Schokoladen-Pudding mit Vanillesoße.“ Joshua Tjiteere schaut Katrin erwartungsvoll an.

„Das kenne ich alles aus Deutschland, das ist typisch deutsch.“

„Ja, ja, meine Mutter hat jahrzehntelang bei deutschen Farmern gearbeitet und dort gekocht, was die essen wollten. Und uns schmeckt das auch. Aber unser Fleisch, das habt ihr nicht in Deutschland. Raten Sie mal, was das für ein Fleisch ist?“ Der Hausherr legt Katrin das erste große Stück Braten auf den Teller. Das dunkelbraune Fleisch ist mager und hat eine knusprige Haut. Innen ist es zartrosa. Katrin schneidet sich einen Happen ab und lässt ihn auf der Zunge zergehen. „Köstlich, so etwas habe ich noch nie gegessen. Was ist das?“

Jetzt ist der Farmer in seinem Element. Er ist hocherfreut über das Kompliment. „Das ist das Fleisch vom Kudu, der größten Antilope auf der Welt. Ihr Fleisch gönnen wir uns nur an besonderen Tagen.“

Katrin hat im Reiseführer gelesen, dass sich die Herero bevorzugt von Rind, Schaf und Ziege ernähren. „Ich esse Fleisch nur ein Mal die Woche. Bei uns ist Fleisch sehr teuer, teurer als bei Ihnen.“

Jetzt meldet sich Nelson, der älteste Sohn, zu Wort. „Sie irren. Auch bei uns ist das eine Frage des Geldbeutels. Viele können sich nur einmal im Monat Fleisch leisten. Die meisten ernähren sich von Maisbrei und Dickmilch. Wenn Sie wollen, zeigen wir Ihnen nach dem Essen die Farm.“

Katrin freut sich über die Einladung. Aber ihr fällt auf, dass Flora, die Ehefrau von Joshua, mit versteinerter Miene neben ihrem Mann sitzt. Sie beteiligt sich nicht am Gespräch und vermeidet den Blickkontakt mit Katrin. Nach der Mahlzeit erheben sich alle und verlassen das Esszimmer. Katrin geht auf Flora zu. „Sie haben sicher das schöne Essen zubereitet. Es war köstlich. Herzlichen Dank.“ Flora dreht sich wortlos um und trägt ein Tablett mit Geschirr in die Küche.

Rundfahrt auf der Farm. Joshua Tjiteere hat den Beifahrersitz für Katrin reserviert, er hilft ihr beim Einsteigen. Nelson und Silvester springen auf die Ladefläche des Pritschenwagens.

„Wo bleibt denn Manene?“, fragt der Vater.

„Der will nicht mit“, antwortet Silvester und Vater Joshua Tjieere entschuldigt sich noch einmal für seinen missmutigen Sohn. „Bitte nehmen Sie das nicht persönlich. Jungs in dem Alter sind Frauen gegenüber manchmal etwas komisch.“

Für Katrin ist die Farm mit ihren 15.000 Hektar unvorstellbar groß, aber für namibische Verhältnisse ist sie nur Durchschnitt. „Bei uns braucht jede Kuh zum Überleben 20 Hektar. Wir haben keine saftigen Wiesen wie ihr in Deutschland, wo ein paar Quadratmeter reichen. Unsere Böden sind knochentrocken und geben den Tieren nur in der Regenzeit Nahrung.“ Sie fahren über eine schmale Sandpiste. Überall vertrocknetes Gestrüpp, dazwischen ein paar mächtige Bäume, die auch in der Trockenzeit grüne Blätter tragen. An einer Wasserstelle haben sich etwa 40 Kühe versammelt. Sie sind viel zierlicher und dünner als ihre deutschen Artgenossen. Ihr Fell ist braun, ihre Hörner sind groß und ausladend. „Sehen Sie! Das sind unsere Probleme. In der Trockenzeit müssen wir zufüttern und das kostet Geld. Oft versiegt das Wasser, dann sterben viele Tiere. Erst wenn die Regenzeit beginnt, können wir wieder hoffen. Die Tiere nehmen zu und gewinnen dadurch an

Wert. Aber die Regenzeit kommt nicht immer. Manchmal fällt sie ganz aus. Und das geht uns an die Existenz.“

So mühsam hat sich Katrin das Leben der Farmer nicht vorgestellt. „Bei uns bekommen die Bauern Zuschüsse für jede Kuh und Entschädigungen von der Regierung, wenn die Ernte schlecht ist.“

Joshua Tjiteere lacht bitter auf: „Das hätten wir auch gerne. Wir haben einen Kredit vom Staat bekommen, um die Farm überhaupt kaufen zu können. Und den stottern wir heute noch ab. Achtung, da läuft ein Schabracken-Schakal über den Weg.“ Den kennt Katrin aus ihrem Reiseführer. Darin hat sie auch gelesen, viele Farmer in Namibia bessern ihre Einkommen auf, indem sie in den Tourismus einsteigen. Sie bauen ihre Anwesen zu Gäste- oder Jagdfarmen aus. Sie werben um Urlauber, die in Afrika Tiere in freier Wildbahn beobachten oder abschießen wollen. Der Konkurrenzkampf unter den zahlreichen Gästefarmen ist groß. Deshalb kaufen viele Farmer auf Auktionen Großtiere wie Elefanten, Nashörner oder Giraffen, um Besucher anzulocken.

„Warum machen Sie denn keine Gästefarm auf? Ich würde das machen. Das bringt doch mehr Geld als der Verkauf von Rindfleisch“, schlägt Katrin gutgelaunt vor.

„Schön wär’s. Aber eine Gästefarm erfordert hohe Investitionen. Die können wir uns nicht leisten. Das ist nur etwas für die weißen Großfarmer.“

Katrin ärgert sich über ihre Naivität und spürt, dass sie rot geworden ist. Später, beim Nachmittagskaffee lenkt sie das Gespräch auf ihre Großtante. Sie breitet die verblichenen bräunlichen Fotos auf dem Tisch aus. Flora schiebt ihren Stuhl mit einem Ruck zurück und verlässt wortlos den Raum. Betretenes Schweigen. Niemand greift nach den

Fotos. Niemand stellt eine Frage. Nur die Großmutter zieht sich ein vergilbtes kleines Schwarz-Weiß-Foto heran. Es zeigt Tante Else vor ihrem Haus mit einer Katze auf dem Schoß. Die Großmutter nimmt das Foto hoch und hält es dicht vor ihre Augen. Und dann stammelt sie auf Deutsch: „Ich kleines Mädchen. Misses Else lieb. Uns Bonbons gegeben. Wir hatten Namen für sie." Die alte Frau beginnt zu kichern. Ihr jüngster Enkel Silvester übersetzt ins Englische: „Ihre Großtante hatte einen Spitznamen bei den Herero."

„Einen Spitznamen?" Katrin ist hellhörig geworden und erinnert sich an den Brief von Tante Else.

„Katiti ondjima, sagt die Großmutter."

Silvester prustet vor Lachen los und übersetzt.„Ihre Tante wurde kleiner Affe genannt. Kaum zu glauben."

Katrin will wissen, welchen Spitznamen der Großonkel hatte, der Mann, der auf dem Großwildjäger-Foto mit dem erlegten Löwen so herrisch und so großkotzig aussieht. Die Großmutter verzieht ihr kleines Gesicht, als hätte sie in eine Zitrone gebissen und sagt voller Abscheu: „Kaduma onjoka."

Enkel Silvester zögert mit der Übersetzung. Katrin drängelt: „Was heißt das?"

„Okay. Ihr Großonkel hieß giftige Schlange."

„Er war ein Scheusal. Den hätte man an die Wand stellen sollen ", platzt Manene hasserfüllt heraus.

Katrin war auf Ablehnung gefasst, aber nicht auf den geballten Hass eines Jugendlichen, der Otto Bernburg nur aus Erzählungen kennt. „Was wisst ihr von meinem Großonkel? Was war er für ein Mensch?"

Hochspannung im Raum. Vielsagende Blicke kreuzen sich, einige Familienmitglieder tuscheln miteinander.

Keiner denkt daran, Katrins Frage nach dem Großonkel zu beantworten. Joshua Tjiteere fasst Katrin leicht am Arm. „Lassen wir die Vergangenheit ruhen. Das ist eine Familienangelegenheit. Kommen Sie, wir bringen Sie zum Auto." Als Katrin in den Wagen einsteigt, will Joshua Tjiteere noch etwas wissen. „Wer hat Ihre Schwester umgebracht?"

„Ich weiß es nicht. Ich glaube aber nicht, dass der Junge, der verhaftet wurde, der Täter ist. Chief Kambanda glaubt das auch nicht. Deshalb bleibe ich noch hier. Ich will wissen, wer es war."

Die drei Söhne sind zur Verabschiedung mit ans Auto gekommen. Nelson, der Älteste, will genauer wissen, warum Katrin nicht abreist. „Sie wollen hier bleiben? Hier? Was heißt hier? Hier auf der Farm doch nicht."

„Nein, der Besuch auf Ihrer Farm hat nur private Gründe. Das hat mit meiner Familie zu tun."

Jetzt schaltet sich Manene ein: „Das Land, das ganze Land hier ist Herero-Land. Es gehört uns, den Herero. Und nicht den Weißen."

Der aggressive Ton entgeht ihr nicht. Sie versucht, Manene zu beruhigen: „Ich weiß, dass euer Land nicht den Weißen gehört. Ich weiß das."

Der Vater geht mit seinen drei Söhnen bedächtig ins Haus zurück. Manene trottet ein paar Meter hinterher und schaut sich verstohlen um, als Katrin am Tor aus dem Fenster winkt.

Auf dem Weg zurück nach Okakarara geht ihr der Besuch durch den Kopf. Wieder hat sie alles falsch gemacht. Die waren so freundlich zu ihr, haben ihr bestes Fleisch aufgetischt. Und sie, der Trampel, macht mit ihrer blöden Neugier alles kaputt. Die Frage nach Großonkel Otto hätte sie sich verkneifen müssen. Was hat sie denn erwartet? Dass er ein guter Boss war, einer der für seine Arbeiter richtig gesorgt hat? Nein, sie hat doch das Foto gesehen. Sie hat doch geahnt, was das für einer war. Irgendetwas hat sie bei den Tjiteeres aufgewühlt. Katrin glaubt, die Herero-Familie hat Angst vor ihr. Warum nur?

Ein glänzend-schwarzer Geländewagen versperrt die Einfahrt zu Annas Haus. Bläulich getönte Scheiben schützen die Insassen vor neugierigen Blicken. Drei Männer steigen aus, als Katrin das Tor öffnen will. Sie haben offensichtlich auf sie gewartet. Die drei stellen sich ihr in den Weg. In der Mitte ein schmächtiger Greis in Khaki-Shorts, kariertem Hemd, auf dem Kopf ein kleiner Strohhut mit Ripsband. Er ist weiß und steht wie eingeklemmt zwischen den beiden stämmigen schwarzen jungen Männern. Sie sehen aus wie seine Bodyguards. Das bedrohliche Trio hat sich ganz nah vor ihr aufgebaut.

„Ich bin Jonas Wetherfield." Der Alte spricht englisch mit unangenehmer Fistelstimme. „Sie sind die Schwester von Anna Sattler und schnüffeln hier bei uns herum. Meine Frau hat sie gestern vor meinem Haus gesehen. Ihre Schwester hat nur Unheil über unser Dorf gebracht. Ich warne Sie: Machen Sie nicht die gleichen Fehler wie Ihre Schwester. Verschwinden Sie. Sofort."

Die drei drehen sich um, steigen in den Wagen und fahren mit quietschenden Reifen davon. Katrin schließt wie benommen die Haustür auf. Erst jetzt fällt ihr auf, dass die Kinderschar diesmal nicht am Tor war, als sie nach Hause kam. Agnes hat das Auto von Onkel Jonas vor der Tür gesehen und kommt aufgeregt durch den Garten zu Katrin gelaufen: „Was wollte der denn von dir? Du hast dir doch nicht etwa Geld von ihm geliehen."

„Nein, wie kommst du auf diese Schnapsidee? Er hat versucht, mich einzuschüchtern. Er muss Anna gehasst haben. Jetzt fürchtet er, dass ich Annas Arbeit weitermache. Wie könnt ihr euch von so einem Ekel Geld leihen? Ich kapiere das nicht."

Agnes zieht die Freundin an der Hand: „Komm, wir gehen zu mir, nicht hier draußen." Sie schickt die Kinder zum Spielen in den Garten und macht im Wohnzimmer die Fenster zu. „Das ist eine lange und heikle Geschichte mit Onkel Jonas. Fast jeder hier ist auf sein Geld angewiesen. Und die meisten von uns können die hohen Zinsen, die er verlangt, kaum bezahlen. Ich war auch bei ihm verschuldet. Da ließ er unseren Fernseher abholen. Aber weil ich Arbeit habe, konnte ich ihn wieder auslösen. Anna war wütend, dass wir uns von einem solchen Wucherer abhängig machen. Sie wollte etwas gegen ihn unternehmen. Aber ich habe ihr gesagt, dass das ganz legal ist, was der macht. Sie meinte aber, sie hat etwas gegen ihn in der Hand. Er hat Leute auch erpresst, und deshalb wollte Anna ihn anzeigen. Nicht hier in Okakarara, sondern in Otjiwarongo."

„Du meinst also, er glaubt, dass ich ihm jetzt gefährlich werden kann, wo Anna nicht mehr da ist? So ein Quatsch."

„Nimm das nicht auf die leichte Schulter. Onkel Jonas hat Leute, die für ihn die Drecksarbeit machen. Ich glaube nicht, dass er dich persönlich angreifen lässt. Aber im Haus die Fensterscheiben einschlagen – das kann ich mir gut vorstellen."

„Hat denn schon mal jemand versucht, diesen Wucherer zur Rechenschaft zu ziehen?"

„Oh ja, in Gedanken wollen ihn viele umbringen. Ich wollte es auch. Aber er geht nie ohne Bodyguards aus dem

Haus. Sieh dich vor, rede mit niemandem über Onkel Jonas. Halte dich da raus!"

Katrin holt aus ihrem Portemonnaie die Kopie des Briefes, den Anna an den DED geschrieben hat. Sie schwenkt das Blatt wie ein Beweisstück vor Agnes Gesicht. „Hier kann ich mich aber nicht raushalten. Ich übersetze dir jedes Wort. Du wirst staunen."

Agnes ist außer sich, nachdem sie den Brief über Kaure verstanden hat. Mit energischen Schritten läuft sie durch den Raum. „Ich hab es doch gewusst. Diese Schlange! Und der ist auch bei dir eingebrochen. Davon bin ich jetzt überzeugt."

„Ich weiß es sogar", sagt Katrin.

Die Nachbarin fragt nicht weiter und Katrin ist erleichtert, dass sie von ihrem Einbruch in das Haus des Managers erzählen muss. „Ich will morgen nach Windhoek. Und zwar gleich in der Früh. Agnes, komm bitte mit. Ich brauche dich."

Spontan stimmt Agnes zu: „Ja, ich nehme mir frei, ich begleite dich. Ich wollte sowieso mal wieder in die Stadt." Katrin telefoniert und bekommt sofort einen Termin bei DED-Direktor Dirk Mertens.

Am nächsten Morgen fahren die beiden Frauen nach Windhoek. Katrin parkt ihren Wagen an einer belebten Ecke im Zentrum der Hauptstadt. Agnes hat sich für den Ausflug ihr Feiertagskleid angezogen und will durch die Geschäfte bummeln. Das DED-Landesbüro liegt an einem Hügel in Klein-Windhoek, dem vornehmen alten Teil der namibischen Hauptstadt. Die blassgelb getünchte Villa stammt aus der deutschen Kolonialzeit und ist mit ihren Erkern, Türmchen und dem mit buntem Glas verzierten Wintergarten ein typisch großbürgerliches Haus aus der Gründerzeit. Die steile Straße hinauf auf den Hügel ist gesäumt von solchen Häusern. Sie zeugen von gediegenem Wohlstand und passen eher nach Wiesbaden oder Travemünde als in den Süden Afrikas. Katrin hat Fotos dieser alten Villen in allen Namibia-Reiseführern gesehen.

Sie wird per Summer in die Villa gelassen. Zwei freundliche junge Frauen kommen ihr entgegen und nehmen sie herzlich in den Arm: „Wir haben sie so gern gemocht. Anna war eine tolle Frau. Wir können das alles immer noch nicht fassen. Setzen Sie sich, wir haben für Sie einen Kaffee vorbereitet." Katrin fühlt sich wohl und plaudert angeregt mit den beiden Vorzimmer-Damen. Eine ist deutschstämmige Namibierin, die andere eine Schwarze. Beide sprechen fließend deutsch.

Dirk Mertens ist ein Kumpeltyp, ungezwungen und eher leger, ein kräftiger Mittvierziger in Jeans und mit offenem Hemdkragen. Er spricht Katrin sein Beileid aus und umschließt mit beiden Händen ihre Hand, so wie es viele Afrikaner tun. Sie findet ihn spontan sympathisch und ist gespannt, was er als Chef über Anna sagen wird.

„Sie sind sicher hier, um mit mir die Formalitäten der Überführung nach Deutschland zu besprechen. Ich kann Sie beruhigen: Wir haben schon alles in die Wege geleitet. Sie müssen mir nur 24 Stunden vorher mitteilen, welches Flugzeug Sie nehmen, damit ich den Transport Ihrer Schwester in der gleichen Maschine organisieren kann. Sie nehmen den Nachtflug morgen? Sind Sie in Windhoek auch gut untergebracht? Kann ich Ihnen irgendwie behilflich sein?"

„Herzlichen Dank, Herr Mertens. Aber ich habe nicht vor, morgen abzureisen."

„Sie machen mich neugierig. Was hält Sie hier noch? Fahren Sie etwa nach Okakarara zurück?“

„Ja, ich bin mit einer Freundin hier. Morgen früh fahren wir zurück. Der Mordfall ist nicht gelöst.“

Mertens lehnt sich in seinem Schreibtischstuhl zurück und mustert sie argwöhnisch. Das Jungenhafte ist aus seinem Gesicht gewichen: „Verstehe ich nicht. Soweit ich informiert bin, ist der Täter gefasst. Herr Kaure, der Ihnen bekannt ist, hat mich bestens informiert. Er hat die Polizei auf die Spur gebracht.“

Kein Wort der Anerkennung findet Dirk Mertens für Annas Einsatz im Kulturzentrum – nur den Manager lobt er überschwänglich. Katrin ist enttäuscht und kommt zur Sache: „Ich bin zu Ihnen gekommen, weil meine Schwester Ihnen einen Tag vor ihrem Tod einen wichtigen Brief geschrieben hat.“ Katrin zieht eine Kopie des Briefes aus ihrer Handtasche und legt sie auf den Schreibtisch.

Der DED-Direktor schaut nicht mal hin. „Ich weiß nicht, wovon Sie sprechen. Ich erinnere mich nicht, dass ich von Ihrer Schwester kürzlich einen Brief erhalten hätte.“

Katrin greift nach der Kopie und hält sie ihm vors Gesicht. „Hier steht, wann das Original an Sie abgeschickt wurde: am 15. August. Das ist jetzt neun Tage her.“

„Ach, wissen Sie, die Post in Afrika lässt sich Zeit.“

„Wie gut, dass ich eine Kopie habe. Am besten lese ich Ihnen den Brief vor.“ Ihre Stimme zittert, als sie zu lesen beginnt. „Sehr geehrter Herr Mertens, ich habe jetzt den Beweis, dass Arnold Kaure 47.000 Namibia-Dollar unterschlagen hat.“

Er unterbricht sie mit einer unwirschen Handbewegung. „Das geht Sie nichts an. Geben Sie mir den Brief. Ich diskutiere mit Ihnen keine DED-internen Vorgänge.“

Katrin hat sich wieder gefangen. „Was heißt hier DED-intern? Meine Schwester ist ermordet worden und ich muss herausfinden, wer es war. Der Junge in Okakarara ist nicht der Täter, Herr Kaure weiß das selber sehr genau."

„Hören Sie auf mit Ihren Unterstellungen. Der Junge ist zweifelsfrei der Täter. Das ist keine Behauptung von Herrn Kaure, das sind die Ermittlungsergebnisse von Polizei und Staatsanwaltschaft."

„Die haben nicht sorgfältig ermittelt. Glauben Sie mir. Der Junge hat zur Tatzeit in Herr Kaures Garten gearbeitet. Dafür gibt es Zeugen."

„Wollen Sie damit sagen, dass unser DED-Mitarbeiter Herr Kaure etwas vertuschen will? Oder gehen Sie etwa so weit, ihn des Mordes zu verdächtigen?"

„Ich weiß nicht, wer der Mörder ist. Ich weiß nur, wer es nicht war. Was mich jetzt brennend interessiert, ist: Haben Sie Herrn Kaure damit schon konfrontiert, dass er DED-Gelder unterschlagen hat?" Katrin schaut Mertens herausfordernd an. Er weicht ihren Blicken aus, geht ins Vorzimmer und kommt mit einem großen Glas Wasser zurück. Er bleibt hinter ihrem Stuhl stehen. „Verstehen Sie mich bitte nicht falsch. Wir alle sind sehr betroffen über den Mord an Ihrer Schwester. Aber ich als Direktor des DED habe in Namibia auch politische Verantwortung zu tragen. Wir befinden uns in einer politisch hochsensiblen Phase. Die Herero fordern von der deutschen Regierung eine Entschuldigung für die Kriegsverbrechen in der Kolonialzeit und auch eine angemessene Entschädigung. Es wäre verhängnisvoll, wenn wir leichtfertig einen Raubmord an einer deutschen Frau zu einem politischen Mord an einer deutschen Entwicklungshelferin ummünzen würden. Und das nur auf Verdacht – ohne jeden Beweis. Hier ist politisches Fingerspitzengefühl vonnöten."

Katrin dreht sich aufgebracht zu ihm herum: „Was ist denn daran politisch, wenn jemand in die Kasse greift und Unterschriften fälscht?"

„Allein die Tatsache, dass im Kulturzentrum in Okakarara Herero mit Deutschen ein Projekt aufbauen, ist hochpolitisch und brisant. Das hat es noch nie gegeben, machen Sie sich das bitte klar. Wenn Sie jetzt nicht aufhören, den Manager zu verdächtigen, dann gefährden Sie das ganze Projekt. Versuchen Sie, etwas diplomatischer zu denken."

Seine Belehrungen machen sie noch wütender. „Ich bin keine Diplomatin und ich will auch nicht diplomatisch denken. Ich will nur wissen, warum meine Schwester ermordet wurde und von wem. Und ich bin sicher, dass sich auch die deutsche Presse dafür interessieren wird."

Jetzt zieht Mertens andere Seiten auf. Schroff antwortet er ihr: „Ich kann mir gut vorstellen, dass es in Okakarara Leute gibt, die ihre Schwester überhaupt nicht schätzten. Mit ihrem Gutmenschentum ging sie auch uns auf die Nerven. Überall witterte sie Ungerechtigkeiten, überall mischte sie sich ein. Kleine Unregelmäßigkeiten brandmarkte sie sofort als Korruption. Soviel Eifer dient nicht gerade der Versöhnung, die wir anstreben. Sie bewirkt genau das Gegenteil."

Katrin fällt ihm ins Wort. „Habe ich Sie richtig verstanden? 47.000 Namibia-Dollar sind für Sie nur eine kleine Unregelmäßigkeit?"

Mertens beschwichtigt. Er merkt, dass er zurückrudern muss. „Lassen Sie uns nicht weiterstreiten. Das hilft Ihrer Schwester jetzt auch nicht mehr. Wenn Sie tatsächlich

Beweise haben, dass der Verdächtige nicht der Täter ist, dann gehen Sie damit schleunigst zur Polizei. Ich wundere mich, dass Sie das nicht schon längst getan haben."

Katrin steht auf und steckt die Kopie des Briefes in ihre Tasche. „Ich denke, es ist besser, ich gehe jetzt. Leben Sie wohl."

„Kommen Sie, lassen Sie uns noch einmal in Ruhe reden. Ich stehe doch auf Ihrer Seite. Ich will auch, dass der Mörder dingfest gemacht wird." Dirk Mertens ist in seinem Ledersessel sitzen geblieben und schaut Katrin so wohlwollend an, als hätten sie nur Freundlichkeiten miteinander ausgetauscht.

Arnold Kaure ist mächtiger als sie gedacht hat. Dirk Mertens will nichts gegen ihn unternehmen. Sie ist niedergeschlagen, aber auch ein bisschen stolz, dass sie diesem gewieften Diplomaten nicht auf den Leim gegangen ist. Sie fährt zur Independence Avenue, der Hauptstraße von Windhoek. Mitten im belebten Zentrum will sie Agnes treffen. Hier gefällt es ihr. Alte Kolonialhäuser neben Hochhäusern aus Glas und Stahl, auf den Bürgersteigen haben Händler afrikanische Andenken ausgebreitet. Touristen in Safari-Anzügen und Shorts schlendern durch die Straßen. Schwarze Frauen und Männer in gepflegter Bürokleidung stehen in ihrer Mittagspause Schlange vor Fast-Food-Ständen.

Katrin kommt nur im Schritttempo voran. So viele Autos und so viele Menschen auf einem Fleck hat sie bisher in Namibia noch nicht gesehen. Vor dem Hauptpostamt findet sie einen Parkplatz, was auch in Windhoek ein Kunststück ist. Gegenüber liegt die Passage, die Agnes ihr als Treffpunkt vorgeschlagen hat. Katrin erspäht in dem vollbesetzten Café Schneider einen kleinen freien Tisch in der Ecke.

Eine Kellnerin mit hellbrauner Haut und hohen Wangenknochen fragt sie freundlich und in gutem Deutsch: „Was darf ich Ihnen bringen?“ Die Speisen werden in drei Sprachen angeboten. In Englisch, Deutsch und Afrikaans. Katrin wählt Kohlrouladen. Das Lokal ist überfüllt mit Ausländern, aber auch einheimische Besucher sind unter den Gästen. Wo bleibt Agnes? Da kommt sie durch die Tür – in ihrem flammend roten Herero-Kleid und dem breiten Hut. Die Touristen starren sie an, einige zücken ihre Fotoapparate. Agnes winkt strahlend und zwängt sich mit ihren Röcken durch den engen Gang zwischen den Tischen. „Wo sind denn deine Einkäufe? Hast du nichts Schönes gefunden?“

„Oh, doch. Ich habe herrliche Stoffe gesehen. Den Laden muss ich dir zeigen, er ist der schönste im ganzen Land. Mit Anna war ich auch einmal da. Sie hat gestaunt, du glaubst es nicht. Aber jetzt habe ich Hunger.“ Agnes bestellt auch Kohlrouladen. Ein weißer Mann in Bermuda-Shorts und kariertem Hemd baut sich breitbeinig vor dem Tisch auf, an dem die beiden Frauen essen. Er fotografiert sie. Agnes wehrt erbost ab: “No, no photos!“

Katrin findet ihre Reaktion übertrieben und versucht die Freundin zu beschwichtigen. „Der will doch nur ein Foto von dir. Du siehst hinreißend aus.“

„Aber er hätte mich wenigstens fragen können. Wir sind hier doch keine Affen im Zoo. Du würdest auch protestieren, wenn wildfremde Afrikaner von dir in einem Stuttgarter Lokal Bilder machen würden, während du zu Mittag isst.“ Der aufdringliche Tourist hat sich mit seinem Fotoapparat wieder zu seiner Gruppe an den Tisch gesetzt und blickt grimmig zu den beiden Frauen herüber.

Draußen auf der Straße hakt sich Katrin bei Agnes unter. Sie erzählt der Freundin, was sie erlebt hat. „Ich bin traurig. Der DED interessiert sich auch nicht für die Wahrheit. Die wollen, dass ich schnell abhaue. Aber diesen Gefallen tue ich ihnen nicht."

„Das darfst du auch nicht", erwidert Agnes. In Gedanken ist sie ganz woanders. „Komm, ich zeige dir jetzt die Stoffe, die Anna so gut gefallen haben."

Katrin lässt sich gerne ablenken. Noch nie hat sie einen so prächtigen Stoffladen gesehen. Von Agnes erfährt sie, dass das Geschäft seit Jahrzehnten einer indischen Familie gehört. Meterlange Regale mit dicken Stoffballen reichen bis zur Decke. Seide, Baumwolle, Satin, Wollstoffe in allen Farben und Nuancen, schillernd, leuchtend, grell und matt. Überall auf den langen Tischen breiten indische Verkäuferinnen in bunten Saris Stoffbahnen aus und besprechen mit den Käuferinnen die Schnittmuster, die in Dutzenden von Variationen ausliegen. Herero-Frauen kommen von weit her und bringen viel Zeit mit, um sich hier beraten zu lassen, wie Kleider und Kopfschmuck am schönsten geschneidert werden können. Aber auch schwarze und weiße Frauen in Hosen und Minirock gehören zu den Stammkundinnen. In einem Nebenraum gibt es alles, was man zum Schneidern braucht. Hunderte von Röllchen Nähseide in allen Farben und Stärken, dicke, dünne, kurze und lange Nadeln für Maschine und Handarbeit, Scheren, Schnittmusterrädchen, Bordüren und Bänder aus Seide und Samt, Schleifen, Rüschen, Applikationen mit glitzernden Steinen, Perlen und Pailletten. Katrin ist erschlagen von dieser Fülle. Die kostbaren Stoffe haben auch ihren Preis. Frauen mit großen Tüten verlassen den Laden und Katrin wundert sich. „Das ist ja richtiger Luxus für Reiche."

„Nein, ich kann mir hier auch alle paar Jahre Stoff kaufen. Hier gibt es alles – von Schnäppchen bis sündhaft teueren Stoffen und Nähutensilien. Viele Frauen sparen jahrelang für ein neues Kleid. Ich auch. Komm mit, ich zeige dir, was ich mir ausgesucht habe." Es ist ein weich fallender samtiger Stoff. Katrin hält ihn Agnes ans Gesicht. „Dieses leuchtende Blau steht dir wunderbar." Agnes hat auch passende Seidenbänder und Glitzersteine ausgewählt, die sie um das Dekolleté herum aufnähen will.

„Hast du in Okakarara überhaupt Gelegenheit, so ein elegantes Kleid zu tragen?"

„Du bist erst eine Woche bei uns. Du weißt nicht, wie oft wir feiern und uns elegant anziehen. Anlässe gibt es mehr als genug: Hochzeiten, Kindstaufen, Beerdigungen." Agnes wird ernst. „Wenn du wüsstest, wie viele Menschen bei uns sterben. Und es werden immer mehr, und die Toten immer jünger."

„Aids?"

Agnes nickt. Und wieder dieses lange Schweigen, das Katrin bei mehreren Afrikanern erlebt hat. Sie kann es nicht deuten und sie ist unsicher, ob sie es durchbrechen darf. Sie passt sich an und bleibt einfach neben Agnes stehen. Nach ein paar Minuten wird sie aber ungeduldig. „Komm, kauf deinen Stoff. Wenn wir gleich losfahren, dann schaffen wir es noch vor Einbruch der Dunkelheit zurück nach Okakarara. Beeile dich, bitte!"

„Das glaubst du doch selber nicht. Wir brauchen drei bis vier Stunden für die Rückfahrt. Und in zwei Stunden wird es dunkel. Außerdem wollte ich dir Windhoek zeigen. So, wie es die Touristen nicht kennen. In Katutura leben Verwandte von mir. Die warten schon auf uns."

„Eigentlich bin ich sehr müde", sagt Katrin kleinlaut. Sie will die Freundin nicht verletzen.

„Siehst du. Und trotzdem willst du die weite Strecke

fahren. Ich kann dich am Steuer nicht ablösen, ich habe keinen Führerschein. Bis Katatura sind es nur 17 Kilometer."

Die beiden Frauen fahren die Independence Avenue entlang, die über eine große Eisenbahnbrücke führt. Von dort oben sehen sie in der Ferne lauter kleine Häuser, die wie auf Ketten aufgereiht sind. Über dem dicht besiedelten Wohngebiet liegt im Abendlicht eine gelbgraue Dunstglocke. „Das ist Katutura. Da leben 250.000 Afrikaner. Und die meisten kochen noch mit Holz. Deshalb ist die Luft dort so dreckig. In Windhoek ist alles sauber. Da wohnen nur etwa 40.000 Menschen, früher nur Weiße. Denen geht es sehr viel besser." Agnes weist Katrin den Weg durch die engen Gassen, die mit ihren vielen flachen Häusern alle gleich aussehen: Verrußte rotbraune Backsteinfassaden, Blechdächer und winzige Fenster. Das Leben spielt sich hier auf der Straße ab. In den Eingängen sitzen Alte beisammen, an den Ecken lungern Jugendliche herum, Kinder toben zwischen Autos und Mopeds. Bürgersteige gibt es nicht. Agnes erklärt: „Zum Glück hat jedes Haus eine Nummer. Schau mal, über der Tür steht ein Buchstabe: O für Ovambo, N für Nama, D für Damara, und rate mal, wofür das H steht?"

„Das kann nur Herero heißen", sagt Katrin. „Aber warum muss man öffentlich kennzeichnen, zu welchem Stamm die Bewohner gehören? Das ist doch absurd!"

„Heute gilt das nicht mehr. Das war die Apartheid unter den Südafrikanern. Die haben nicht nur zwischen Weiß und Schwarz, sondern auch zwischen den einzelnen Stämmen scharf getrennt. Die weiße Stadtverwaltung von Windhoek hat Anfang der 60er Jahre Katutura auf dem Reißbrett entworfen. Die schwarze Bevölkerung, die verstreut in und um die Stadt herum lebte, sollte in diesem

Stadtteil konzentriert werden. Die Schwarzen wurden abgesondert, damit sie besser kontrolliert werden konnten. Katutura war umzäunt, jeder musste an einer Eingangspforte der Polizei beim Rein- und Rausgehen seinen Pass vorzeigen."

„Und da sind die Leute freiwillig hingegangen? Das ist ein Ghetto."

„Was heißt hier freiwillig? Wir wurden mit Waffengewalt gezwungen, es gab wochenlange Unruhen. Nur eines haben die Weißen nicht erreicht: Sie konnten nicht verhindern, dass wir den Namen des Ortes selbst bestimmten. Wir nannten ihn Katutura. Das heißt übersetzt: Der Platz, an dem wir nicht leben wollen. Und an der Zufahrtsstraße zum Township war ein großes Eisentor mit der Inschrift „Jedem das Seine." Nach der Unabhängigkeit wurde die Inschrift abmontiert."

Katrin ist schockiert: „Dieser Spruch stand bei uns während der Nazizeit an den Toren von Konzentrationslagern."

Kinder umringen lachend das Auto. „Hier wohnt meine Familie. Wir sind da. Hier kannst du direkt vor der Tür parken. Das stört niemanden. Ich stelle dich allen als Annas Schwester vor. Die kennen sie."

Katrin lässt die Vorstellungs-Prozedur über sich ergehen und beantwortet artig alle Fragen: Bist du verheiratet? Wie viele Kinder hast du? Wie gefällt dir unser Land?

Agnes drängelt: „Ich kann dir nicht alles übersetzen. Ich muss noch eine Familienangelegenheit klären. Für dich ist das völlig uninteressant." Katrin bekommt eine grellgrüne Limonade und einen Schemel. Sie setzt sich in eine Ecke des winzigen Hofes und fühlt sich wie im Theater. Sie beobachtet, wie eine Frau einen kleinen Jungen in einer winzigen

Blechschüssel badet und dann von Kopf bis Fuß mit fettiger Creme einreibt, auch die Haare. Eine Greisin zieht genüsslich an einer Pfeife, die sie in den rechten Mundwinkel geklemmt hat. Immer wieder stopft sie neuen Tabak hinein. Sie holt ihn aus einem bestickten Lederbeutel, der an ihrem Gürtel hängt. Agnes ist umringt von Frauen und Männern, die erregt gestikulieren. Dazwischen lärmende Kinder, die herumtollen und Verstecken spielen. Immer wieder bleiben sie vor ihr stehen und starren sie an, als hätten sie noch nie eine Weiße gesehen. Aus dem Haus dröhnt Musik aus dem Fernseher. Durch das Fenster sieht Katrin Jugendliche, die sich eine Sendung anschauen. Sie hat das Gefühl, der Verwandten-Plausch nimmt kein Ende. Sie langweilt sich, möchte weg und winkt Agnes zu sich. Katrin quengelt: „Können wir jetzt endlich nach Windhoek zurückfahren?"

„Nein, ich schlafe bei meinen Verwandten. Für dich finden wir hier auch ein Plätzchen, wenn du magst." Katrin überlegt sich, wie die vielen Erwachsenen und Kinder in dem winzigen Haus zu Bett gehen. Sie sieht sich schon auf einer Pritsche mit der Pfeife rauchenden Oma. „Nein, bitte nicht. Keine Umstände. Ich fahre in die Stadt zurück und suche mir ein Zimmer in einer Pension."

Agnes ist erleichtert: „Alleine findest du aus Katutura niemals raus. Ein Township ist wie ein Labyrinth." Agnes ruft laut ins Haus: „Hey Johnson, komm sofort her. Du musst meine Freundin zur großen Straße begleiten." Der junge Mann möchte viel lieber fernsehen, knurrt aber missmutig: „Okay." Johnson leitet Katrin bis zur Independence Avenue. Als er aussteigt, ist es schon dämmrig. Um 17 Uhr schließen die Geschäfte. Die Innenstadt ist jetzt menschenleer – bis auf die wenigen Passanten, die zu den Sammeltaxis hetzen. Sie wollen nach Katutura. Katrin steuert die erste Pension an. Eine beleuchtete Tafel mit dem Namen Uhland. Ein Pfeil weist ihr den Weg in einen hübschen Innenhof. Unter hohen Palmen parken Autos. Hier gefällt es ihr.

Das Zimmer ist adrett mit weißen Möbeln eingerichtet, daneben ein hell gekacheltes Bad. Es sieht genau so aus wie ein gepflegtes Drei-Sterne-Hotel in Deutschland. Katrin hat in der Stadt ein neues Aufladegerät gekauft und schließt ihr Handy ans Netz.

Katrin hat Lust auf ein Bier. Unten an der Bar sitzt ein junger Mann am Tresen, der vertrauenswürdig aussieht: Offenes Gesicht, blonde Wuschelhaare, sportliche Figur, Lederjacke. Katrin setzt sich neben ihn. Er dreht sich zu ihr. „Sprechen Sie deutsch? Sie sehen deutsch aus. Oder irre ich mich?"

„Sie irren sich nicht. Ich komme aus Stuttgart."

„Sind Sie zum ersten Mal in Namibia? Was haben Sie hier schon alles gesehen? Waren Sie in der Wüste?"

„Nein, ich habe nichts gesehen. Ich war bisher nur in Okakarara. Das ist nicht weit vom Waterberg."

„Was wollen Sie denn in diesem Kaff? Da ist doch vor ein paar Tagen eine deutsche Entwicklungshelferin ermordet worden. Wissen Sie mehr über den Fall?"

Katrin weicht aus: „Und Sie? Was machen Sie hier?"

„Entschuldigung, ich habe mich noch nicht vorgestellt. Ich bin Manfred Koller und arbeite seit drei Jahren als Biologe in der Wüstenforschungsstation Gobabeb."

„Was sucht ein Biologe in der Wüste? Da wächst doch nichts."

„Wenn Sie wüssten, was in der Wüste alles los ist."

Seine gute Stimmung steckt Katrin an: „Erzählen Sie. Was erforschen Sie denn da?" Sie merkt, dass er aufblüht und nichts lieber tut, als von seiner Arbeit in der Wüste zu reden.

„Ich verrate Ihnen etwas Aufregendes. Das haben wir noch nicht in unseren Fachzeitschriften veröffentlicht. In der Namib-Wüste gibt es ein Phänomen, das einzigartig ist in der Welt: Ein Rad in der Natur. Das ist ein Tier, das seinen Körper so umformen kann, dass es seinen Feinden immer entkommt. Es ist eine Spinne. Wir haben ihr den Namen Golden Wheel Spider gegeben – Goldene Radspinne. Dieses Tier stellt bei Gefahr seine Beine wie zu einem Rad aus. Es kann sich dann so schnell drehen und fortbewegen, dass sein Hauptfeind, die Hornisse, keine Chance hat, es einzuholen. Die Spinne lässt sich die Sanddüne einfach herunterrollen. In ihrer Staubwolke ist sie für all ihre Feinde unsichtbar."

„Das ist ja toll. Das würde ich auch gern können." Katrin ist hin und weg.

„Leben Sie so gefährlich?"

„Im Augenblick schon."

„Sind Sie überfallen worden?"

„Nein, das ist mir bisher nicht passiert."

„Und was wollen Sie hier in Windhoek?"

„Ich war heute beim DED."

„Dann sind Sie in Wahrheit gar keine Touristin. Raus mit der Sprache! Wollen Sie Entwicklungshelferin werden?"

„Nie und nimmer. Das ist das Letzte, was ich machen würde. Lieber gehe ich putzen."

„Was ist denn so schlimm am Entwicklungsdienst?" Manfred Koller sieht, dass es der Frau neben ihm nicht gut geht. „Sind Sie wegen der toten Deutschen hier?"

Katrin nickt: „Sie war meine Schwester." Und dann erzählt sie dem Mann in der Bar die ganze Geschichte ihrer Reise nach Namibia. Die Art, wie er ihr zuhört und einfühlsam nachfragt, macht es ihr leicht, ehrlich zu sein und über alles zu sprechen, was sie in Okakarara erlebt hat. Zum ersten Mal kann sie ihre Ängste, Zweifel und Schuldgefühle mitteilen – und das auch noch einem Mann, den sie nicht kennt. Zum Schluss ereifert sie sich über den DED-Direktor.

„Meinen Sie etwa Dirk Mertens?", fragt Manfred Koller überrascht.

„Wieso? Kennen Sie den?"

„Ja, sehr gut sogar. Mertens ist integer, zupackend und ein guter Chef. Der setzt sich für seine Leute ein. Den können Sie nicht meinen."

„Ich weiß doch, mit wem ich heute Vormittag gesprochen habe. Es war Dirk Mertens."

„Wir in der Forschungsstation haben mit ihm jedenfalls nur gute Erfahrungen gemacht. Er unterstützt unsere Arbeit, hat uns einen Entwicklungshelfer besorgt. Diese neue Stelle haben wir dringend gebraucht. Dirk Mertens kommt uns häufig besuchen. Wir sind inzwischen auch befreundet."

Katrin findet, dass Manfred Koller den DED-Direktor zu sehr in Schutz nimmt. Und schon bereut sie, dass sie ihm soviel aus ihrem Leben erzählt hat.

„Kannten Sie eigentlich meine Schwester?"

„Ja, ich habe sie bei einem Empfang in unserer Botschaft kennengelernt und danach noch ein paar Mal in Windhoek getroffen. Sie war wagemutig und engagiert für die Sache der Herero. Darüber hat sie sofort mit mir gesprochen."

„Welchen Eindruck hatten Sie von ihr?"

„Naja, mein Freund Dirk fand Ihre Schwester eher ein bisschen nervig." Der Biologe beugt sich zu Katrin hinüber und flüstert ihr ins Ohr: „Ich will's mal so sagen: Dirk war nicht gut auf Anna zu sprechen, ich glaube, er fühlte sich von ihr zurückgewiesen."

„Aber er hat ihr doch nicht den Hof gemacht? Das kann ich mir nicht vorstellen." Sie sieht ihn ungläubig an.

Manfred Koller lacht auf. „Um Gottes Willen, nein. Sie war überhaupt nicht sein Typ. Er fühlte sich von ihr nicht ernst genommen. Sie fand ihn wohl reaktionär und er sah in ihr eine zickige Linke. Aber ich schwöre, mein Freund Dirk ist überhaupt nicht reaktionär."

„Ich will wissen, wie Sie meine Schwester fanden."

„Darüber habe ich überhaupt noch nicht nachgedacht." Er grübelt vor sich hin und nimmt einen Schluck aus seinem Bierkrug.

Katrin hakt nach: „Das glaube ich Ihnen nicht. Welchen Eindruck hatten Sie denn von ihr?"

„Ich glaube, ich wäre ihr zu deutsch gewesen. Ich wusste, dass sie eine Liaison mit einem Afrikaner hatte." Frech lächelnd setzt er nach einer kurzen Pause hinzu: „War wohl eine sehr romantische Geschichte."

Katrin will sich zurückziehen, sie hat keine Lust mehr, mit ihm den Abend zu verbringen. Sie bezahlt ihr Bier und verabschiedet sich. Er unternimmt einen letzten Versuch, sie wieder für sich zu gewinnen. „Übrigens, die Namib-Wüste ist die älteste Wüste der Welt. 50 Millionen Jahre! Kommen Sie mit mir. Ich zeige sie Ihnen. Wir fliegen morgen zurück und haben noch einen Platz in der Maschine frei. Wenn Sie die Wüste sehen, dann kommen Sie auf andere Gedanken. Ich schwöre es Ihnen: Die Wüste wird Sie trösten." Manfred Koller legt ihr seine Visitenkarte in die Hand und sagt zum Abschied: „Ich wünsche Ihnen von Herzen, dass Sie den Mörder Ihrer Schwester finden.

Schreiben Sie mir. Wenn Sie das nächste Mal nach Namibia kommen, besuchen Sie mich in der Wüste."

Oben in ihrem Zimmer sitzt Katrin frisch geduscht im Hotelbademantel auf ihrem Bett. Sie ist niedergeschlagen und gekränkt. Was hat der Mann ihr denn Böses getan? Er hat ihr aufmerksam zugehört und ist zufällig ein Freund des DED-Direktors. Was nimmt sie ihm übel? Natürlich musste er seinen Freund Dirk Mertens verteidigen und dass er von Anna nicht gerade geschwärmt hat, ist naheliegend. Er war für sie wohl nicht interessant genug. Katrin bereut inzwischen, dass sie die Bar so abrupt verlassen hat. Warum ist sie so mimosenhaft und misstrauisch? Sie will noch einmal runter an die Bar und sich bei dem Mann, den sie so attraktiv findet, entschuldigen. Da klingelt ihr Handy. Am Apparat ist leider nicht Manfred Koller. Es meldet sich DED-Direktor Mertens. „Entschuldigen Sie die Störung. Aber es ist wichtig. Ihr Bruder in Stuttgart war so freundlich, mir Ihre Mobilnummer zu geben. Ich muss Ihnen leider mitteilen, dass Sie spätestens übermorgen mit Ihrer Schwester abreisen müssen. Die Leichenhalle in Windhoek ist überfüllt. Ich habe heute die Nachricht erhalten. Tut mir sehr leid. Sind Sie noch in der Stadt?"

„Warum wollen Sie das wissen? Ich bin müde. Rufen Sie mich bitte morgen in Okakarara an. Gute Nacht." Katrin schaltet ihr Handy aus.

Sie greift zum Telefonhörer auf ihrem Nachttisch und fragt den Barkeeper, ob Herr Koller noch da sei. „Ja, er sitzt hier." Katrin zieht sich ein T-Shirt und einen Rock an. Sie steht vor dem Spiegel und betrachtet sich sehr genau. Sie will ihm gefallen, aber nicht aufdringlich wirken.

Den Lippenstift, den sie schon in der Hand hat, legt sie zur Seite – zu auffällig. Sie sprüht sich einen Hauch ihres Eau de Toilette mit Zitronenduft auf die Handgelenke, das Dekolleté und den Hals. Sie fühlt sich wie vor ihrem ersten Rendezvous, als sie gerade 18 war. Jetzt ist sie genauso aufgeregt wie damals. Damals hatte sie sich fünfmal umgezogen, immer wieder die Haare neu aufgerollt und lockig geföhnt. Katrin redet sich in Gedanken gut zu: Ich habe nichts zu verlieren. Niemand weiß, was ich tue, diesen Mann muss ich nicht wiedersehen, wenn alles schiefläuft.

Katrin geht runter an die Bar. Als Manfred ihre Schritte hört, dreht er sich um und lächelt sie an. „Was für eine Überraschung. Das habe ich mir gewünscht."

Katrin tritt nahe an ihn heran und sagt entschlossen: „Ich auch."

Manfred Koller freut sich und schaut auf seine Armbanduhr. „Ich wollte gerade ins Bett gehen. Gehen wir zu dir oder zu mir? Du hast die Wahl."

Katrin überlegt nicht lange: „Lieber zu dir."

Sie ist gern mit Manfred Koller ins Bett gegangen. Sie wundert sich über sich selbst. So was hat sie noch nie gemacht. Aber schön war es trotzdem. Keine Minute hat sie an ihren Freund Gert gedacht. Der Fremde ist ihr mehr als sympathisch, sein Kompliment am Morgen, sie sei eine tolle und attraktive Frau, hat ihr gut getan. Er wollte sie wiedersehen, sprach sogar davon, sie in Deutschland zu besuchen. Hat er auch Feuer gefangen oder redet er nach einer Liebesnacht immer so daher? „Ich weiß genau, dass wir uns bald wiedersehen", sagte er ihr zum Abschied, als sie in ihr Auto stieg.

Agnes steht zum verabredeten Zeitpunkt an der Tankstelle Ecke Independence Avenue und Otjomuise Road. Sie läuft auf das Auto zu. Ihre zwei prall gefüllten großen Taschen wirft sie mit Schwung auf die Rückbank. Sie rafft mit beiden Händen ihre Röcke zusammen und lässt sich schwerfällig auf den Beifahrersitz fallen. Katrin tastet unter den Röcken nach dem Schalthebel. „Wie viele Unterröcke hast du an?"

„Heute sind es nur fünf, manchmal sind es sieben!"

Katrin kichert und fährt los. Sie erzählt kurz, dass sie gestern Abend in der Pension mit einem Biologen aus der Namib-Wüste ein Bier getrunken hat und der sehr nett gewesen sei. Mehr sagt sie nicht. Sie schämt sich ein bisschen, weil sie sich in einer solch dramatischen Situation in einen Fremden verknallt hat. Sie berichtet Agnes aber ausführlich von dem nächtlichen Anruf des DED-Direktors. Agnes schüttelt so energisch den Kopf, dass ihre Haube verrutscht. „Dieser Lügner! Niemals. Unsere neue große Leichenhalle kann nicht voll sein. Komm, wir fahren hin und schauen selber nach. Hier geradeaus und an der nächsten Ampel links. Dann sind wir gleich da."

Nur zehn Autominuten von der Innenstadt entfernt, liegt die Leichenhalle mitten auf einer großen unbebauten Fläche. Ein grauer, lang gestreckter Betonklotz. Katrin parkt am Straßenrand, stellt den Motor aus und macht keine Anstalten, das Auto zu verlassen. Agnes legt ihr eine Hand auf den Arm und flüstert: „Wir brauchten dringend diese neue Halle. Wir wussten nicht mehr, wohin mit den vielen Toten." Agnes zwängt sich mit ihren Röcken aus dem Kleinwagen. Sie geht um das Auto herum und öffnet die Fahrertür. Sie reicht Katrin die Hand. „Komm, ich weiß. Es ist schwer für dich. Ich bin bei dir." Arm in Arm gehen die Frauen zur Pforte. Agnes redet auf einen älteren uniformierten Mann ein, der in einem Büdchen sitzt und ein kleines Fenster geöffnet hat. Katrin steht stumm daneben. Immer wieder lachen die beiden laut auf. Agnes raunt der Freundin ins Ohr: „Er ist ein Herero aus Okondjatu. Er hat mir versichert, die Leichenhalle sei überhaupt nicht voll. Du kannst dir Zeit lassen. Du musst nicht in den nächsten Tagen abreisen. Ich habe es doch geahnt. Dein DED-Mann sagt nicht die Wahrheit. Er will dich loswerden. Dieser Halunke."

„Ach, Agnes, wenn ich dich nicht hätte." Katrin will ganz schnell zum Auto zurück. Ihre Schwester in einer Metallschublade – eisgekühlt, eine unerträgliche Vorstellung. Sie kann das Bild nicht abschütteln: Annas nackter, schmaler Körper mit einer klaffenden Wunde auf der Stirn, die Haut wächsern fahl und die Lippen violett verfärbt. Am linken großen Zeh ein Zettel mit der Nummer 535 drauf.

Auf der Rückfahrt nach Okakarara gelingt es Agnes, ihre Freundin auf andere Gedanken zu bringen. Sie brennt darauf, eine Neuigkeit loszuwerden. „Stell dir vor, gestern Abend kam Mary zum Essen zu uns. Sie ist die Tochter meiner Schwester und arbeitet in Katutura als Sozialarbeiterin. Mary kennt sich aus. Sie hat gemeinsam mit fünf anderen Frauen eine Initiative gegründet. Die wollen Druck auf die Politiker ausüben und erreichen, dass die Banken endlich auch armen Frauen kleine Kredite geben. Wenn das klappt, dann müssen wir nicht mehr zu den privaten Geldverleihern gehen, zu Leuten wie Onkel Jonas. Dann geht es uns Frauen etwas besser."

„Warum kann eure Regierung diese Kredit-Haie nicht einfach verbieten?"

„Die Regierung? Ach, die kannst du vergessen. Die Politiker haben selber genug Geld. Sie interessieren sich nicht mehr für unsere Sorgen. Sie sind weit weg von uns. Wer oben angekommen ist, hat keine Geldsorgen mehr."

„Das ist bei uns genauso. Wenn die Politiker von den Bürgern keinen Dampf kriegen, dann bewegt sich nichts."

„So ist es. Deshalb wollen Mary und ihre Initiative jetzt aktiv werden. Die gehen zu den Zeitungen und zu den Politikern, damit das Thema in Namibia endlich öffentlich diskutiert wird. Und dann muss Druck auf die Banken ausgeübt werden, damit sie uns Kleinkredite zu niedrigen Zinsen geben. Das wird ein harter, langer Kampf."

„Bei uns in Deutschland gibt es viele Initiativen, die sich für gute Sachen einsetzen und oft auch was erreichen. Ich habe bei so einem Protest aber noch nie mitgemacht."

Agnes schaut Katrin ungläubig von der Seite an. „Wirklich? Bedauerst du das nicht?"

Katrin schaut weiter geradeaus auf die Straße und nickt. „Eigentlich schon."

„Mary hat mich gefragt, ob ich in Okakarara nicht auch so eine Initiative aufziehen will."

„Und was hast du geantwortet?"

„Ja, ich hätte schon Lust dazu. Ich kenne viele Frauen, die mitmachen würden. Aber wie wird Onkel Jonas darauf reagieren? Der würde sich bestimmt an uns rächen. Das dürfen wir nicht unterschätzen. Der ist geldgierig und wird die Macht, die er über uns hat, nicht so einfach abgeben. Und er hat seine Bodyguards."

„Anna hätte sofort bei eurer Gruppe mitgemacht, und wenn ich in Okakarara leben würde, dann wäre ich auch dabei."

Fünf Kilometer hinter der Abzweigung von der großen

Hauptstraße in den Norden fängt das Auto an zu schlingern. Katrin fährt an den Straßenrand und hält an. „Oh Gott, auch das noch: eine Panne!" Die Frauen entdecken schnell den Grund: Der rechte Hinterreifen hat einen Platten. Katrin hat noch nie einen Reifen gewechselt. „Verdammt, ich kann das nicht und du sowieso nicht. Und hier gibt es keinen ADAC. Scheiß Afrika!" Katrin hat auf Deutsch geflucht und Agnes hat nur das Wort Afrika verstanden.

„Was hast du gesagt?", fragt sie.

„Schade, dass man in Afrika keinen Auto-Reparaturdienst herbeirufen kann. Bei uns kommt der sofort." Katrin macht ein böses Gesicht. Die Straße ist leer, Autos kommen nur selten vorbei. Die Mittagssonne brennt auf die beiden Frauen herunter. Agnes setzt sich auf eine Baumwurzel und packt ihr Lunchpaket aus. Katrin trippelt übel gelaunt hin und her und ärgert sich über die Freundin, die jetzt seelenruhig ein Ei pellt. „Du machst hier Picknick. Ich glaube es nicht! Wir müssen was unternehmen."

Agnes lässt sich von Katrins Ausbruch nicht aus der Ruhe bringen. „Wir kennen das. Unsere alten Karren gehen ständig kaputt. Es wird schon irgendwann jemand kommen. Reg dich ab und setz dich zu mir. Meine Tante hat auch für dich Proviant eingepackt." Agnes reicht ihr eine große Plastikflasche mit Wasser. „Hier, komm, trink erst mal. Das beruhigt." Katrin greift nach der Flasche und nimmt einen großen Schluck. Die beiden Frauen sitzen fast eine Stunde neben dem Auto. Agnes muss Katrin immer wieder besänftigen. „Glaub mir, irgendwann kommt einer und nimmt uns mit. Du wirst sehen, in Namibia halten die Autos an, wenn man eine Panne hat. Deinen Wagen lassen wir dann einfach stehen."

Katrin widerspricht: „Wir können die Kiste doch nicht einfach hier am Straßenrand zurücklassen. Die wird doch geklaut. Das ist ein Mietwagen. Was das kostet! Davon hast du keine Ahnung."

„Wer soll denn das Auto klauen? Die Affen etwa?"

Nur Agnes lacht über ihren eigenen Witz. Endlich nähert sich auf der schnurgeraden Straße von weit her ein Fahrzeug. „Siehst du, ich hatte recht. Da kommt einer. Hilf mir aufstehen." Nur mit Mühe gelingt es Katrin, die schwere Agnes mit ihren umfangreichen langen Röcken hochzuziehen, ohne selbst das Gleichgewicht zu verlieren. „Du bist aber schwer", stöhnt sie.

Ein grüner Geländewagen hält. Ein Mann mit rotblondem Vollbart und Sommersprossen fragt, ob sie Hilfe brauchen. Er begrüßt Katrin auf Deutsch und Agnes auf Herero. Sein Handschlag ist zupackend, seine Stimme liebenswürdig. „Meine Damen. Ich bin Friedrich Kleiber. Meine Farm liegt nur acht Kilometer von hier entfernt. Jetzt gucken wir doch mal, wo das Problem liegt." Er zieht aus dem platten Reifen einen dicken Nagel und öffnet den Kofferraum. „Sie haben keinen Ersatzreifen in Ihrem Mietauto? Typisch afrikanische Schlamperei. Da kann ich hier gar nichts machen. Der Reifen muss auf der Farm repariert werden." Friedrich Kleiber holt ein Abschleppseil und befestigt es an der Stoßstange von Katrins Auto.

Jetzt wird Agnes nervös. „Ich muss in zwei Stunden zurück sein. Leider kann ich nicht mit. Ich nehme das nächste Sammeltaxi von Otjiwarongo nach Okakarara." Sie bleibt am Straßenrand zurück.

Ob sie sich scheut, eine weiße Farm zu betreten, fragt sich Katrin. An einem Schild mit der Aufschrift „Gästefarm Heimat" biegt der Farmer von der Straße ab. Katrin fällt ein, dass sie sich noch nicht vorgestellt hat. Sie nennt ihren Namen, doch Friedrich Kleiber unterbricht sie. „Ich weiß längst, wer Sie sind. Ihre Schwester war die Entwicklungshelferin im Kulturzentrum. Schrecklich, einfach schrecklich. Anna Sattler war mehrmals bei uns auf der Farm und ich habe meinen Gästen regelmäßig das Zentrum gezeigt. Meine Frau und ich können uns den Raubmord nicht erklären. Die Leute hier sind zwar sehr arm, aber Ihre Schwester war keine Touristin, ich meine kein leichtes Opfer für einen Raubüberfall. Sie stand voll und ganz auf der Seite der Herero. Deshalb ist der Mord so rätselhaft."

Und wieder einmal muss Katrin richtig stellen: „Es war kein Raubmord."

„Das ist mir aber neu. Sicher, unsere Polizei ist noch nicht auf der Höhe der Zeit. Sie werden schon bemerkt haben, dass hier die Uhren anders gehen. Sie müssen mir alles erzählen. Sie haben doch hoffentlich Zeit? Haben Sie schon etwas gegessen?"

„Danke. Sie sind wirklich freundlich zu mir."

„Wir Namibier sind besonders hilfsbereit. In einem so großen Land mit so wenigen Menschen ist das lebenswichtig."

Die Sandpiste macht eine kleine Kurve. Rechts steht ein Wasserturm. Als das Auto durch das weit geöffnete Tor fährt, sieht Katrin zum ersten Mal ein typisch deutsches Farmhaus. Ockerfarbene Wände, ein Dach mit alten Ziegeln. Das Anwesen ist von herrlichen alten Bäumen und blühenden Büschen umgeben. Eine Treppe führt zu einer überdachten Terrasse, hinter der das türkisfarbene Wasser eines Schwimmbeckens glitzert. Palmen umsäumen den Pool. Eine Seite des ebenerdigen Hauses ist von einem riesengroßen, pinkfarbenen Bougainvillea-Busch zugewachsen. „Was für ein Luxus, hier in Afrika!“, staunt Katrin.

Ihre Bemerkung missfällt dem Farmer: „Da stecken 100 Jahre harter Arbeit drin. Mein Großvater ist 1908 mit leeren Händen hier angekommen. Er war ein Handwerker aus Oldenburg mit Frau und sieben hungrigen Kindern. Jetzt kommen Sie erst mal rein. Ich stelle Ihnen meine Frau vor.“ Auf der Terrasse deckt eine Schwarze mit weißer Schürze den Mittagstisch. „Unsere Perle Hilda. Sie ist schon seit 20 Jahren bei uns. Eine treue Seele.“ Friedrich Kleiber geht auf seine Hausangestellte zu. „Wir sind heute zu dritt. Komm her und begrüße unseren Gast.“ Hilda reicht Katrin die Hand und macht einen Knicks. „Und hier kommt meine Frau Monika“, ruft der Hausherr mit ausladender Gebärde. Die pummelige Monika ist blond und lächelt. Sie stellt einen großen Glaskrug mit frisch gepresstem Orangensaft auf den Tisch. „Willkommen auf unserer Farm.“

Bei Tisch wollen die Kleibers alles über die Bluttat wissen. Interessiert fragen sie immer wieder nach, und Katrins anfängliche Scheu verfliegt. Frau Kleiber sagt: „Anna war immer willkommen bei uns, aber leider war sie selten hier. Wahrscheinlich hat sie am Anfang gedacht, wir lehnten ihr Projekt ab. Aber das änderte sich zum Glück. Später hat sie sich sogar bei uns Rat geholt, wenn sie mit den Herero Probleme hatte. Wir sind schon in dritter Generation in Namibia. Wir kennen alle wichtigen Leute, wir sprechen mit ihnen in ihrer Sprache. Wir kennen ihre Mentalität sehr genau. Auch die traditionellen Führer kommen oft zu uns.“

Katrin hat den Eindruck, die Kleibers fühlen sich von ihr angegriffen und glauben, sie müssten sich vor ihr rechtfertigen. „Gibt es denn keine Spannungen zwischen den Herero und den deutschen Farmern?", fragt sie.

Auf diese Frage hat Friedrich Kleiber gewartet. „Wir kommen gut mit den Herero aus. Schließlich finden 40 von ihnen Arbeit auf unserer Farm und können so ihre Familien ernähren. Ich weiß, worauf Sie anspielen, aber ich kann Sie beruhigen. Mein Großvater hat dieses Land nicht gestohlen, er hat es gekauft, und er hat es kultiviert. Und wir Deutschen sind nach über 100 Jahren nicht mehr die Herren im Land. Wir sind Bürger Namibias, wir haben die Unabhängigkeit akzeptiert. Wir sind weiße Namibier. Dieses Land ist auch unsere Heimat."

Katrin wirft ein: „Von Anna weiß ich, dass die meisten Schwarzen kein Land haben, dass die Regierung ihnen aber welches versprochen hat."

„Wir weißen Farmer haben nichts gegen eine Landreform, wenn sie vernünftig durchgeführt wird. Wir sind bereit abzugeben, aber wir lassen uns nicht alles wegnehmen. Unsere große Sorge ist, dass es unter den Schwarzen Leute gibt, die nur darauf warten, uns aus dem Land zu jagen. Unser Schreckensbeispiel ist Simbabwe. Dort wurden fast alle weißen Großfarmer vertrieben. Und jetzt liegt das Land am Boden, weil die Farmen verrotten."

„Haben Sie denn keine Angst, dass Ihnen Ihre schöne Farm weggenommen wird?"

„Noch nicht. Die Landreform in Namibia sieht – bisher jedenfalls – keine Enteignung vor. Aber einige wenige weiße Farmer sind schon zum Verkauf ihres Eigentums gezwungen worden. Dafür sind sie entschädigt worden. Die Regierung will auf diesen Farmen teilweise schwarze Kleinbauern ansiedeln, die aber gar nicht wissen, wie man eine große Rinderfarm führt. Das wäre für Namibia sehr schädlich."

„Reden Sie auch mit den Herero über solche Probleme?“

„Aber ja, das ist unser Dauerthema. Es gibt ja inzwischen auch die ersten schwarzen Farmer hier.“

Katrin erzählt den Kleibers von der Farm, die einst ihre Großtante aufgebaut hatte. „Die gehört jetzt Schwarzen. Ich hatte den Eindruck, dass die Angst haben, ich könnte Ansprüche auf die Farm meiner Tante anmelden.“

Der Farmer fällt ihr ins Wort: „Unsinn. Die kennen die Gesetze nicht. Seit der Unabhängigkeit ist es nach geltendem Recht nicht mehr so leicht für Ausländer, in Namibia Farmen zu erwerben. Wenn Sie zum Beispiel auf die Idee kämen, sich in Namibia eine Farm zu kaufen, dann müssten Sie sich schon einiges einfallen lassen: Sie müssten einen namibischen Mann heiraten, die namibische Staatsbürgerschaft annehmen und viel, viel Geld haben. Und wenn dann die Farm Ihrer Großtante zum Verkauf stünde, dann könnten Sie sich bewerben. Ganz sicher aber würden schwarze Käufer bevorzugt. Denn es gibt auch hier eine neue Schicht von reichen Schwarzen, die Farmen aufkaufen. Wir haben Minister in der Regierung, die besitzen drei oder vier Farmen.“

„Aber die wenigen Weißen haben doch immer noch viel mehr Land als die vielen Schwarzen. Anna hat das immer als ungerecht empfunden.“

„Ja, das empfinde ich genauso. Gerade unter uns weißen Farmern gibt es eine stattliche Zahl von Landwirten, die mehr als eine große Farm haben. Einige junge Farmer in unserem Verband fordern deshalb: ein Farmer – eine Farm. Keiner, egal ob schwarz oder weiß, sollte mehr als eine Farm in einer bestimmten Größe besitzen. In unserem Verband setzt sich diese Meinung langsam durch. Ich gebe zu: Ich war jahrelang strikt dagegen, aber jetzt glaube ich auch, das ist die beste Lösung. Aber nur, wenn sie für alle gilt, auch für die reichen Schwarzen."

Katrin findet es immer interessanter, mit dem Farmer zu diskutieren. Sie kann ihn alles fragen und bekommt nüchterne Antworten. „Ich kann mir nicht vorstellen, dass alle weißen Farmer so denken wie Sie. Ich habe gehört, dass der Besitzer der Farm ‚Vaterland' das Kulturzentrum für überflüssig hält. Stimmt das?"

„Ja, unser Siegbert trauert immer noch den alten Zeiten nach. Es dauert eben, bis sich Menschen ändern. Man muss Geduld haben."

„Stehen Sie mit dieser Meinung allein da?"

„Nein, natürlich nicht. Aber es gibt die ewig Gestrigen. Denen passt es nicht, dass die Schwarzen jetzt an der Macht sind. Die halten alle Afrikaner für unfähig, korrupt und faul. Im besten Falle sagen sie: Die sind wie die Kinder, die brauchen noch Generationen, um auf unser Niveau zu kommen. Das klingt überheblich, aber da ist etwas dran."

„Für solche Leute muss das Kulturzentrum ein Graus sein."

„Ja, die lästern. Mein Nachbar Siegbert hat von Anfang an das Projekt kritisiert. Eine Vergeudung deutscher Steuergelder sei das. Er hat Ihre Schwester bei uns auf einem Neujahrsempfang getroffen. Da kam es zu einem Eklat. Er muss Anna so provoziert haben, dass sie ihm ein Glas Rotwein ins Gesicht gekippt hat."

Katrin will weiterfragen, aber da kommt ein junger schwarzer Arbeiter im blauen Overall auf die Terrasse. „Chef, ich habe den Reifen geflickt und den Luftdruck der anderen überprüft. Das Auto ist startklar." Katrin kramt ihr Portemonnaie aus der Umhängetasche und schaut

Friedrich Kleiber fragend an. Der hat verstanden. „Ja, John freut sich bestimmt über ein Trinkgeld.“ Katrin bedankt sich und gibt dem jungen Mann 20 Namibia-Dollar. Sie wendet sich wieder an den Gastgeber. „Noch eine Frage. Was halten Sie eigentlich von Herrn Kaure?“

Friedrich Kleiber sagt spontan: „Er ist ein kompetenter, kooperativer und liebenswürdiger Mann. Wir verstehen uns ausgesprochen gut mit ihm.“ Katrin erzählt nichts von dem Verdacht, den sie gegen Kaure hegt. Sie will losfahren. Monika Kleiber steckt ihr lächelnd den Flyer ihrer Jagd-Farm in die Tasche: „Wir würden uns freuen, wenn Sie in besseren Zeiten mal als Touristin nach Namibia zurückkommen.“

„Ich bin keine Jägerin. Ich schieße nicht auf Tiere.“ Friedrich Kleiber schiebt sich vor seine Frau und sagt: „Sie müssen bei uns keine Tiere schießen. Aber einen saftigen Gemsbock-Braten werden Sie bestimmt nicht verschmähen.“

Gerade rechtzeitig vor Einbruch der Dunkelheit kommt Katrin in Okakarara an. Die drei Katzen sitzen in der Dämmerung vor der Tür – miauend neben ihren leeren Schälchen. Sie beugt sich zur einäugigen Otjiwa herunter und tätschelt ihr den mageren Rücken. „Ihr Armen, hat Kavera euch vergessen?“ Katrin ruft verärgert in den Nachbargarten hinüber. „Kavera, Kavera, wo bist du?“ Das Mädchen kommt sofort angerannt und gesteht. „Heute habe ich die Katzen vergessen. Wir hatten so viele Schularbeiten auf. Aber gestern, da habe ich ihnen ganz bestimmt etwas gegeben.“ Katrin muss über sich selbst lachen. Seit sie in Annas Haus lebt, entwickelt sie sich zu einer Katzenmutter. Sie macht sich schon Sorgen, wenn die Samtpfoten mal einen Tag kein Futter kriegen.

In der Nacht klingelt das Telefon. Katrin tastet nach dem Hörer auf dem Nachttisch. Ein Blick auf die leuchtend grünen Zeiger des Weckers, es ist kurz vor eins. Das kann nur Martin sein, der Nachtschwärmer. „Hallo Brüderchen, ich habe schon tief und fest geschlafen." Es ist ganz still. Dann knackt es in der Leitung. „Hallo Martin. Scheiß Telefon." Es kommt ihr so vor, als atme jemand am anderen Ende der Leitung. „Martin, ist alles in Ordnung bei dir? Sag was." Immer noch Schweigen, immer noch dieses unheimliche Atmen. Dann hört sie eine Stimme, die dumpf und verstellt klingt: „Verschwinde sofort. Sonst passiert etwas."

Katrin lässt den Hörer fallen. Ihr erster Gedanke: Wo sind die Katzen? Hoffentlich nicht draußen. Wer solche Anrufe macht, der bringt auch Katzen um. Sie stürzt ins Wohnzimmer. Da liegen sie, eng aneinander geschmiegt auf dem großen Korbsessel. Sie schauen zu ihr hoch. Katiti, nun auch ihr Liebling, fängt an, sich wohlig zu strecken. Jetzt spricht Katrin auch noch mit den Tieren: „Habt keine Angst, ich beschütze euch." Vorsichtig drückt sie die Klinke der Haustür und vergewissert sich, dass sie abgeschlossen ist. Kam der Anruf von einem Handy? Wenn ja, dann steht der Mann vielleicht im Garten und beobachtet sie durch das Fenster. Katrin knipst die Stehlampe aus. Im Dunkeln tappt sie ins Schlafzimmer und setzt sich auf die Bettkante. Katiti ist ihr gefolgt und springt auf das Plumeau. Was soll sie bloß tun? Die Polizei rufen? Das Revier ist nachts nicht besetzt. Martin alarmieren? Der ist viel zu weit weg. Und Gert? Der macht mir nur Vorwürfe! Und der tolle Mann aus der Wüste? Der sitzt im Flugzeug. Agnes würde ihr sofort helfen. Sie hat aber kein Telefon, und sie selbst kann nicht durch den Garten zu ihr laufen. Und Chief Kambanda? Es knackt in der Leitung, kein Anschluss unter dieser Nummer. Jetzt bleibt ihr nur noch der weiße Farmer, den sie heute erst kennen gelernt hat. Nach dem zweiten Klingelzeichen schaltet sich ein Anrufbeantworter ein. „Hier ist die Jagd-Farm ‚Heimat'. Bitte hinterlassen Sie nach dem Piepton eine Nachricht. Wir rufen umgehend zurück."

Wer droht ihr? Wer wagt es, ihr nachts Angst einzujagen? Sie geht alle Personen durch, die in Frage kommen könnten. Bürgermeister John Ojo? Nein, der hat kein Problem mehr mit ihr, seit die Sache mit seiner Frau geklärt ist. DED-Chef Dirk Mertens? Abwegig. Onkel Jonas und seine Bodyguards? Ja, denen traut sie Drohanrufe zu. Der Kreis der Verdächtigen wird immer enger. Der anonyme Anruf, da ist sich Katrin sicher, muss mit dem Mord zu tun haben. Hime war es auf keinen Fall. Der sitzt bei der Polizei in der Zelle und kann nicht telefonieren. Außer Onkel Jonas bleibt nur noch ein Verdächtiger übrig: Arnold Kaure. Katrin spinnt den Faden weiter. Sie glaubt, dass sie der richtigen Fährte folgt. Kaure muss der Mörder sein und auch der Anrufer. Alles fügt sich zusammen. Um das Verbrechen zu vertuschen, hat er den Verdacht auf Hime gelenkt. Er ist ins Haus eingebrochen und hat die Akten gestohlen, um die Beweise für seinen Betrug zu vernichten. Er hat Anna umgebracht, weil sie ihn durchschaut hatte. Wahrscheinlich weiß er längst, dass sie beim DED war und den Beweis für seine Unterschlagung vorgelegt hat. Arnold Kaure fürchtet um seine Existenz und merkt, dass sich die Schlinge um seinen Hals legt. Keine Minute darf sie mit ihm alleine sein.

Die Polizeistation von Okakarara öffnet morgens um sieben Uhr. Katrin wartet schon eine halbe Stunde, als Polizeichef

Major Kaputo sie endlich hereinwinkt. „Sie, Madam? Guten Morgen. Was wollen Sie denn schon so früh bei uns?"

„Ich will Anzeige erstatten. Ich habe heute Nacht einen Drohanruf erhalten." Katrin berichtet dem Polizisten alle Einzelheiten. Als er sie fragt, ob sie einen Verdacht habe, verneint sie. Sie traut dem Major nicht. Er könnte mit Kaure befreundet sein.

„Könnte es nicht sein, dass sich jemand einen Spaß mit Ihnen erlaubt hat?"

„Nein, ich werde bedroht und habe Angst um mein Leben."

„Ich habe das nicht so gemeint. Kommen Sie, ich nehme jetzt gleich die Anzeige auf."

Als Katrin ihre Aussage unterschrieben hat, schlägt Major Kaputo vor, eine Fangschaltung zu legen. Zum ersten Mal fühlt sie sich von der Polizei ernst genommen. „Ich kümmere mich noch heute um die Fangschaltung. Ich kann Sie beruhigen. Wenn der Drohanrufer sich noch ein zweites Mal bei Ihnen meldet, dann haben wir ihn, auch wenn er vom Handy aus telefoniert. Übrigens, ich gebe Ihnen den dringenden Rat: Sprechen Sie mit niemandem, auch nicht in Windhoek, über den Drohanruf und über die Fangschaltung. Unsere Erfahrung ist, dass es fast nie bei einem Anruf bleibt, meist kommen mindestens drei, vier weitere hinzu. Wenn unsere Fangschaltung bekannt wird, dann ist die Gefahr groß, dass der Anrufer gewarnt ist."

Katrin gibt dem Kommissar per Handschlag ihr Versprechen. „Ich verrate nichts."

Der Polizist reicht ihr seine Visitenkarte: „Wenn Sie Angst haben oder etwas Verdächtiges bemerken, dann rufen Sie mich bitte sofort an. Die zweite Nummer ist mein privater Anschluss."

„Sind Sie heute den ganzen Vormittag auf dem Revier?"

„Ja, warum? Erwarten Sie den zweiten Drohanruf so schnell?"

„Nein, ich bringe Ihnen jemanden, der eine wichtige Aussage machen wird."

Major Kaputo stutzt: „Da bin ich aber gespannt! Wer ist es denn?"

„Das kann ich Ihnen jetzt noch nicht sagen."

Vor dem Eingang des Kulturzentrums drückt sie auf die Hupe. Und schon kommt der alte Pförtner Ben angelaufen. Diesmal lacht er und winkt. Sie freut sich, den alten Mann so fröhlich zu sehen. „Sie arbeiten ja wieder hier." Ben erzählt, Manager Kaure sei vor zwei Tagen unerwartet bei ihm zu Hause aufgetaucht – mit der guten Nachricht, er könne wieder im Zentrum arbeiten. Ben strahlt Katrin an: „Das habe ich bestimmt nur Ihnen zu verdanken."

Katrin dementiert nicht, sie bittet um eine Gefälligkeit. „Begleiten Sie mich zum Büro von Herrn Kaure. Warten Sie bitte vor der Tür auf mich, bis ich wieder herauskomme. Es kann länger dauern."

Pförtner Ben hat verstanden. „Heute bin ich Ihr Bodyguard", grinst er vielsagend. Die beiden gehen ins Bürogebäude. Aus dem Vorzimmer holt Ben sich einen Stuhl, auf dem er sich niederlässt. Katrin klopft an und geht rein. Überrascht blickt Arnold Kaure von seinen Papieren auf, über die er sich gerade gebeugt hat. „Was wollen Sie denn hier zu so früher Stunde?" Kaure hat seine Armbanduhr vor sich auf den Schreibtisch gelegt. Er schaut auf das Zifferblatt: „Bitte machen Sie es kurz. Ich habe gleich einen wichtigen Termin." Katrin vergleicht die dumpfe Stimme der letzten Nacht mit der des Managers. Eine Ähnlichkeit kann sie nicht entdecken. Aber was sagt das schon? Jede Stimme kann verstellt werden, ein Taschentuch über der

Muschel reicht schon aus. Sie holt sich einen Stuhl und schiebt ihn nah an den Schreibtisch heran, setzt sich und schaut dem Manager fest in die Augen: „Ihren Termin heute können Sie vergessen." Arnold Kaure bleibt regungslos und liest weiter in seinen Akten.

„Herr Kaure, jetzt hören Sie mir gut zu. Sie haben Hime hinter Gitter gebracht, obwohl Sie ganz genau wissen, dass er nicht der Mörder meiner Schwester sein kann. Hime hat zur Tatzeit bei Ihnen im Garten gearbeitet. Ich habe einen Zeugen, der genau das bei der Polizei zu Protokoll geben wird." Noch immer schaut Kaure nicht von seinen Akten auf. Aber seine rechte Hand nestelt nervös an der Ecke eines Briefbogens.

„Herr Kaure, Sie sind in das Haus meiner Schwester eingebrochen und haben zwei Aktenordner und ein Tagebuch gestohlen."

Arnold Kaures Kopf schnellt nach oben. Seine Gesichtszüge entgleisen. Mit einem schiefen Lächeln versucht er seinen Schock zu überspielen. Es gelingt ihm nicht. Katrin wartet, ob er etwas sagen will. Der Manager schweigt.

„Herr Kaure, Sie haben vom Konto des Kulturzentrums 47.000 Namibia-Dollar unterschlagen." Sie zieht die Kopie des Briefes aus der Tasche, den Anna einen Tag vor ihrem Tod an DED-Direktor Dirk Mertens geschickt hatte. Kaure weicht zurück. Sein Gesicht wird aschfahl, auf seiner Stirn bilden sich kleine Schweißtropfen.

„Herr Kaure, Sie haben meine Schwester Anna erschlagen. Sie sind der Mörder."

Der Manager schießt hoch, sein Drehstuhl kippt nach hinten und knallt auf den Fußboden. Er schreit: „Ich bin kein Mörder! Ich habe Anna nicht umgebracht. Niemals könnte ich so etwas tun. Niemals!"

Da stürmt Ben ins Zimmer, die rechte Hand am Schlagstock. „Madam, brauchen Sie Hilfe?"

„Nein, nein, ich komm schon zurecht. Warten Sie bitte draußen. Ich rufe Sie, wenn ich Sie brauche. Danke."

Ben verlässt kopfschüttelnd den Raum. Arnold Kaure hat sich wieder auf seinen Schreibtischstuhl gesetzt, ringt aber immer noch um Fassung. „Ich bin kein Mörder, glauben Sie mir ", murmelt er vor sich hin und wiederholt diesen Satz immer wieder.

„Wenn ich Ihnen glauben soll, müssen Sie mir plausibel erklären, warum Sie Hime verdächtigen. Sagen Sie die Wahrheit. Eine andere Chance haben Sie nicht mehr."

Der Manager hat verstanden. Er kann ihr nicht entwischen. „Als ich hörte, dass Ihre Schwester in ihrem Haus ermordet wurde, konnte ich mir ausrechnen, dass ich einer der Hauptverdächtigen sein würde. Ich war im Streit mit Anna, weil sie mir die gefälschten Überweisungen nachgewiesen hatte. Ich brauchte dringend Geld, um familiäre Probleme zu lösen. Für mich war das wie ein Darlehen, ich wollte alles an den DED zurückzahlen. Ihre Schwester hat mir das nicht geglaubt und mir gedroht, mich anzuzeigen."

„Und das wollten Sie verhindern", sagt Katrin. „Deshalb haben Sie sie umgebracht." Sie schlägt mit der Faust auf den Tisch.

Die Tür wird aufgerissen. Ben steht wieder im Raum. „Madam, soll ich die Polizei holen?"

Arnold Kaure tobt. Seine Stimme überschlägt sich. „Raus hier, Ben. Lass uns gefälligst allein!"

Ben schleicht raus und schließt die Tür.

Katrin wiederholt ihren letzten Satz, Wort für Wort und ganz langsam. Sie ist seltsam ruhig und gefasst. „Und deshalb haben Sie Anna umgebracht."

In sich zusammengesunken kauert Arnold Kaure auf seinem Stuhl, den Kopf auf der Tischplatte. Seine Stimme ist heiser vom vielen Schreien. Jetzt fleht er sie an, sie möge ihm glauben. „Ich habe große Fehler gemacht. Die will ich nicht schönreden. Ich habe das Geld unterschlagen und ich habe aus lauter Angst, deswegen als Mörder verdächtigt zu werden, die Tat Hime in die Schuhe geschoben. Als der Junge mit dem Kerzenleuchter im Dorf auftauchte, wusste ich sofort: Jetzt geht es mir an den Kragen. Ich bin aus dem Schneider. Ich wusste, der Kerzenleuchter gehört Anna. Ich habe der Polizei nicht gesagt, Hime sei der Mörder. Ich habe sie nur sofort darauf aufmerksam gemacht, dass Hime mir die Mordwaffe verkaufen wollte."

„Hören Sie auf mit diesen Rechtfertigungen. Sie wissen genau, dass Sie durch Ihre Art, den Kerzenleuchter zu präsentieren, die Polizei auf eine falsche Spur gesetzt haben. Dafür sollten Sie sich schämen. Sie haben einen 17-jährigen Jungen ins Unglück gestürzt."

„Es tut mir leid. Ich war unter Druck."

„Und der Einbruch", setzt Katrin nach, „welche Entschuldigung haben Sie dafür?" Sie hat keine Angst mehr vor Kaure. Sie fühlt sich stark, viel stärker als der Mann, der ihr gegenüber sitzt.

„Ich musste herausfinden, ob Anna mit ihrer Drohung schon Ernst gemacht und eine Beschwerde an den DED losgeschickt hatte. Sie können sich nicht vorstellen, was ich durchgemacht habe. Und dann fand ich die Kopie eines Briefes an den DED mit dem Datum 15. August darauf. Ich habe meinen Namen und die Summe von 47.000 Namibia-Dollar darin erkannt. Da war alles klar für mich. Ich brauchte keine Übersetzung, um zu sehen, worum es ging. Seit diesem Tag rechne ich jede Sekunde mit einem Anruf aus Windhoek. Ich habe nachts kein Auge mehr zugetan. Bis heute. Ich warte immer noch auf diesen Anruf."

Sie hat den Manager im Verdacht, dass er jetzt die Mitleidstour ausprobiert. „Dafür sehen Sie aber erstaunlich frisch aus. Mir kommen die Tränen."

Arnold Kaure versteht die Ironie nicht. „Warum kommen Ihnen jetzt die Tränen?", fragt er verstört.

Sie winkt ab. „Herr Kaure, Sie geben zu, Geld des DED unterschlagen zu haben. Sie geben zu, in Annas Haus eingebrochen zu sein, um Dokumente als Beweismittel vernichten zu können. Sie geben zu, Hime bewusst als Täter angeschwärzt zu haben, obwohl Sie ganz genau wussten, dass er unschuldig ist. Allein dafür würden Sie bei uns in Deutschland für Jahre hinter Gitter kommen. Ich kann mir nicht vorstellen, dass die namibische Rechtsprechung milder ist. Und ich soll Ihnen nach all diesen kriminellen Taten auch noch glauben, dass Sie nicht der Mörder meiner Schwester sind?"

Arnold Kaure hält sich die Ohren zu und jammert: „Ich bin nicht der Mörder. Ich weiß nicht, wie ich Ihnen meine Unschuld am Tod Ihrer Schwester beweisen kann. Sie müssen mir einfach nur glauben. Ich bin kein Mörder."

„Wenn Sie noch einen Funken Anstand im Leib haben, dann holen Sie sofort Hime aus dem Gefängnis. Das haben Sie in der Hand. Alles andere wird die Polizei klären."

Kaure nimmt für einen Moment seine Hände vom Gesicht. „Wie stehe ich denn da, wenn ich jetzt erkläre, dass Hime nicht der Täter sein kann? In Okakarara kann ich mich nie mehr sehen lassen. Nein, das kann ich nicht machen. Diesen Gefallen tue ich Ihnen nicht. Nein."

In schneidendem Tonfall unterbricht sie ihn: „Mir tun Sie keinen Gefallen, wenn Sie Hime rausholen. Sie tun sich den größten Gefallen. Nur sich. Sonst mache ich alles öffentlich, was Sie dem Jungen, dem DED und meiner Schwester angetan haben. Und zwar in Okakarara, in Windhoek beim DED und in der Zentrale in Deutschland. Ich werde dafür sorgen, dass Sie eingesperrt werden und zwar für lange Zeit."

Jetzt ist bei Kaure der Groschen gefallen. Er ist erleichtert. „Abgemacht. Ich sage bei der Polizei zu Gunsten von Hime aus, und Sie unternehmen nichts gegen mich. Ich werde in der nächsten Woche zur Polizei gehen. Darauf können Sie sich verlassen. Ich gebe Ihnen mein Wort."

Katrin ist auf der Hut. „Sie wollen mich schon wieder austricksen. Ich fasse es nicht. Nächste Woche bin ich nicht mehr hier. Das Risiko ist mir viel zu groß, dass Sie mich reinlegen. Wir fahren zusammen zur Polizei. Und zwar sofort. Übrigens, Major Kaputo wartet schon auf uns." Für ein paar Sekunden lächelt sie ihn boshaft an.

Auf der Fahrt zur Polizeistation reden sie kein Wort miteinander. Mit langen Schritten stürmt Kaure auf die Eingangstür zu und lässt Katrin ein paar Meter hinter sich. Sie holt ihn ein und packt ihn am Handgelenk. „Ab jetzt wird nur noch Englisch gesprochen. Darauf bestehe ich."

Major Kaputo ist verblüfft, als er den verschwitzten und nach Luft ringenden Manager vor sich sieht. „Frau Sattler, wir haben alles in die Wege geleitet. Genauso, wie wir es heute Morgen besprochen haben. Was ist denn jetzt schon wieder passiert?"

„Ich bringe Ihnen Herrn Kaure. Er möchte eine Aussage machen."

Der Polizei-Chef schaut den Manager verständnislos an. Arnold Kaure nickt und versucht, krampfhaft Haltung zu wahren. Er nimmt am Schreibtisch des Majors Platz und beginnt, in Otjiherero auf ihn einzureden.

Katrin interveniert sofort: „Halten Sie sich an unsere Vereinbarung. Sprechen Sie Englisch. Ich muss jedes Wort verstehen."

Major Kaputo schaut wieder fragend zu Kaure. „Ist das so?"

Der Manager nickt und brummt: „Ja."

Es wird ein langes Protokoll. Der Polizei-Chef fühlt sich sichtlich unbehaglich und rutscht auf seinem Stuhl hin und her. Je weiter er nachfragt, umso klarer wird ihm, dass der Junge in der Zelle am Ende des Flurs unter falschem Verdacht eingesperrt worden ist. „Sie hätten uns viel Arbeit und sich viel Ärger erspart, wenn Sie gleich die Wahrheit gesagt hätten", rügt er Arnold Kaure.

Major Kaputo ist zornig, weil er den Ruf der Polizei von Okakarara gefährdet sieht. „Wenn sich herumspricht, dass wir einen unbescholtenen Jugendlichen seit Tagen hinter Gittern sitzen lassen, dann werden wir zum Hassobjekt der ganzen Region." Der Major ist ungehalten. „Sie müssen mir jetzt endlich sagen, warum Sie uns das Alibi des Jungen verschwiegen haben. Als wir ihn festgenommen haben, wäre es Ihre Pflicht gewesen, hier die Wahrheit zu sagen. Das haben Sie unterlassen. Deshalb haben wir Hime dem Haftrichter vorgeführt und der hat dann den Haftbefehl ausgestellt. Für diese bewusste Täuschung werden wir Sie strafrechtlich belangen." Der Polizei-Chef redet sich in Rage und wird immer lauter. „Herr Kaure, ist Ihnen eigentlich bewusst, was Sie da angerichtet haben? Warum, verdammt noch mal, haben Sie das getan? Raus mit der Sprache! Was haben Sie zu verbergen?"

Katrin muss sich bremsen, dem Polizisten nicht ständig aufmunternd zuzustimmen. Jetzt sitzt Kaure in der Falle. Endlich. Ob er doch der Mörder ist? Die Hände des

Managers beben. Er ist so aufgeregt, dass er sich beim Sprechen verhaspelt und immer wieder anfängt, Otjiherero zu sprechen. Der Polizist ermahnt ihn: „Englisch ist unsere offizielle Landessprache, Herr Kaure. Und Sie sind hier bei der Polizei. Sprechen Sie bitte Englisch! Wollen Sie ein Glas Wasser?"

Arnold Kaure reagiert nicht. Dann endlich beantwortet er die Frage, die ihm schon mehrmals gestellt wurde. Warum hat er einen falschen Verdacht ausgesprochen? „Ich hatte am Mittwoch, dem 11. August, Streit mit Anna Sattler. Alle im Zentrum haben das mitbekommen. Sie hat mich richtig angeschrien, und ich habe zurück geschrien. Sie war unverschämt zu mir. Das konnte ich mir nicht bieten lassen."

„Worüber haben Sie sich gestritten?"

Der Manager sieht Katrin flehend an. Sie ahnt: Er hat Angst, dass sie auspackt. Kaure windet sich. „Anna Sattler und ich sind eigentlich gut miteinander ausgekommen. Aber dann stellte sich heraus, dass wir unterschiedliche Auffassungen über unser Kulturprogramm hatten. Ich wollte nur Herero-Kultur, und sie wollte auch Künstler der Nama-, Damara- und Ovambo-Stämme auf unserer Freilichtbühne auftreten lassen. Das konnte ich nicht zulassen. Als Anna Sattler am nächsten Tag tot aufgefunden wurde, bekam ich große Angst, unter Mordverdacht zu geraten. Und da lief mir Hime mit dem Kerzenhalter über den Weg. Ich wusste, dass das wertvolle Stück Anna gehörte. Es stand immer auf dem Tisch, an dem wir manchmal zusammen gesessen hatten."

„Aber Sie wussten doch, – das haben Sie vor ein paar Minuten zu Protokoll gegeben – dass Hime zur Tatzeit in ihrem Garten gearbeitet hatte und deshalb nicht der Täter sein konnte. Ich wiederhole: Warum haben Sie dem Jungen den Mord in die Schuhe geschoben?"

„Ich hatte panische Angst, unter Verdacht zu geraten. Nur deshalb. Ich weiß, es war der größte Fehler meines Lebens. Mehr kann ich dazu nicht sagen."

Kaure unterschreibt das Protokoll und will sich gerade erheben, als der Polizist ihn auffordert, sitzen zu bleiben.

„Ist Ihnen eigentlich klar, dass Sie mit Ihrer heutigen Aussage den bisher verdächtigen Jugendlichen entlasten, sich selber aber zum Hauptverdächtigen gemacht haben? Ich könnte Sie sofort festnehmen, denke aber, es genügt, wenn ich Ihnen folgende Auflagen erteile: Ab sofort dürfen Sie Okakarara nicht mehr verlassen. Sie müssen sich jeden Vormittag bei uns auf der Polizeistation melden. Bitte händigen Sie mir Ihren Reisepass aus."

Kaure legt seinen Ausweis auf den Tisch. „Ich rufe jetzt meinen Anwalt in Windhoek an."

„Das wollte ich Ihnen auch schon raten. Vorher aber muss ich den Haftrichter in Otijwarongo informieren, dass neue Ermittlungen eingeleitet werden müssen. Er wird aufgrund Ihrer Aussage auch entscheiden, ob Hime sofort freikommen kann. Wo waren Sie eigentlich zur Tatzeit?"

Der Kommissar nimmt das Protokoll wieder auf.

„Ich war auf der Straße zwischen Otjiwarongo und Okakarara."

„Wer wusste davon? Wer hat Sie gesehen? Nennen Sie Zeugen?"

„Ich weiß nicht, wer mich gesehen hat. Ob mich überhaupt jemand gesehen hat, ich habe keine Ahnung. Ich kann keine Zeugen benennen. Ich weiß nur, dass ich im Zentrum gegen halb sieben Halt gemacht und aus meinem Büro ein paar Akten geholt habe. Ich wollte noch arbeiten.

Das habe ich nach Feierabend oft gemacht. Als ich zu Hause ankam, sagte mir meine Mutter, Hime sei gerade gegangen. Und ich habe mir sofort angesehen, wie viel er im Garten geschafft hat."

Der Polizist schiebt ihm das Papier über den Tisch. „Diese zweite Aussage müssen Sie auch noch unterschreiben. Halten Sie sich für weitere Vernehmungen bereit. Sie haben kein Alibi. Ihre Situation ist ernst."

Kaure steht auf, schaut zwischen dem Polizisten und Katrin hin und her. Seine Stimme wirkt auffallend ruhig. „Ich weiß, dass ich mich mit meinem Verhalten verdächtig gemacht habe. Aber glauben Sie mir bitte: Ich habe mit dem Mord an Anna Sattler nichts zu tun."

Der Manager verlässt grußlos die Polizeistation. Katrin rührt sich nicht vom Fleck. „Wollen Sie mir noch etwas sagen?" Major Kaputo gibt ihr zu verstehen, dass er für sie keine Zeit mehr hat.

„Ja, ich will wissen, wann Hime endlich freikommt."

„Immer mit der Ruhe. Erst muss ich den Haftrichter in Otjiwarongo in Kenntnis setzen, ihm die Protokolle persönlich vorbeibringen und die Entlassungspapiere vorbereiten. Unser Fax ist leider defekt. Wenn alles glatt läuft, dann kann der Junge von seiner Mutter am späten Nachmittag abgeholt werden. Auf Wiedersehen Frau Sattler."

Unschlüssig bleibt sie noch ein paar Minuten draußen vor der Polizeistation stehen. Sie tastet mit beiden Händen ihr glühendes Gesicht ab. In den letzten zwei Stunden hat sie Unvorstellbares erlebt. Sie, die Vorsichtige und Zurückhaltende, hat es geschafft, einen kriminellen Manager weich zu klopfen. Ein volles Geständnis hat er über seine Betrügereien abgelegt. Nur den Mord hat er noch nicht gestanden. Wie eine richtige Kriminalkommissarin ist sie aufgetreten, eine, vor der auch hartgesottene Männer Respekt haben. Wenn sie das zu Hause ihrem Bruder und ihrem Freund erzählt, dann glauben die ihr kein Wort. Auch Agnes wird Augen machen. Sie muss sofort zu ihr. Am liebsten würde Katrin ihren Erfolg mit der Freundin feiern.

Sie platzt mitten in ein Gespräch, das Agnes am Postschalter mit einer Kundin führt. Die gibt ihr ein Zeichen, draußen zu warten. Dann hängt Agnes das Schild GESCHLOSSEN an das Schalterfenster und kommt vor die Tür. Katrin kann es kaum erwarten, die gute Nachricht loszuwerden. „Stell dir vor, Hime wird freigelassen. Wahrscheinlich noch heute." Die beiden Frauen fallen sich um den Hals.

„Ist denn der Mörder gefunden worden?"

„Nein, aber Kaure musste zugeben, dass Hime für die Tatzeit ein wasserfestes Alibi hat."

„Wie hast du diesen Kerl dazu gekriegt, die Wahrheit zu sagen?"

Katrin erzählt Agnes alle Einzelheiten. Nur über die Fangschaltung verliert sie kein Wort. Agnes schwatzt mit so vielen Leuten, die könnte sich verplappern.

„Der Manager war es", versucht Agnes die Freundin zu überzeugen. „Er ist der Mörder. Kein anderer hat solch ein starkes Motiv."

Katrin wirft ein: „Wenn es denn so einfach wäre. Es gibt noch jemanden, der Angst hatte, von Anna angezeigt zu werden."

Agnes stöhnt auf: „Himmel, den hatte ich schon ganz vergessen: Onkel Jonas! Aber da habe ich meine Zweifel."

„Aber du hast mir doch selber erzählt, was für ein durchtriebener Kerl dieser Geldverleiher ist."

„Ja, du hast Recht, Onkel Jonas schüchtert ein und droht. Aber er hat nichts zu vertuschen. Jeder weiß von seinen üblen Geschäften. Ich glaube, er fühlt sich hier viel zu sicher, um sich rächen zu wollen. Ich sag es mal so: Dieser miese Typ ist felsenfest davon überzeugt, dass ihm keiner was kann. Er meint, dass er alle in der Hand hat. Auf immer und ewig."

„Dann muss der Manager der Mörder sein", zieht Katrin den Schluss.

„Weißt du, was das bedeutet?" Agnes zieht ihre Freundin weg von der Tür des Postamtes, damit niemand etwas von ihrem Gespräch aufschnappen kann. Sie flüstert: „Der Mörder deiner Schwester läuft frei herum. Wir kennen ihn, und viel schlimmer: Er kennt uns. Er wird wieder zuschlagen."

Katrin widerspricht: „Nein, das glaube ich nicht. Ich habe ihn eben auf der Polizeistation erlebt. Der Mann ist fix und fertig. Der ist froh, wenn ich ihm nichts tue."

Agnes packt sie an beiden Schultern und schüttelt sie. „Hast Du immer noch nicht begriffen? Der verstellt sich nur. Ich kenne diese Typen. Vorsicht! Heute Nacht schläfst du besser bei uns. Ich mache dir im Zimmer der Kinder ein Bett."

„Nein, nein, heute Nacht muss ich zu Hause sein. Ich warte auf einen Anruf", wehrt Katrin ab.

„Ach, der Biologe aus der Wüste, von dem du mir erzählt hast?"

„Ja, stimmt, ich warte auf den Mann aus der Wüste", freut sich Katrin. Mehr sagt sie nicht.

„Du musst um deinen Wüstenmann doch nicht so ein Geheimnis machen. Ich habe gemerkt, bei dir hat es gefunkt. Ich sehe so etwas gleich. Ach, wäre das schön, wenn du wieder zurück nach Namibia kommen würdest. Du darfst heute Nacht trotzdem nicht allein im Haus sein. Und weißt du was: Wenn Du nicht zu uns kommen willst, komme ich eben zu dir. Du bist wirklich in Gefahr. Zu zweit sind wir so stark, dass er uns nichts tun kann."

Auf dem Nachhauseweg kauft Katrin an der Tankstelle ein paar Flaschen Bier. Sie ist jetzt bedrückt. Wenn Agnes wüsste, dass sie auf einen Drohanruf wartet! Sie hat bohrende Kopfschmerzen und löst gerade in der Küche eine Tablette in einem Glas Wasser auf, da hört sie Motorengeräusche. Sie kommen immer näher. Sie hält den Atem an.

Das große Gartentor knarrt, es wird geöffnet. Schritte knirschen im Sand. Katrin macht das Licht aus und schleicht zum Eingang. „Katrin, machen Sie bitte auf. Ich bin es, Chief Kambanda."

Sie öffnet die Tür und steht im Dunkeln. Vor Aufregung hat sie vergessen, das Licht wieder anzumachen. „Ich hatte Licht im Haus gesehen. Ist der Strom eben ausgefallen?", erkundigt sich der Chief.

„Nein", stammelt Katrin, „ich hatte Angst vor Einbrechern."

„Dann ist es ja gut, dass wir gekommen sind." Katrin knipst das Licht an. Hinter dem Chief stehen Hime und seine Mutter. Sie sehen erschöpft, aber glücklich aus. „Da sind zwei, die sich bei Ihnen bedanken wollen", sagt der Chief lächelnd. Hime trägt ein frisch gebügeltes weißes Hemd, seine Haare sind mit Glanzgel gestylt. Betty Ndjembo hat sich ein festliches Tuch um die Schultern gelegt. Es ist tiefblau und mit goldenen Fäden durchwirkt. Sie setzt zu einer kleinen Rede an, die der Chief übersetzt. „Du fremde Frau aus Deutschland. Du hast unsere Familie wieder glücklich gemacht. Du hast unseren Sohn Hime befreit. Das werden wir dir nie vergessen. Wir werden dich in alle unsere Gebete einschließen. Gott soll dein Leben schön machen bis zu deiner letzten Stunde. Wir werden dich nie vergessen. Zum Dank haben wir dir etwas mitgebracht.“ In ihrer tiefen Rocktasche zappelt etwas. Sie holt ein zerrupftes Hühnchen hervor. Schnabel und Beine sind mit einer Schnur zusammengebunden. Katrin wischt sich Tränen aus den Augenwinkeln, greift unbeholfen nach dem zappelnden Huhn und lässt es in den Korbsessel fallen. Dort lässt es sofort einen Klacks Kacke fallen. Betty Ndjembo springt herbei, wischt mit ihrem Rocksaum die Hühnerkacke weg und schiebt ihren Sohn zu Katrin hin.

Hime ist verlegen und sagt leise: „Madam, ich danke Ihnen sehr. Ich habe Ihnen gesagt, dass ich Ihre Schwester nicht getötet habe. Jetzt sehen Sie, ich habe die Wahrheit gesagt.“

Katrin überspielt ihre Rührung: „Das müssen wir feiern. Wie gut, dass ich vorhin ein paar Flaschen Bier gekauft habe.“

„Stör ich?“ Agnes hat den späten Besuch mitgekriegt und lässt sich gerne hereinbitten. Alle stehen im Kreis und prosten sich zu. Agnes unterhält sich angeregt mit Himes Mutter in Otji-Herero, Hime schaut sich Annas CD-Sammlung an und der Chief zieht Katrin zur Seite: „Hören Sie, es muss etwas schief gelaufen sein bei Ihrem Besuch auf der Farm der Tjiteeres. Ich habe einen Anruf erhalten. Die Familie hat sich über Sie beklagt.“

Katrin stellt ihre Flasche Bier mit einer heftigen Bewegung auf den Tisch und schaut den Chief fassungslos an. „Das gibt’s doch nicht! Die Tjiteeres waren ausgesprochen nett zu mir und haben mich fein bewirtet. Ich verstehe das nicht. Was habe ich denn schon wieder falsch gemacht?“

„Die Familie behauptet, Sie hätten gesagt, die Farm gehöre Ihnen."

„Wie bitte? Die lügen! Nein, ich will doch keine Farm. Ich bin froh, wenn ich dieses Land endlich verlassen kann. So schnell wie möglich, am besten schon morgen. Hime ist frei. Was will ich noch mehr? Die Polizei wird den Mörder schon finden."

Katrin ist vor Aufregung laut geworden. Sie dreht sich zu den anderen um. Sie haben nichts bemerkt. Hime hat den CD-Player angestellt und die Kopfhörer aufgesetzt, Agnes und Betty sind in ein Gespräch vertieft.

Der Chief macht einen Vorschlag: „Das mit der Farm sollten Sie mit der Familie persönlich klären, bevor Sie abreisen. Ich begleite Sie gern. Morgen habe ich Zeit. Ich hole Sie um zehn Uhr ab." Katrin hofft, dass der Chief das Missverständnis aufklären wird.

Als die Besucher gegangen sind, packt Agnes das Huhn an der Kehle. „Ich schlachte es gleich."

„Nein, es ist doch noch viel zu klein und mager. Ich schenke es dir. Lass es in deinem Garten herum laufen und fett werden."

Agnes nimmt das Huhn und geht. „Ich komme zurück, sobald die Kinder eingeschlafen sind. Vielleicht hat sich dein Wüstenmann dann schon gemeldet. Ich bin ja so gespannt."

Katrin drängt die Freundin hinaus. „Lass mich bitte allein, ich bin einfach k.o. Misch dich nicht in alles ein."

Agnes dreht sich blitzschnell um und sieht Katrin erschrocken an. „Was habe ich dir getan? Ich will dir nur helfen. Und du? Du bist so abweisend." Sie geht. Katrin überlegt, ob sie Agnes die Wahrheit sagen soll. Sie kann sich nicht entscheiden und fängt an, aufzuräumen. Sie wirft die Bierflaschen in den Mülleimer. Mit einem nassen Lappen will sie die eklige Hühnerspur vom Kissen entfernen. Sie reibt und reibt, der Fleck wird immer größer. Das hübsche Kissen ist versaut. Voller Wut schmeißt Katrin Lappen und Kissen in den Abfall.

Sie weint. Es ist die Trauer um Anna, die Angst um ihr eigenes Leben, der Ärger über die vielen Missverständnisse und die Enttäuschung über die Familie Tjiteere. In den Schmerz mischt sich Groll gegen die kleine Schwester. Warum hat Anna ein falsches Bild von ihrem Leben in Namibia und von den Menschen hier gemalt? Hatte sie Angst, Vorurteile zu bedienen, wenn sie sich kritisch äußert? Katrin gesteht sich ein: Nie hat sie nachgefragt, nie hat sie sich wirklich für Annas Leben in Namibia interessiert. Sie hat als Schwester versagt.

Katrin weiß nicht, wie viele Stunden sie in dem Sessel verbracht hat, als ein schriller Klingelton sie aus ihrem Dämmerzustand reißt. Katrin ist hellwach, reagiert wie mechanisch. Sie schaut auf ihre Armbanduhr. Es ist eins, die gleiche Zeit wie gestern Nacht. Sie nimmt den Hörer vorsichtig von der Gabel. Ihre Hände verkrampfen sich. Mit beherrschter Stimme spricht sie in die Muschel. „Wer sind Sie?“ Wieder diese dumpfe, viel zu tiefe Stimme. Wieder dieses schwere Atmen. „Hör mir zu! Das ist meine zweite Warnung. Verschwinde sofort, sonst ergeht es dir wie deiner Schwester.“ Diesmal legt der Anrufer sofort auf. Katrin lauscht noch eine Weile dem Besetztzeichen. Hoffentlich hat die Fangschaltung geklappt. Ihre depressive Stimmung ist wie weggeblasen, ihr Ermittlungsfieber neu entfacht. Sie versucht, sich an den Klang der verstellten Stimme zu erinnern. Ob es Kaure ist? Ist es überhaupt ein

Mann? Wenn Anna auch bedroht worden ist, dann hat sie das bestimmt in ihrem Tagebuch notiert. Da war doch was mit einer fremden Frau während des großen Herero-Festes. Katrin holt Annas letztes Tagebuch unter ihrem Kopfkissen hervor. Noch einmal liest sie Annas letzten Eintrag, aber dieses Mal ganz langsam und laut, Wort für Wort. Eine fremde Herero-Frau hatte Anna ins Ohr gezischt: „Warum bist du hierhergekommen? Deine Familie hat doch auch Blut an den Händen."

Annas letzter Eintrag. Danach nur noch leere Seiten. Katrin blättert die Kladde bis zum Ende durch. Vielleicht taucht doch noch irgendwo ein Hinweis auf. Nichts. Katrin legt das Heft zurück. Morgen wird sie mehr über den Drohanruf wissen. Der Kommissar hatte ihr gesagt, spätestens 15 Stunden nach einem solchen Anruf sei die verdächtige Nummer ermittelt.

Als Katrin am nächsten Tag mit Chief Kambanda zur Farm Omungondo fährt, überlegt sie kurz, ob sie ihm von den Drohanrufen erzählen soll. Nein, das darf sie nicht. Versprochen ist versprochen. Stattdessen fragt sie ihn: „Warum empfinden die Herero nach so langer Zeit immer noch eine so tiefe Abneigung gegen die Deutschen?" Er antwortet ihr, als habe er schon lange auf diese Frage gewartet: „In vielen von uns schlummert noch immer eine tiefe Kränkung. Der Krieg zwischen den Herero und den Deutschen ist über 100 Jahre her, und er ist nie richtig beendet worden. Das Volk der Herero ist in diesem Krieg zu 80 Prozent ausgelöscht worden. Es gab einen Vernichtungsbefehl des obersten deutschen Befehlshabers Lothar von Trotha, in dem es hieß, das Volk der Herero müsse ausgelöscht werden ... auch Frauen und Kinder würden nicht ausgenommen. So etwas nennt man heute Völkermord, über 60.000 Herero wurden ermordet, viele ließen die Deutschen verdursten und verhungern. Es hat nie – wie es sonst üblich ist – einen Friedensvertrag gegeben, mit dem ein Schlussstrich hätte gezogen werden müssen. Die Forderung der Herero nach einer materiellen Wiedergutmachung wird bis heute von der deutschen Regierung zurückgewiesen. So sind die Verbrechen der deutschen Schutztruppen niemals bestraft und die Opfer niemals entschädigt worden. In Deutschland war der Völkermord an den Herero kein Thema. Für uns Herero aber sind die Toten nicht tot. Sie leben in den Familien weiter. Und die vielen Hellhäutigen unter uns erinnern uns täglich daran, wie deutsche Männer Herero-Frauen missbraucht haben. Wenn tiefe Kränkungen über Generationen weitergegeben werden, dann können die Wunden nicht heilen. Und das Schlimme ist: Bei dem geringsten Anlass brechen diese alten Wunden wieder auf und entfachen Gefühle der Feindseligkeit. Deshalb ist es so wichtig, dass Deutsche und Herero miteinander ins Gespräch kommen. Deshalb war ich so glücklich, dass eine Frau wie Anna hier mit uns zusammen das Kulturzentrum aufbauen wollte."

„Ist das der Grund, warum Sie mit mir zur Familie Tjiteere fahren?"

„Ja, so ist es."

„Ich habe die ganze Nacht gegrübelt, was ich der Familie Tjiteere getan haben könnte. Sie haben sich mir gegenüber nichts anmerken lassen. Ganz im Gegenteil. Sie waren nur freundlich zu mir."

„Sie können nicht wissen, wie empfindlich viele Herero sind. Ein falscher Zungenschlag kann zu großen Missverständnissen führen und das hat mit der Geschichte der Farm zu tun, die früher Ihrem Großonkel gehörte."

„Was wissen Sie über meinen Großonkel?"

„Warten Sie ab. Gleich werden Sie Näheres erfahren."

Auf dem Hof stehen die Großeltern, die Eltern und die drei Söhne Spalier. „Wir fühlen uns geehrt, dass Sie zu uns kommen. Lassen Sie uns reingehen. Sie wollen sicher etwas trinken", sagt Joshua Tjiteere zum Chief. Alle gehen ins Haus. Katrin trottet hinterher, fühlt sich wie das fünfte Rad am Wagen. Sie spürt die abschätzenden Blicke und fühlt sich unsicher. Der Hausherr weist jedem einen Platz zu. Der Chief am Kopfende des großen Esstisches, die Eltern und die Großeltern jeweils rechts und links von ihm, die drei Söhne neben den Eltern Flora und Joshua Tjiteere und Katrin neben den Großeltern. An jedem Platz steht ein Glas mit Limonade. Eine halbe Stunde lang kreist das Gespräch um kranke Verwandte, neugeborene Urenkel, um Fleischpreise und Rinderpest. Auch ein schwerer Verkehrsunfall in Otjiwarongo wird lebhaft diskutiert, über die große Fernsehrede, die Präsident Nujoma kürzlich hielt, wird gestritten. Vater Tjiteere ist SWAPO-Mitglied, der Chief gehört der Oppositionspartei DTA an. Und dann sind sich alle einig, dass die Regenzeit schnell kommen muss. Die Böden sind ausgetrocknet und die Tiere haben nichts mehr zum Fressen. Jeder bemüht sich, Englisch zu sprechen, damit Katrin folgen kann. Dann bittet der Chief um Ruhe. Alle werden still wie bei Gericht, wenn der Vorsitzende Richter das Wort ergreift: „Wir sind hier zusammengekommen, um gemeinsam ein Problem zu lösen. Dafür müssen wir zurückgehen in die Geschichte. Nachdem unser Aufstand gegen die Kolonialmacht blutig niedergeschlagen worden war, nahmen uns die Deutschen unser gesamtes Land weg und machten uns zu ihren Knechten. Bis heute besitzen die Weißen das beste Weideland. Für die

Schwarzen blieben nur die kümmerlichen Reste. Nach der Unabhängigkeit ist es endlich möglich geworden, dass auch Herero Farmen kaufen können. Aber nur wenige haben das Geld dazu. Die Familie Tjiteere konnte das nur mit einem Kredit der Regierung."

Jetzt wendet sich der Chief an Katrin: „Vor drei Jahren kam Ihre Schwester Anna Sattler zu uns. Ich habe Ihre Arbeit sehr geschätzt. Wir alle wissen von ihrem tragischen Schicksal. Sie hat sich um die Sache der Versöhnung zwischen Herero und Deutschen verdient gemacht. Aber sie hat auch Ängste geweckt. Nach unserer Tradition haben Kinder und Kindeskinder Anspruch auf das Eigentum ihrer Vorfahren. Deshalb musste die Familie Tjiteere befürchten, dass Anna sich als die rechtmäßige Erbin der Farm ihrer Ahnen sieht. Und jetzt sind Sie, Katrin, da und nehmen den Platz Ihrer Schwester ein." Mit einer Handbewegung erteilt der Chief dem Familienoberhaupt das Wort.

Joshua Tjiteere nickt ihm dankend zu. „Es mag sein, dass Anna Sattler gute Arbeit geleistet hat. Aber als sie das erste Mal hier auf unserer Farm zu Besuch war, kamen in unserer Familie alte Verletzungen wieder hoch. Wir konnten nicht verstehen, dass Anna unsere Vorbehalte überhaupt nicht gespürt hat. Im Gegenteil, sie schien sich hier wie zu Hause zu fühlen. Sie lud sich immer wieder selbst ein. Das mochten wir nicht."

Katrin kann nicht mehr an sich halten. „Warum, um Gottes Willen, haben Sie ihr das nicht gesagt?"

„Das ist gegen unsere Tradition. Wer als Gast zu uns kommt, wird höflich behandelt."

„Dann ist es auch ein Fehler, wenn ich Sie besuche?"

Joshua Tjiteere antwortet nicht direkt, sondern zeigt auf den zitternden Großvater. „Das ist mein Vater. Ist Ihnen nicht aufgefallen, was für eine helle Haut er hat? Haben Sie nicht seine Nase gesehen, die so anders ist als unsere? Haben Sie nicht bemerkt, dass sein Haar nicht so kraus wie unseres ist? Schauen Sie sich ihn genau an. Er ist mit Ihnen verwandt, er ist der Sohn Ihres Großonkels Otto Bernburg. Ihr Großonkel hat meine Großmutter, die bei ihm das Haus sauber gemacht hat, vergewaltigt und ihr ein Kind gemacht. Sie konnte ihm viele Jahre lang nicht entkommen, musste weiter für ihn kochen und putzen und ihm zu Diensten sein. Sie war ihm total ausgeliefert. Wo hätte sie denn hingehen können? Das alles müssen Sie doch gewusst haben, als Sie sich bei uns an den Tisch setzten."

Katrin verbirgt ihr Gesicht mit beiden Händen und spricht stockend in sich hinein: „Das habe ich nicht gewusst. Und Anna kann es auch nicht gewusst haben. Das alles ist in unserer Familie nicht bekannt. Oder meine Eltern haben es gewusst und uns gegenüber verschwiegen. Das müssen Sie mir glauben. Dass der Großonkel herrisch war, das wurde bei uns in der Familie erzählt. Wir wussten auch, dass Tante Else unglücklich mit ihm war. Deshalb hat sie sich von ihm scheiden lassen. Aber dass ein solches Verbrechen geschehen ist, davon hatten wir keine Ahnung. Bis heute nicht."

Die Großmutter gibt ihrem Sohn Joshua ein Zeichen. Sie will reden, und der jüngste Sohn übersetzt ins Englische. „Ich bin auf der Farm Ihres Großonkels aufgewachsen und habe dort, genau wie mein späterer Mann, gearbeitet. Ich kann Ihnen nur sagen: Wir beide waren vier Jahre alt, als ihre Großtante die Farm verließ. Danach begannen für uns furchtbare Jahre. Wir alle haben Ihren Onkel aus tiefster Seele gehasst. Wir nannten ihn giftige Schlange. Das habe ich Ihnen bei Ihrem ersten Besuch gesagt."

„Einen besseren Namen konnte es für dieses Scheusal nicht geben!“, kreischt Flora Tjiteere dazwischen. „Jetzt bin ich seit 28 Jahren mit Joshua verheiratet. Fast jede Woche sprechen wir über die Verbrechen Ihres Großonkels. Meine sieben Kinder sind damit aufgewachsen. Sie wissen alles.“

„Mutter, hör auf“, versucht Manene, sie zu beruhigen. „Es ist genug. Lass das. Die wird uns nie verstehen.“

„Es ist überhaupt nicht genug!“, herrscht ihn seine Mutter an. „Jetzt muss alles auf den Tisch. Alles. Anna Sattlers Schwester muss sich anhören, was ihre Vorfahren uns angetan haben. Und du hältst gefälligst deinen Mund.“

Joshua Tjiteere versucht, die Wogen zu glätten. „Reg dich doch nicht so auf! Was hast du denn? So kenne ich dich ja gar nicht“, sagt er zu seiner Frau und wendet sich dann an Katrin: „Sind Sie Ihrer Großtante noch begegnet oder kennen Sie sie nur aus Erzählungen?“

Die Stimmung hat sich etwas entspannt. „Für uns Kinder war es ein Festtag, wenn Briefe mit Fotos oder Päckchen mit Süßigkeiten von Tante Else aus Afrika ankamen. Nach der Scheidung von Otto Bernburg ist sie nach Südafrika gegangen, wo sie noch einmal geheiratet hat. Ende der 70er Jahre kehrte sie alt und mittellos nach Deutschland zurück und wurde von ihren Geschwistern unterstützt. Die letzten Jahre ihres Lebens hat sie in einem Altersheim verbracht. Dort habe ich sie ein Mal besucht. Sie hat mir viel über Namibia erzählt und mir Bilder von ihrer Farm „Omungondo“ geschenkt. Von Problemen auf der Farm hat sie nicht gesprochen. Glauben Sie mir, meine Tante hat Afrika wirklich geliebt. Sie hat mir gesagt, jede Nacht träume sie von Namibia. Sie ist 101 Jahre alt geworden.“

Flora Tjiteere giftet: „Die Tante, die Tante, die war so lieb.

Ich will das nie wieder hören. Was wussten Sie über Ihren Großonkel?"

Katrin versucht den aggressiven Tonfall zu ignorieren: „Nicht viel. Er soll Anfang der 60er Jahre auf der Fahrt nach Swakopmund in der Wüste tödlich verunglückt sein. Ich habe die Tante im Altersheim danach gefragt, aber sie wollte nichts sagen. ‚Ach Kind, lass die alten Geschichten ruhen', hat sie gesagt."

Flora lacht hysterisch auf. „Richtig, das hätte Ihre Großtante mal Anna sagen sollen. Die hat uns ständig in den Ohren gelegen. Was war denn mit dem Großonkel? Nichts war mit dem Großonkel. Der hatte eine Panne in der Wüste. Ihre Schwester wollte uns was anhängen, damit sie schnell an unsere Farm kommt."

Katrin widerspricht energisch: „Nein, Anna wollte Ihre Farm nicht. Und ich will Ihre Farm auch nicht. Und mein Bruder Martin würde nicht einmal Urlaub in Afrika machen. Ich bin nur solange hier, bis der Mord an meiner Schwester aufgeklärt ist. Niemand in meiner Familie hat auch nur das geringste Interesse an Ihrer Farm. Allerdings kann ich mir schon vorstellen, dass Anna wissen wollte, wer ihr Onkel war und wie er gestorben ist."

„Das sage ich Ihnen jetzt", zischt Flora Tjiteere über den Tisch, „furchtbar war er. Er hat seine Arbeiter mies bezahlt. Manchmal bekamen sie ihren Lohn erst Wochen später. Er hat sie geschlagen, er hat sie beschuldigt, ihnen ständig unterstellt, sie hätten ihn bestohlen, er hat sie beschimpft und gedemütigt. Für ihn waren seine Arbeiter und seine Hausangestellten, Frauen wie Männer, dumm, faul und unfähig. Er war besessen, und Waffen hatte er auch. Und weißt du wie er uns genannt hat? Kaffern hat er uns genannt."

Katrin starrt die schwarze Frau an. „Und das habt ihr euch gefallen lassen? Ihr habt euch nicht gewehrt?"

Flora steht auf und krallt sich an der Tischplatte fest. „Sie haben überhaupt keine Ahnung, was in diesem Land los war. Sie wissen nichts. Wie oft haben die Arbeiter daran gedacht, Ihren Großonkel umzubringen. Aber die wären alle aufgehängt worden. Damals wurde ein Schwarzer, der einen Weißen tötete, sofort hingerichtet."

Flora Tjiteere stürzt aus dem Esszimmer. Ihr Sohn Manene läuft hinterher und ruft: „Mutter! Mutter!"

Der Chief hat schweigend zugehört. Dann fordert er den ältesten Sohn auf: „Nelson, bitte hole deine Mutter und deinen Bruder wieder zu uns. Ich habe euch etwas zu sagen."

Nelson begleitet seine Mutter zurück an den Tisch. Der Bruder folgt den beiden. Flora Tjiteere hat rot verweinte Augen, ihr Sohn kaut nervös auf der Unterlippe. Der Chief erklärt die Aussprache für beendet. „Beruhigt euch. Es ist gut, dass wir über alles gesprochen haben. Katrin hat heute vieles über die Geschichte der Farm „Omungondo" und damit auch über die Geschichte unseres Landes erfahren. Und ihr, liebe Familie Tjiteere, habt aus dem Mund von Katrin gehört: Keiner aus ihrer Familie hat jemals oder wird jemals Ansprüche auf die Farm erheben. Ich glaube ihr. Ich bitte euch, glaubt ihr auch, was sie gesagt hat."

Joshua Tjiteere stimmt Chief Kambanda zu: „Ja, ich glaube ihr."

Die Großmutter meldet sich mit zarter Stimme. „Ich und mein Mann glauben Katrin auch."

Der älteste Sohn Nelson und der Jüngste am Tisch, der 18-jährige Silvester, sprechen im Chor: „Wir auch." Manene schweigt und rührt sich nicht. Der Chief schaut fragend zu Flora Tjiteere. Die hält seinem Blick nicht stand. Sie senkt den Kopf.

Ihr Mann Joshua besteht auf einer Antwort. „Sag was!“

Flora Tjiteere schaut Katrin finster an: „Ich glaube ihr nicht“, presst sie hervor.

Für den Chief ist die Familien-Befragung beendet. „Nur eine Gegenstimme. Das ist ein gutes Ergebnis. Ich habe noch eine gute Nachricht.“ Der Chief erzählt der Familie, dass der 17-jährige Hime nicht mehr unter Mordverdacht steht und am Vortag freigelassen wurde. „Das haben wir Katrin zu verdanken. Der Junge kann nicht der Mörder von Anna Sattler sein. Er hat ein Alibi für die Tatzeit. Das alles hat Katrin herausgefunden. Sie ist besser als unsere Polizei.“ Chief Kambanda lacht. Mit ihm lachen Vater Joshua und die Großmutter, die krächzend mehrmals wiederholt. „Besser als die Polizei. Besser als die Polizei. Katrin ist besser als die Polizei.“ Flora Tjiteere wirft der Alten einen vernichtenden Blick zu. Die verstummt sofort. Katrin hat alles genau beobachtet und spürt: Da ist immer noch etwas ungeklärt. Ob der Chief das auch bemerkt hat?

Als sie mit ihm allein im Auto sitzt, wagt sie es, ihn direkt zu fragen: „Die Familie verschweigt mir irgendetwas. Die Mutter war mir gegenüber so feindselig. Warum nur? Ich verstehe das nicht.“

Katrin bedrängt ihn, sodass der Chief schließlich die ganze Wahrheit erzählt. „Es war kein Unfall mit ihrem Großonkel. Er ist ganz anders gestorben. Im Jahre 1965 ist es auf der Farm ‚Omungondo‘ zu einem Aufruhr gekommen. Die Landarbeiter hatten wieder einmal keinen Lohn erhalten und auch nicht ihre Lebensmittel-Rationen. Die Arbeiter waren hungrig und verzweifelt. Als Ihr Onkel sie mit seiner Pistole bedrohte, haben sie ihn in ohnmächtiger Wut erschlagen. Bei diesem Tumult wurde ein Arbeiter angeschossen, Otto Bernburg verblutete."

„Er ist also auf seiner Farm ermordet worden", stellt sie nüchtern fest. Der Chief lenkt das Auto an den Rand der Straße und stellt den Motor ab. „Nein. Er ist nicht ermordet worden. Es war Totschlag aus Notwehr. Den Landarbeitern ist es gelungen, alles zu vertuschen. Sie haben den Leichnam verbrannt und der Polizei gemeldet, ihr Boss sei von seiner Reise nach Swakopmund nicht zurückgekehrt. Die Polizei hat tagelang die Farm durchsucht, aber nichts gefunden. Alle auf der Farm haben über die wirklichen Vorkommnisse geschwiegen. In den betroffenen Familien wird dieses Geheimnis von Generation zu Generation weitererzählt, aber außerhalb der Familien spricht niemand darüber. Auch in meiner Familie war ein Vorfahre an dem Aufstand beteiligt. Deshalb weiß ich davon. Ich habe Ihnen das erzählt, damit Sie verstehen, warum die Ängste der Familie Tjiteere so mächtig sind. Alles muss unter uns bleiben. Vergessen Sie nicht. Ein penibler Richter könnte die Verzweiflungstat der Arbeiter heute noch als Mord auslegen. Mord verjährt auch in Namibia nicht. Zum Glück sind alle Beteiligten längst tot."

„Frau Tjiteere hat so eine seltsame Andeutung gemacht. Hat Anna dieses Geheimnis herausbekommen?"

„Ich weiß das nicht. Sie hat nie mit mir darüber gesprochen. Ich glaube eher, Flora bildet sich das nur ein, aus lauter Angst die Farm zu verlieren. Und diese Angst haben Sie heute erlebt."

„Aber warum hat Frau Tjiteere gesagt, sie glaubt mir nicht? Warum?"

„Ich weiß es nicht. Aber ihr Mann hat zugestimmt. Das

ist wichtiger." Für den Chief ist das Gespräch über die Vergangenheit beendet. Er fährt Katrin zurück nach Okakarara und setzt sie auf der Hauptstraße, in der Nähe von Annas Haus ab.

Ein Polizeiauto steht vor dem Tor. Major Kaputo winkt sie herbei. „Da sind Sie endlich. Ich habe Ihnen etwas Wichtiges mitzuteilen. Aber bitte nicht hier draußen. Gehen wir ins Haus."

Katrin zieht die Tür hinter dem Polizeichef zu. „Sagen Sie mir, wer war es?"

„Ich weiß nicht, ob er auch der Mörder ist. Aber der Drohanruf kam von einem Handy. Es ist auf den Namen Manene Tjiteere zugelassen."

„Das ist der Junge von der Farm. Da komme ich gerade her", ruft sie erschrocken aus.

„Ja, der Junge von der Farm ‚Omungondo'. Wir haben ihn heute Mittag um 14 Uhr festgenommen."

„Da waren der Chief und ich gerade weggefahren. Wir müssen uns um Minuten verpasst haben."

Der Polizeichef bittet Katrin, über die Festnahme von Manene zu schweigen. „Wir werden ihn noch heute verhören. Dann wissen wir, ob er wirklich der Anrufer war oder jemand anderes sein Handy benutzt hat. Von Ihnen brauche ich noch Details über den zweiten Drohanruf." Katrin fährt mit aufs Polizeirevier und gibt zu Protokoll, die Stimme des zweiten anonymen Anrufers sei identisch mit der ersten.

Erst in der Nacht gesteht Manene nur die beiden Drohanrufe. Ist er auch der Mörder von Anna? War es Blutrache? Musste der junge Mann etwa im Auftrag seiner Familie

Anna töten? Katrin ruft den Chief an und überfällt ihn mit der Frage: „Gibt es bei den Herero Blutrache?“

John Kambanda reagiert ungehalten: „Vorsicht. Ganz langsam. Wie kommen Sie darauf?“

Katrin sprudelt los: „Jetzt darf ich es Ihnen sagen. Ich bin zweimal am Telefon bedroht worden. Die Polizei hat nach dem ersten Anruf eine Fangschaltung gelegt. Es war Manene Tjiteere. Die Anrufe hat er inzwischen gestanden. Sie haben gestern sicher auch bemerkt, wie seltsam sich der junge Mann verhalten hat. Können Sie sich vorstellen, dass die Familie ihn zu dem Mord angestiftet, ja gezwungen hat?“

Der Chief unterbricht sie scharf: „Schluss jetzt. Sie reden Unfug.“

„Aber bei den Herero gibt es doch Blutrache. Das habe ich in einem Buch gelesen.“

„In Büchern steht viel, was nicht wahr ist. Blutrache gibt es bei uns schon lange nicht mehr. Nehmen Sie das bitte zur Kenntnis.“

Nach allem, was er ihr über die Herero erzählt hat, glaubt sie ihm zum ersten Mal nicht, was er sagt. „Können Sie sich nicht vorstellen, dass Manene der Mörder meiner Schwester ist?“

Höflich, aber abweisend sagt der Chief: „Ich will nicht spekulieren. Es ist Sache unserer Gerichte, Straftaten aufzuklären. Glauben Sie bitte nicht, dass die Herero Drohanrufe, Einbrüche, Mord und Totschlag ungesühnt lassen wollen. Es ist an der Zeit, dass Sie Anna in ihre Heimat zurückbringen.“

Warum leugnet der Chief, dass es heute noch Blutrache gibt? Agnes gibt ihrer Freundin Katrin darauf eine plausible Antwort: „Heute bekämpfen fortschrittliche Herero wie Chief Kambanda alle, die behaupten Blutrache gehöre nach wie vor zu unserer Tradition. Es darf offiziell keine Blutrache mehr geben. Das ist ein großes Tabu bei uns. Aber in Einzelfällen kommt sie immer noch vor."

Blutrache. Katrin will mit dem Major sprechen und ihm ihre Eindrücke von Manene schildern. Sie ist überzeugt, dass der jüngste Sohn der Familie Tjiteere auch der Mörder ist. „Er sprach so voller Hass über meine Schwester und meine Familie", berichtet sie dem Major, der ihr für ihre Hinweise dankt und sie über den Stand der Ermittlungen informiert.

„Wir warten noch auf die Nachricht aus Otjiwarongo. Dort wird im Labor untersucht, ob die Fingerabdrücke des Tatverdächtigen auf der Mordwaffe nachweisbar sind. Heute Abend werden wir es wissen. Ich rufe Sie sofort an. Versprochen. Ich denke, der Mord an Ihrer Schwester wird in ein paar Stunden gelöst sein. Sie können Ihren Rückflug buchen."

Als sie nach Hause kommt, steht neben der Eingangstür ein Plastikbeutel. Darin findet sie die beiden Aktenordner mit den Aufschriften DED und Finanzen. Das kann nur Arnold Kaure gewesen sein. Katrin räumt das Haus fast leer. Agnes bekommt Annas Hausstand – Wäsche, Geschirr, Küchengeräte. Hime freut sich über die Stereoanlage und die Musik-CDs. Nur die Katzen schleichen durch die verlassenen Zimmer. Agnes wird sich um sie kümmern. Dann packt Katrin Annas Tagebücher, eine Tüte Fotos, ein paar afrikanische Tücher und den Silberschmuck in ihre Tasche. Auch das rote Seidenkleid will sie mitnehmen. Den bunten Schlips, den sie hinten in einer Schublade gefunden hat sowie ein paar Fotos packt sie zusammen, um sie per Post dem Bürgermeister ins Rathaus zu schicken.

Katrin ist erschöpft, verschwitzt und sehr traurig. Sie fegt den großen Raum und knallt den Besen auf den Boden. Hier hat Anna gelebt, hier ist Anna gestorben. In ein paar Stunden wird nichts mehr an sie erinnern. Sie erreicht den DED-Direktor Dirk Mertens in seinem Büro in Windhoek und bittet ihn, für sie den Abflug für morgen oder übermorgen zu buchen. Ihr ist zum Heulen zumute, als sie ihren Bruder Martin in Stuttgart anruft. „Endlich meldest du dich. Ich weiß schon alles. Herr Mertens vom DED hat mich eben angerufen. Wann kommst du zurück? Wir müssen jetzt die Beerdigung für Anna vorbereiten. Herr Mertens war sehr freundlich und meinte, du könntest schon übermorgen abreisen. Bis dahin habe er alle Formalitäten für Annas Rücktransport erledigt. Die organisieren alles – auch deinen Rückflug. Wirklich nett, der Mann. Sag mal, weißt du mehr über Annas Mörder? Hast du den mal gesehen? Warum hat er es getan?“

„Es war Blutrache. Ich will nur noch weg. Später erzähle ich dir alles haarklein. Es fehlt nur noch ein letztes Untersuchungsergebnis.“

„Komm schnell zurück. Wir erwarten euch am Flughafen.“

„Euch?“

„Ja, Schwesterchen. Anna und dich.“

„Und wer ist wir?“

„Natürlich Gert und ich. Wer denn sonst?“

„Nein, ich möchte, dass du alleine kommst.“

Katrin hört Agnes' Stimme aus dem Garten. „Der Chief bittet uns alle für heute Abend in sein Haus. Er gibt ein

Abschiedsessen für dich. Er war bei mir auf der Post. Kavera darf auch mitkommen." Die Stimme von Agnes tut ihr gut. Sie klingt so fröhlich, dass Katrin, ohne in den Spiegel zu gucken, zu ihr nach draußen läuft. „Wie siehst du denn aus? So verstaubt nehme ich dich nicht mit. Du musst wissen, es ist eine große Ehre, vom Chief eingeladen zu werden", wird sie von Agnes belehrt.

„Ja, ja", murmelt Katrin, „ich freue mich ja auch. Ich mache mich für euch alle hübsch." Katrin zieht Annas rotes Seidenkleid an und fährt mit Agnes, Kavera, Betty Ndjembo und deren Kindern Hime und Mamaki zum Haus des Chief. Am Feuer im Hof wird gegrillt, getrunken, gegessen, geredet und gelacht. Der Chief setzt gerade zu seiner Abschiedsrede an, da fährt ein Auto mit lautem Motorengeräusch auf den Hof und hält kurz vor dem Feuer. Im Lichtkegel der Scheinwerfer erscheint Flora Tjiteere. Ihre Augen sind weit aufgerissen. Sie spricht in Otjiherero auf den Häuptling ein. Sie ist außer sich, ihre Stimme wird immer verzweifelter. John Kambanda versucht, sie festzuhalten. Er drückt sie auf einen Stuhl, immer wieder springt sie auf. Der Fahrer ist im Wagen sitzengeblieben, obwohl der Chief ihm Zeichen gegeben hat, auszusteigen und zu ihm zu kommen. Es muss ein Familienmitglied sein. Jetzt wimmert die Frau, sie stößt immer die gleichen Laute aus. Alle umringen sie. Der Chief hält sie fest. Sie versucht, sich loszureißen. Ihre Stimme wird laut und klagend.

„Was sagt sie?" Katrin versteht kein Wort. Agnes übersetzt: „Ich war es, ich war es. Manene ist unschuldig. Die Mutter behauptet, Anna umgebracht zu haben. Der Chief glaubt ihr aber nicht. Sie fordert den Chief auf, mit ihr zur Polizei zu fahren." In diesem Moment kommt Rosa, die Frau des Chiefs auf den Hof und flüstert ihrem Mann etwas ins Ohr. Er geht mit ihr ins Haus. Nach wenigen Minuten kommt er zurück. Alle schauen ihn erwartungsvoll an.

„Major Kaputo hat mir soeben mitgeteilt, dass die Fingerabdrücke von Manene Tjiteere auf der Mordwaffe nachgewiesen sind. Er hat aber noch kein Geständnis abgelegt. Er wird weiter verhört." Der Chief wendet sich an Flora Tjiteere, die weinend auf einem Stuhl zusammengesunken ist. Er legt tröstend die Arme um sie und sagt: „Du bist nicht die Mörderin. Du kannst deinen Sohn nicht mehr schützen."

Flora Tjiteere schreit auf: „Manene war es nicht. Ich weiß es. Er wird den Mord nicht gestehen, weil er die Tat nicht begangen hat."

Der Chief hat Mitleid mit der Mutter und führt sie wie eine Schwerkranke zu dem wartenden Auto. Jetzt will niemand mehr feiern. Alle wollen nach Hause. „Es tut mir alles sehr leid. Sie haben gesehen, wie Herero-Mütter ihre Kinder beschützen wollen. Morgen wissen wir mehr", sagt der Chief erschöpft. Er nimmt Katrin kurz in die Arme, als er sich von ihr verabschiedet. „Kommen Sie wieder. Ich habe Ihnen noch viel von meinem Volk zu erzählen."

„Ich komme wieder. Nur wann, das weiß ich noch nicht", sagt sie bewegt.

Am nächsten Morgen bringt Agnes ihrer Nachbarin ein Abschiedsgeschenk – eine große bunte Stofftasche. „Die soll dich begleiten, damit du mich nicht vergisst. Ich habe sie selber bestickt." Ein Haus, eine Kuh, ein Baum mit Vogel und über allem die Sonne – mit rotem Seidenfaden auf blauen Stoff. Katrin findet die Tasche wunderschön. „Genau so etwas brauche ich jetzt." Gemeinsam tragen die beiden Frauen das Gepäck vor die Tür. Dort stehen Agnes

Kinder mit ihren vielen Freunden Spalier. Katrins Reisetasche, Agnes Stoffbeutel und einen Pappkarton verstauen sie im Kofferraum. Katrin streichelt Agnes über die Wangen. „Ich weiß nicht, wie ich dir danken soll. Du hast mir so geholfen." Beide Frauen weinen. Agnes wischt sich mit der Hand über das Gesicht und schaut Katrin ernst an. „Wenn du das nächste Mal kommst, dann haben wir Onkel Jonas zum Teufel gejagt."

Als sie abfährt, sieht Katrin im Rückspiegel, wie die Kinder in der Staubwolke schreiend und winkend hinter ihrem Auto herrennen.

Katrin macht noch einmal Halt bei der Polizeistation. Sie will nicht ins Flugzeug steigen, ohne zu wissen, wer der Mörder ihrer Schwester ist. Major Kaputo sitzt müde hinter seinem Schreibtisch. Er bittet sie, sich zu ihm zu setzen. „Wir haben den Tatverdächtigen die ganze Nacht verhört. Zu zweit haben wir ihn in die Mangel genommen. Manene Tjiteere gibt uns aber Rätsel auf. Seine Fingerabdrücke sind auf der Tatwaffe, aber sonst können wir ihm nichts nachweisen. Er behauptet, er kenne das Haus nur von außen, er wisse nicht, welche Kleidung Anna zur Tatzeit getragen hat und wo der Kerzenleuchter stand. Fest steht nur: Entweder ist er ein ausgekochter Lügner oder er ist unschuldig. Dann fragt sich allerdings: Wie kamen seine Fingerabdrücke auf die Mordwaffe? Hat er einen Komplizen, den er nicht verraten will? Ich glaube, wir sind auf der richtigen Spur, aber noch nicht am Ziel." Major Kaputo ist ratlos.

Katrin hatte nicht vor, dem Polizisten von dem dramatischen Auftritt von Flora Tjiteere am gestrigen Abend beim Chief zu erzählen. Sie wollte die verzweifelte Frau nicht denunzieren. Jetzt berichtet sie dem Major haarklein alles, was sich am Abend zuvor auf dem Hof des Chiefs zugetragen hat. Der Polizist greift zum Telefonhörer und spricht Otjiherero. Als er das Telefonat beendet hat, sagt er zu Katrin: „Chief Kambanda kommt in einer halben Stunde mit Flora Tjiteere zu mir hierher aufs Revier."

Einen Moment lang ist Katrin unsicher. Wie soll sie ihm sagen, dass sie jetzt nicht gehen kann? Major Kaputo kommt ihr zuvor und sagt: „Ich gehe davon aus, dass Sie bleiben wollen." Er zwinkert ihr zu: „Da Sie ja bei der Mordkommission in Stuttgart arbeiten, können Sie zuhören, aber Fragen dürfen Sie nicht stellen. Wir nehmen das Protokoll in Englisch auf."

Katrin erkennt die Frau kaum wieder, die am Arm des Chiefs den Raum betritt. Flora Tjiteere trägt Tracht, ein dunkelblaues Taftkleid, unter der Haube blitzen goldene Ohrringe hervor. Sie geht aufrecht, wirkt ruhig und beherrscht. Sie begrüßt Katrin, die ihren Stuhl in eine Ecke geschoben hat, mit einem kurzen Kopfnicken. Major Kaputo bittet sie und den Chief vor seinem Schreibtisch Platz zu nehmen. Flora Tjiteere war früher Englisch-Lehrerin. Sie ist einverstanden, dass die Vernehmung in der offiziellen Landessprache stattfindet. Als die Formalitäten erledigt sind, beginnt die Vernehmung: „Haben Sie gestern Abend im Haus von Chief Kambanda gegenüber mehreren Personen behauptet, Sie und nicht ihr Sohn Manene hätten Anna Sattler getötet?" Katrin beobachtet, wie Flora Tjiteere ihren schlanken Oberkörper aufrichtet und ihrem Gegenüber mit klarer Stimme antwortet: „Ja."

Dann schildert sie, was am 16. August im Haus der Anna Sattler geschehen sei: „Ich bin mit meinem Sohn Manene gegen 18 Uhr von unserer Farm zum Haus von Anna Sattler gefahren. Manene lenkte den Wagen. Ich wollte mit

Anna Sattler, die uns öfter zu Hause besucht hatte, alleine etwas klären. Deshalb habe ich Manene gebeten, draußen im Auto auf mich zu warten. Das tat er dann auch. Ich ging allein ins Haus. Ich war aufgeregt. Anna war überrascht über meinen unangemeldeten Besuch und fragte mich sofort, was ich von ihr wolle. Wir standen uns in ihrem Wohnzimmer gegenüber und ich sagte ihr ins Gesicht, dass sie uns die Farm nicht wegnehmen dürfe. Die Farm ist unser Leben! Ich flehte sie an und hoffte so sehr, dass sie mich verstehen würde."

Major Kaputo unterbricht und fragt erstaunt: „Frau Sattler wollte Ihnen Ihre Farm wegnehmen? Das müssen Sie mir erklären!"

„Wenige Tage zuvor, bei ihrem letzten Besuch hat Anna uns freudestrahlend erzählt, dass sie vorhat, für immer in Namibia zu bleiben."

„Und bei diesem Besuch hat sie gesagt, dass sie Anspruch auf Ihre Farm erhebt?"

Flora Tjiteere schüttelt den Kopf. „Das hat die Deutsche nicht gesagt, aber es war uns allen klar, dass sie die Farm für sich zurückhaben wollte. Unsere Farm gehörte früher der Familie von Anna Sattler. Ich war alarmiert: Wenn Anna Sattler sich in Namibia niederlassen wollte, dann würde sie auch auf unserer Farm leben wollen. Ich bin zu ihr gegangen, um ihr diese Absicht auszureden. Da hat sie nur gelacht und gesagt: ‚Wie kommen Sie bloß auf die Idee, dass ich Ihre Farm haben will? Ich bin nur zu Ihnen gekommen, um mehr über meine Großtante und meinen Großonkel zu erfahren.' Sie hat so laut gelacht, sie hat mich ausgelacht. Ich war außer mir und glaubte ihr kein Wort. Und dann habe ich mich vergessen und hatte plötzlich den Kerzenleuchter in der Hand."

Kaputo fragt, wie sie an den Kerzenleuchter gekommen sei.

„Wir standen uns gegenüber, und ich packte den Gegenstand, der neben mir auf dem Tisch war. Es ging alles ganz schnell. Ich wollte nur, dass sie endlich mit dem Lachen aufhört."

„Erzählen Sie weiter. Was haben Sie dann gemacht?"

„Ich weiß nichts mehr. Anna lag auf dem Boden, ich sah Blut und bin mit dem Kerzenleuchter in der Hand aus dem Haus gelaufen. Ich setzte mich auf die Rückbank des Autos und wischte das Blut vom Kerzenhalter mit meinem Rock ab. Manene fuhr sofort los. Er war in Panik und schrie mich an: ‚Mama, was ist passiert?' Ich habe gestammelt: ‚Die Deutsche ist tot.' Manene fuhr wie wild, bremste plötzlich, stieg aus, riss die hintere Tür auf und nahm mir den Kerzenleuchter aus den Händen. Ich weiß nicht mehr, wo es war. Es war schon dunkel, als Manene den Leuchter ins Gebüsch warf. Kurz vor der Farm drehte sich Manene zu mir um und sagte: ‚Kein Wort über das, was passiert ist.' Niemand in der Familie wusste, dass wir zu Anna Sattler gefahren waren. Deshalb konnten wir in der Familie alles geheim halten. Es tut mir so leid. Ich wollte Anna Sattler nicht töten. Ich wollte nur erreichen, dass sie mich nicht mehr auslacht."

Nach diesem Geständnis wirkt Flora Tjiteere erleichtert. Ohne zu zögern, beantwortet sie die Frage, ob sie ihren Sohn beauftragt habe, die Schwester der Getöteten mit Anrufen zu bedrohen. „Nein, das hat sich Manene selber ausgedacht. Ich habe davon erst gestern erfahren, als mein Sohn festgenommen wurde." Flora Tjiteere dreht sich zu Katrin um. „Ich möchte mich bei Ihnen für meinen Sohn Manene entschuldigen und vor allem für das, was ich Ihrer Schwester angetan habe."

Flora Tjiteere wird festgenommen und in Handschellen abgeführt. Der Chief verabschiedet sich noch einmal von Katrin und sagt mit einer Gewissheit, die keine Zweifel mehr lässt: „Das ist keine Blutrache, das ist ein tragisches Missverständnis."

Katrin hat das Ortsschild von Okakarara gerade hinter sich gelassen, da bemerkt sie den Geländewagen mit der blauen DED-Aufschrift hinter sich. Sie erschrickt und fährt schneller. Sie fühlt sich verfolgt, die alten Ängste kommen wieder hoch. Das Auto setzt zum Überholen an, eine Hand mit dicker goldener Armbanduhr gibt ihr Zeichen, am Straßenrand zu halten. Neben ihr taucht der schwarze Glatzkopf von Manager Kaure auf. Katrin tritt auf die Bremse. Der Manager schaut in ihr offenes Fenster und sagt nur ein Wort: „Danke." Dann wendet er seinen Wagen und fährt zurück. Katrin ruft ihm einen Abschiedsgruß hinterher. Es ist spät geworden, zu spät für den Nachtflug nach Stuttgart. Sie wird in Windhoek übernachten, und die Maschine am nächsten Tag nehmen.

Internationaler Flughafen Hosea Kutako. Katrin reiht sich vor dem Schalter in die lange Schlange ein. Viele Touristen tragen Wanderschuhe und sind von der Sonne verbrannt. Auf dem Laufband vor dem Scanner herrscht Chaos. Gepäckstücke stauen sich, Kinder und Erwachsene rennen hektisch hin und her. Die Kontrolleure haben offensichtlich den Überblick über Proviantbeutel, Badetaschen und sperrige Souvenirs verloren. Katrin wittert ihre Chance. Sie legt ihr Handgepäck auf das Band. Während sie den entnervten Flughafenangestellten freundlich anlächelt, schiebt sie mit dem rechten Fuß unauffällig die bunte Tasche von Agnes auf dem Boden am Scanner vorbei. Darin hat sie einen Pappkarton verstaut. Die Maschine nach Frankfurt ist ausgebucht. In der Abflughalle wartet Katrin mit etwa zweihundert anderen Passagieren auf die Lautsprecherdurchsage für den Abflug. Ein kleines Mädchen drückt seine Nase an die große Glasscheibe: „Mama, guck mal. Da kommt ein Sarg!"

Männer, Frauen, Kinder erheben sich von ihren Sitzen und laufen zum Fenster. „Was da wohl passiert ist?" „Ob ein Tourist verunglückt ist?" „Schrecklich!" Katrin bleibt sitzen und umklammert ihre farbenprächtige Afrika-Tasche. Sie wagt nicht, zum Fenster zu blicken.

„Frau Sattler, ich bin es." Jemand tippt ihr von hinten auf die Schulter. Katrin schaut hoch und sieht Dirk Mertens, den Direktor des DED. „Kommen Sie bitte, wir dürfen aufs Rollfeld." Mertens hakt Katrin unter. Sie spürt, wie ihr alle Blicke folgen, als sie an der Seite des Mannes zum Ausgang geht. Ihre Beine fühlen sich schwer an, sie hat Angst, die Balance zu verlieren.

Draußen bleiben beide vor dem hellen Holzsarg stehen. „Jetzt können Sie beruhigt nach Hause fahren. Der Fall ist geklärt", hört sie seine Stimme wie aus weiter Ferne.

Sie schaut Mertens an. „Was heißt hier beruhigt? Mein ganzes Leben ist in Okakarara aus den Fugen geraten."

„Entschuldigen Sie bitte, ich meine nur, es gibt für Sie hier nichts mehr aufzuklären. Auch nicht angebliche Unregelmäßigkeiten im Kulturzentrum. Mit Herrn Kaure habe ich mich schon geeinigt. Der zahlt alles zurück. Das muss natürlich unter uns bleiben. Verstehen Sie mich nicht falsch. Als Direktor des Entwicklungsdienstes muss ich das große Ganze im Blick haben, auch die Empfindlichkeiten in unserem Gastland."

Katrin drückt ihm die Tüte mit den beiden von Kaure gestohlenen und zurückgebrachten Aktenordnern in die Hand. „Das ist von Anna und gehört jetzt Ihnen und dem DED."

Die Verabschiedung fällt kühl und kurz aus. Mertens entfernt sich. Katrin bleibt auf dem Rollfeld, bis der Sarg im Bauch des Flugzeugs verschwunden ist. Die Passagiere sind schweigend an ihr vorbeigegangen. „Katrin, warte, nur einen Moment." Die Stimme klingt aufgeregt. Es ist Manfred Koller. Er rennt auf sie zu. Und schon liegt sie in seinen Armen und fängt an zu weinen. Eine Stewardess mahnt: „Verlassen Sie sofort das Rollfeld, Sie dürfen hier nicht sein." Der Mann überhört den Platzverweis, er küsst Katrin und flüstert ihr zärtlich zu: „Ich habe Urlaub beantragt, in einem Monat kann ich bei dir in Stuttgart sein. Wie findest du das?"

„Ich komme lieber zu dir in die Wüste", schluchzt Katrin. „Ich möchte dich auch bald wiedersehen."

Eine Stewardess führt Katrin die Treppe hinauf. Sie ist die letzte, die einsteigt. Am Eingang nimmt sie sich ein Exemplar der *Allgemeinen Zeitung* und setzt sich auf ihren Platz in der ersten Reihe. Der Sitz neben ihr ist frei. Sie stellt die bunte Tasche darauf ab und holt vorsichtig den Karton heraus. Katrin nimmt die Zeitung. Die Frau auf der Titelseite ist Flora Tjiteere! Daneben die Schlagzeile: „Das Mordgeständnis der Mutter." Katrin erfährt, dass Manene Tjiteere aus der Untersuchungshaft entlassen wurde und wegen Nötigung angeklagt wird. Seine Mutter Flora wurde nach ihrem Geständnis in das Untersuchungsgefängnis in Windhoek verlegt. Wörtlich heißt es in der *AZ*: „Der Staatsanwalt deutete in einer Pressekonferenz an, dass die Anklage gegen die Herero-Frau voraussichtlich nicht auf

Mord, sondern auf Totschlag lauten wird. Nach dem bisherigen Stand der Ermittlungen ist Frau Tjiteere nicht mit dem Vorsatz in das Haus der Anna Sattler gekommen, um diese zu töten. Es war dem Staatsanwalt anzumerken, dass er von einer menschlichen Tragödie im Herero-Land ausgeht." Katrin faltet die Zeitung sorgfältig zusammen und steckt das Päckchen in Agnes' Leinentasche.

„Was möchten Sie trinken?", fragt die Stewardess. Katrin will nichts. Die Stewardess schiebt den Wagen weiter. Aus dem Pappkarton in der bunten Tasche dringt ein leises Miauen. Katrin beugt sich tief über den Karton. „Psst! Psst, Katiti, wir sind jetzt in 10.000 Metern Höhe. Wir haben es geschafft. Wir sind außer Gefahr."

Von Deutsch-Südwest-Afrika zur Republik Namibia

1842	Die Rheinische Mission nimmt ihre Tätigkeit in Südwestafrika auf
1883	Der Bremer Kaufmann Adolf Lüderitz kauft 580.000 Quadratkilometer Land an der Küste Südwestafrikas und gründet die Basis für die spätere deutsche Kolonie
1884	Gründung der „Deutschen Kolonialgesellschaft für Südwestafrika“
1884/85	Berliner Kongo-Konferenz. 13 europäische Staaten teilen Afrika unter sich auf
1885	Beginn der deutschen Kolonialherrschaft, etwa 13.000 deutsche Siedler kommen in den folgenden Jahren ins Land und werden von den sogenannten „Schutztruppen“ des kaiserlichen Heeres abgesichert
1897–1902	Bau der Eisenbahnlinie von Swakopmund nach Windhoek
1904 (Jan.)	Beginn des Aufstands der Herero gegen Landraub, Zwangsarbeit und Unterdrückung durch die deutschen Kolonialbehörden
1904 (Aug.)	Schlacht am Waterberg und Vertreibung der Herero in die Omaheke-Wüste

1904 (Okt.) Vernichtungsbefehl General von Trothas, Aufstand des Nama-Volkes (erster Völkermord in der deutschen Geschichte)

1904 (Dez.) Errichtung von Konzentrationslagern für die besiegten Herero und Nama

1915 Südafrikanische Truppen besiegen die deutschen Truppen. Ende der deutschen Kolonialherrschaft in Südwestafrika

1918 Im Auftrag des Völkerbundes wird Südafrika die Verwaltung Südwestafrikas übertragen

1950 Südafrika führt in Südwestafrika die Apartheid ein

1959 Gründung der Befreiungsbewegung SWAPO (South West Africa Peoples' Organisation)

1971 Ein Rechtsgutachten des Internationalen Gerichtshofes erklärt die Verwaltung Namibias durch Südafrika für illegal

1989 Erste freie Wahlen in Namibia (unter UNO-Aufsicht). Die SWAPO siegt mit 57,3 Prozent

1990, 21. März Unabhängigkeit Namibias

1990 Herero-Häuptling Kuaima Riruako fordert von Deutschland Wiedergutmachung für den Völkermord von 1904 am Volk der Herero

2004 (Aug.) Anlässlich der Feier zum 100. Jahrestag der Schlacht am Waterberg spricht die deutsche Entwicklungsministerin Heidemarie Wieczorek-Zeul zum ersten Mal vom Völkermord an den Herero und Nama

2016 (Feb.) Beginn der Verhandlungen zwischen der namibischen und der deutschen Regierung über die Anerkennung des Völkermords und mögliche Entschädigung

2016 (Mai) Herero und Nama reichen beim Internationalen Gerichtshof in Den Haag Klage wegen des Völkermords gegen die Bundesrepublik Deutschland ein

2017 (März) Angehörige der Volksgruppe der Herero und Nama haben in den USA Sammelklagen Gehegen Deutschland auf Entschädigung für den Völkermord und die Enteignung ihres Landes durch die deutsche Kolonialmacht eingereicht

Danksagung

Unser Dank gilt der Hamburger Ärztin und Psychotherapeutin Dr. Christiane Ballerstedt. Sie hat uns beraten und uns mit ihrem Wissen über die menschliche Seele beim Schreiben des Buches bereichert.

Über die Autoren

Almut Hielscher wurde 1943 geboren. Nach ihrer Ausbildung an der Münchner Journalisten-Schule arbeitete sie bei Tageszeitungen und Zeitschriften, unter anderem acht Jahre lang beim STERN und 15 Jahre beim SPIEGEL. Dort war sie unter anderem mehrere Jahre als Korrespondentin für Afrika mit Sitz in Johannesburg tätig. Außerdem arbeitete sie für den Deutschen Entwicklungsdienst (DED) in Namibia.

Uta König wurde 1947 geboren und absolvierte Studium und Journalisten-Ausbildung in Paris. Die langjährige STERN-Reporterin ist Autorin des STERN-Buchs Gewalt über Frauen und war Herausgeberin einer Erziehungsreihe. 1995 wechselte sie zum Fernsehen hat beim NDR seitdem mehr als 50 Reportagen und Dokumentarfilme gemacht. Auszeichnungen unter anderem: Grimme-Preis für die beste Dokumentation 1998.

Lesen Sie weiter!
Mehr spannende Geschichten
aus dem ProTalk Verlag ...

Bahnhofstr. 29
53639 Königswinter
www.pro-talk-verlag.de
Umschlag: Katrin Kawinkel, katika-media.de
Titelfoto: www.shutterstock.com/Alta Oosthuizen
Satz: Katrin Kawinkel, katika-media.de
Druckerei: MCP, Polen
Schrift: Gentinum Basic
ISBN: 978-3-939990-40-6